インナーアース

小森陽一

集英社文庫

インナーアース

目次

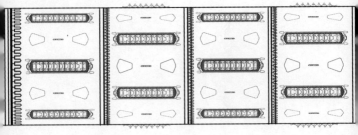

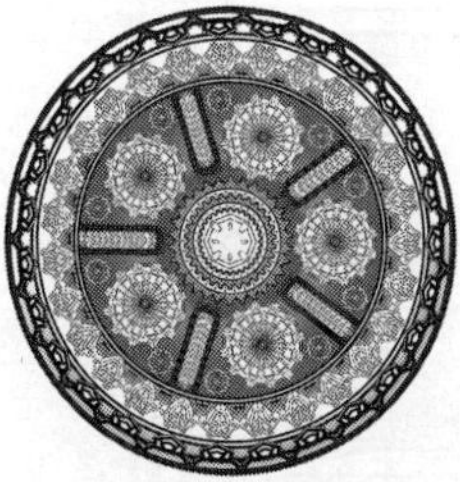

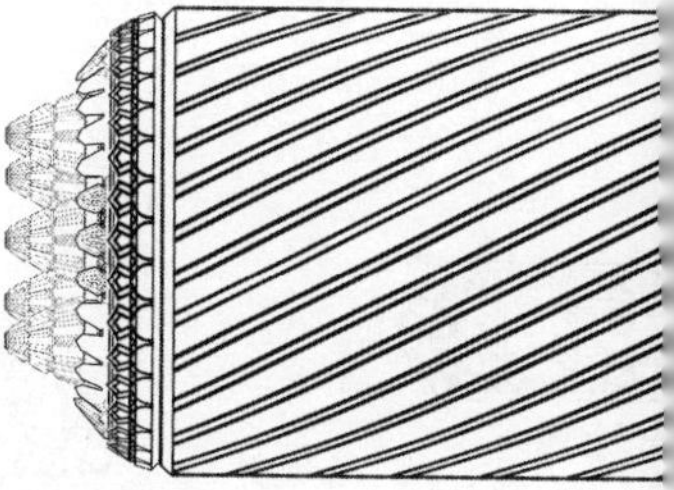

主な登場人物

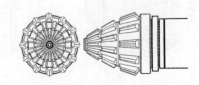

駒木根　晶　メイキョウ　サーベイ本部　社員
天河　結　メイキョウ　広報室　課長兼陸上部顧問
鷹目　進一郎　メイキョウ　サーベイ本部　課長
桃田　瑠璃　メイキョウ　広報室　社員
日向　翼　メイキョウ　サーベイ本部　社員　晶の同期
田所　洋之　メイキョウ　サーベイ本部　キャップ
高篠　亘　メイキョウ　開発本部　主任
実里　有希　メイキョウ　商品制作部　社員
前山　聡子　メイキョウ　商品制作部　社員
今川　義男　メイキョウ　ＤＢ制作本部　社員
吉田　光己　メイキョウ　専務　重役三羽烏の筆頭
杉尾　幸三　メイキョウ　常務　三羽烏の一人
加藤　正文　メイキョウ　常務　三羽烏の一人

花岡　勝　　メイキョウ　元社員　伝説の地図職人
奈良岡　誠　　メイキョウ　社長

久保　太一郎　　天河の友人　証券会社勤務
杉崎　雅也　　平尾台自然の郷　ケイビングガイド
野田　透輝　　平尾台自然の郷　ケイビングガイド
柿谷　雄一　　ボルダリングジム　トレーナー
寺橋　和代　　八幡東区の主婦

日長　義之　　地質学博士　駒木根の師
森　稲葉　　ロボット工学博士　〈道行〉の主任設計士
蛍石　喬　　リーデンブロック　代表取締役

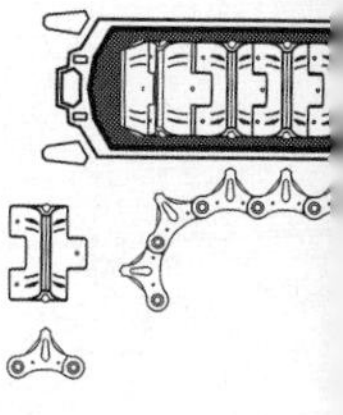

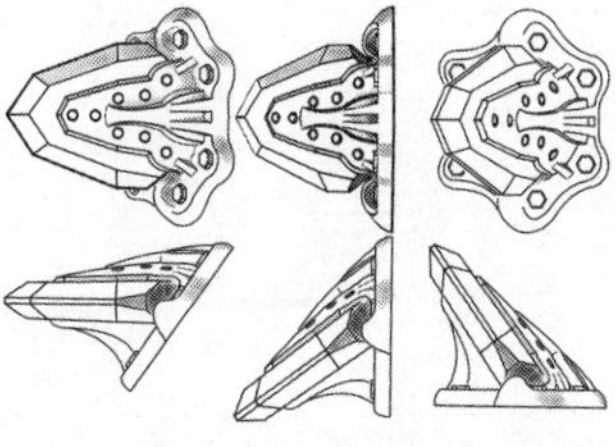

人が想像することは、必ず人が実現できる。
That people imagine, it is sure people can be realized.

ジュール・ヴェルヌ　偉大なるＳＦの父

インナーアース

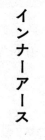

第Ⅰ部
荻谷北２丁目
渡邊
石川六衛門
森井ひろし
青葉荘
光荘
東宝荘
グランデ森
ビル
第２荻谷荘
井口
小谷
佐竹義弘
榎木智英
斎藤隆弘
安藤柳田
糸井
曽
舟戸
第４村田荘
浅田
コーポ永安
山本
山本医院
藤岡ゆきお
武田荘
谷口順一
達也
鳥山晃
伊達津
橋本満明
上杉兼勝
竹内信善
月極駐車場
鬼頭
榎本是朗
境めぐみ
相田毅
鬼木
徳寿荘
満田
真田信繁
萩原
グレース三田
月極駐車場
月極有料パーキング
額賀
金城
櫻井幹泰
神島
井田章郎
（株）ライトハウス
釘宮
川上
マックス商会
小澤正
寺田
韮沢
山口隆
桂
中田
グレイス荻谷
百武朋
東江
小関正明
籠谷
徳川
羽柴
鈴木俊
和楽荘
片山
坂本
宮脇
真島
宮
佐々木
渡辺
関口洋一
（有）ファ
（株）ス
宅地造成中
アキヤ

基図

1

かくれんぼは得意だった。これまでに何十回とやったがほぼ見つかった記憶がない。見つからないようにする為《ため》のコツは曖昧なところに隠れないことだ。場所が公園ならば、トイレの裏とか木の陰とか遊具の周りなんかは避ける。家の場合もそう。トイレとか机の下とかカーテンの内側とかは、いかにも見つけてくださいと言っているようなものだ。本気で見つかりたくなければ徹底的に隠れないといけない。

公園ならばお勧めは側溝だ。鋼製グレーチングをずらし、30㎝ほどのU字形をしたコンクリートの溝に身体《からだ》を滑り込ませる。小学校も高学年となれば身体も大きくなっているから随分と窮屈だ。それでも必死で肩をすぼめ、ズリズリと這《は》うようにして公園と道路の境界まで進む。境を気にするのは、公園の敷地から外に出てしまうと失格になってしまうからだ。家ならそれこそ幾つも挙げられる。例えばキッチンの収納棚。フライパンや鍋を押し出し、その後ろに身を折って屈《かが》む。二階にある収納部屋の天井にある点検口を開け、屋根裏に潜むのもいいし、庭の隅に寝そべって頭から爪先まで落ち葉で覆うのもシンプルだが効果的だ。

当然だが困難はある。頭から蜘蛛《くも》の巣を被《かぶ》ったり、吐きそうな臭いのドブ水に浸《つ》かったりする。ダンゴムシやゴキブリと鉢合わせするのはしょっちゅうだ。猫くらいの大きさのネズミを見かけたことも一度や二度じゃない。でも、そんなものを怖《おそ》れてはいけない。すべてを蹴散らして身体を滑り込ませ、じっと息を潜める。そうすれば絶対に見つからない。


「……キョウさん」

和代《かずよ》さんの声がして、駒木根晶《こまきねあきら》は物思いを止《や》めた。後ろを振り返るスペースがないから、前を向いたまま「はーい」と返事をする。視線は奥に向けたままだ。何か用事があるのかとしばらくそのままで待っていたが、再び呼びかけられる事はなかった。無事なのかを確認したかっただけなのだろう。簞笥《たんす》や箱の隙間を匍匐《ほふく》前進する。暗闇を照らす淡い光は自前のLEDペンライトだ。航空機用アルミニウム合金製で超軽量、三段階の調光ができ、最大照射距離は60mに達する。おまけに完全防水加工が施されている。これ以上ないくらいの優れものでとても重宝している。

不意に闇の中で何かが光った。動きを止め、じっと目を凝らす。間違いない。あれは動物の目だ。目が光るのは夜行性の動物の特性で、網膜の後ろにタペタムという反射板が付いている。網膜の視神経を刺激しながら入ってきた光を反射し、それを網膜に返すことで僅かな光を二倍に増強することが出来ると本で読んだことがある。

「マーベル……」

どうか猫サイズのネズミじゃありませんようにと祈りつつ、和代さんに教えてもらった名前を小声で呼んでみる。返事はない。じっとしたまま、こちらを窺《うかが》う気配を感じる。もう一度「マーベル」と呼んだ。精一杯の猫撫《な》で声で。親にも友達にも、昔いた彼氏にも使ったことのない優しい声で。こちらの思いが通じたのか、「ニャ〜」とか細い声でマーベルが応えた。

「おいで」

「ニャ〜」

「おいで」

「ニャ〜」

「おいで」

「ニャ〜」

何度か同じやり取りをした。互いの距離は縮まってはいないが、遠のいてもいない。だが、何かアクションを起こせばすぐにでもこの距離は崩れるだろう。そんな緊張感がある。晶はマーベルを見るのをやめた。呼びかけるのもだ。手を伸ばしてその場にうずくまり、隙間に身を委ねてゆっくりと呼吸だけを繰り返す。ふと、指先に違和感を覚えた。マーベルが指の匂いを嗅いでいる。猫の視力は弱くて0・3ほどしかない。でも、嗅覚は優れているから匂いで相手やテリトリーなどを判断する。もちろんこれも本から得た知識だ。素早く手を伸ばせばもしかすると摑《つか》まえられるかもしれない。そんな思いが頭を過《よぎ》ったが、行動には移さなかった。じっとしてマーベルのやりたいように任せた。その間、約十五秒……。やがてマーベルは指の匂いを嗅ぐのを止め、ひょいと頭の上に飛び乗った。子猫だと聞いていたが、かなりの重さを感じる。マーベルはそのまま背中からお尻へと移動し、ふっと身体が軽くなった。

「あらぁ、マーベルちゃん。出てきたのぉ」

和代さんの声が背後から聞こえてきた。マーベルが和代さんの元に戻ったことはそれで分かった。となると今度はこっちの番だ。かくれんぼもそうだが、実は入るより出る方が何かと大変だ。入る時は勢いがあるから無理してでも入れるが、出る時はどうやって入ったのかさっぱり分からなくなることもしばしばある。身体を左右にずらし、捩《よじ》り、時間をかけて後退した。

やっとの思いで蔵から這い出すと、梅雨明けしたての夏の太陽が暗闇に慣れた目を容赦なく炙《あぶ》った。あまりの眩《まぶ》しさに思わず目を閉じる。和代さんが「あらあら、あらあら」と慌てた様子で繰り返した。何が「あらあら」なのか気になって掌《てのひら》を翳《かざ》し、薄目を開ける。和代さんの視線が自分の頭から爪先までを行ったり来たりしている。ちょっとずつ光に馴《な》れてきた目で下半身を見ると、スニーカーも薄青い半袖の作業着のお腹《なか》もクリーム色のチノパンもすべて埃《ほこり》と煤《すす》にまみれている。ということは髪も顔もそうなっているのだろう。

「ごめんなさいね。可愛《かわい》いお顔が台無し」

「こんなの全然平気です」

頭やお尻の埃を両手で払うとパッと白い煙が舞った。和代さんがまた「あらあら」を繰り返す。晶は苦笑しながら今しがた這い出した蔵に目を向けた。入る前にはまったく気にも留めなかったが、あらためて眺めると実に立派な蔵だった。大屋根の下、白壁は部分的に剝がれたり壊れたりもしているが、造り自体はしっかりしている。開け放った分厚い扉の向こうには年代ものらしい古びた簞笥やら家具やらが所狭しと置かれている。潜り込んだのは壁と簞笥の隙間だった。いくら自分が小柄だとはいえ、立派な成人女子なわけだからよくぞお尻が閊《つか》えなかったものだ。

「メイキョウさん、ありがとね」マーベルを腕に抱いた和代さんが微笑《ほほえ》んだ。

はっきりした年齢は知らないが、おそらくは七十代だろう。銀色の髪はたっぷりとボリュームがあり、肌も艶々、しっかりとメイクしてどこかお嬢さんめいた雰囲気を漂わせた上品な人だ。マーベルは知らん顔をしたままペロペロと前足を舐《な》めているが、和代さんに抱かれていると三毛猫も高級感が増したように見えるから不思議だった。

「良かったですね、猫ちゃん戻ってくれて」

「あなたのおかげよ」和代さんはしゃがみ込むとマーベルを地面に放した。マーベルは和代さんの腕から離れると、振り返りもせずに庭を横切っていく。

「……いいんですか」

「いいのよ、別に。飼ってるわけじゃないから」

「……え？」

その言葉を受け止めるよりも早く、「ねぇ、お礼がしたいから少しお上がりなさいな」と和代さんはさっさと母屋の方に向かって歩き出した。ただでさえタイムロスだし、家に入ってしまうとちょっとやそっとでは出られなくなる。分かってはいても、こうなってはどうにもならない。思わず天を仰ぐと、向かいの家のアンテナに留まったカラスがざまぁみろとでも言いたげに「カァ」と鳴いた。

和代さんの家は北九州市八幡東《やはたひがし》区の山沿いにある。ここは地元密着の新聞社に勤めていたご主人の実家で、和代さんは結婚してからご主人のご両親と四人の生活を始めた。一年後に長男、その翌年に長女が生まれ、家は朝から晩まで賑《にぎ》やかだった。しかし、ご主人のご両親が他界し、ご主人も五年前にこの世を去り、二人の子供は結婚して今は他の土地にいて、この広い家には和代さんだけになった。

「メイキョウさん、紅茶はお好きかしら」

「ええ、好きです」

「良かった。ディンブラのね、頂き物のいいのがあるのよ」

キッチンに立った和代さんの声が弾む。ディンブラが何を指しているのかさっぱり分からなかったが、紅茶である以上は多分大丈夫な筈《はず》だ。

「はい、お待たせ」

和代さんが上等のティーカップをお盆に載せて現れた。洋風の居間にはたくさんの調度品やガラス細工の置物が並べてある。椅子だって装飾が施された見事なものだ。ティーカップをお盆に載せて歩く姿がとても馴染んで見える。きっと昔からご主人や子供達やご近所の人にこうして紅茶を出していたのだろう。カップを手に取ると、オレンジがかった茶褐色の液体が揺れた。鼻を近づけると、ふわりとなんともいえない香りが漂ってくる。

「……これ」

「なんだと思う？」

もう一度しっかりと香りを嗅いだ。「バラ……かな？」

「そう！」

和代さんが微笑みながら胸の前で両手を合わせる。歳《とし》を取ってこういう可憐《かれん》な仕草が似合う人は滅多にいない。

「主人のお友達がスリランカに住んでるの。だからちょくちょくディンブラに行ってね、送ってきてくれるのよ」

「へぇ、そうなんですね～」

ディンブラとはどうやら場所の名前で、それはスリランカにあるらしい。

「いただきます」

「熱いから気をつけてね」

猫舌だから身構える。カップの端に口を付け、香りと一緒にゆっくりと飲み込む。確かに熱かったけど、埃っぽい空気をたくさん吸っていたからか、喉を通る酸味と渋味がとても心地好《よ》く感じた。

「美味《おい》しい！」

お世辞なんかじゃない。心の底からそう思った。

「良かったわぁ」和代さんは口角をきゅっと上げて微笑むと、自分もティーカップを持ち上げてゆっくりと紅茶を飲んだ。その姿もまたどこか優雅さと可愛らしさを感じさせた。

「それにしても」と前置きして和代さんが今日のことを振り返り始めた。庭に出た時、猫の声がしたこと。声は蔵から聞こえてきたこと。どうやらマーベルの声らしいこと。

「蔵の鍵はしっかり締まっているのに、どうして中にマーベルがいるのか不思議だったのよね～」

そんなタイミングで表を通りがかった自分を見つけたらしい。

「そしたらメイキョウさん、私が中に入りますなんて言うからびっくりしたわ。だってそうでしょう。汚れるし暗いし、今時の子は虫も触れないなんて言うじゃない」

「私はそういうの、意外と平気かな」

「そうなの？」

「はい。馴れてるんで」

口に出してからしまったと思った。和代さんが小首を傾《かし》げてこっちを見つめている。慌てて「田舎育ちですから」と付け加え、へへっと笑った。断っておくが、田舎で育ったからといって、汚れたり、暗いところや虫が平気になるわけでは決してない。自分にはそうなる理由が別にあった事は先に触れた。でも、ここでそれを語り出すとただでさえ削られている調査時間がさらに短くなってしまうのは目に見えている。

「メイキョウさんは逞《たくま》しいのね」

この際、納得してくれればそれでいい。

足された二杯目の紅茶を熱いのを我慢して一息に飲み干すと、ようやく解放されて外に出た。ロスタイムはおよそ一時間と十分強。これから帰社までに担当地区を確認して回らなければならない。お昼抜きを決意して、足早に坂道を上り始めた。

和代さんが口にしていた「メイキョウさん」とは会社名だ。株式会社メイキョウ。全国の住宅地図をはじめ、カーナビゲーションやインターネットの地図などを作っている。本社は北九州市戸畑《とばた》区にあり、社員数は契約まで含めると三千人を超える。住宅地図は一昨年、悲願の全国制覇を成し遂げた。そのことは新聞にも大々的に取り上げられた。先輩達が市区町村、離島や駅地下をくまなく歩き回って完成させたのだ。大変な労力だったと思う。よって現在の調査員の仕事は白地図に家を書き加えることではない。前回の調査時と比べて変更がないかをチェックし、更新するのが主な作業になっている。な～んだとは思わないで欲しい。日本の総人口は約一億二千五百万人、世帯数は約五千百万といわれている。約千人の調査員でカバーするのは並大抵ではないのだ。

一つの地区での調査期間は二ヵ月に及ぶ。調査員を統括するリーダーはキャップと呼ばれ、各キャップの下に四人から五人の調査員がいる。キャップの指示の下、月曜から金曜までの五日間、朝九時から夕方四時まで徒歩で担当地区を巡る。調査表は縦500m、横800mの広さを表す地図であり、チェックする項目に従ってこれを二日間で一枚仕上げていく。調査する内容は時によって違うのだが、住宅地図情報更新の場合は表札や郵便受けに書かれている居住者の氏名、家形、堀、店名、事業所名、建物名、一方通行や時間帯によって変わる車道の情報、歩道の有無、交差点名、バス停名、駅や鉄道路線の状況など多岐にわたる。家形は「いえがた」と読み、文字通り家の形を表す。増築、納屋や蔵、離れなどもすべて調べ、地図に書き込んでいく。ちなみにこれ、すべて徒歩で行う。友達にこの話をすると必ずといっていいほど「どうして？」と尋ねられる。車を使えば歩くより遥《はる》かに時間の短縮が出来るし、地図アプリ〝グレートアース〟を見ればそれこそ家の形などすぐに分かるだろうというのだ。もちろんメイキョウだって車は使う。山間部や街から遠く離れた一軒家などは歩いては行きづらい。でも、それは事情が事情だからだ。実際に歩いてみると分かるが、街中には車が通れない細い小道はいくらでもある。それからグレートアースを使わないのは撮影時期の問題があるからだ。新しい家やコンビニが出来ているのに、グレートアースを見ると更地のままということはよくある。実際にその場に行かないと人が住んでいるのか空き家なのか正確なところが分からないのもある。いや、それ以前にグレートアースはメイキョウと契約しており、メイキョウの作ったデータを使っているのだ。

歩き出してものの五分もすると、全身から汗が噴き出してきた。フェイスタオルを取り出して何度も顔を拭う。八幡東区は歴代の新人が担当する決まりになっている。世帯数はおよそ三千。急な斜面に家やマンションが点在しており、調査はかなりの重労働となる。勾配がきつく、獣道のようなルートを通らないと分からない場所もある為、社内では「死のロード」とも呼ばれている。

「調査には幾つかの鉄則がある！」

二年前の入社式、サーベイ本部の鷹目進一郎《たかめしんいちろう》課長が圧倒的な威圧感を漂わせながら新人を前に訓示した。大きなギョロ目と話の内容は今でもはっきりと覚えている。

一つ、土地に凸凹があれば、全体としての動きは上から下へ。
一つ、小さな動き、枝としての動きは横へ。

一番の中心線となる大きな道を上から下に進み、それが済んだら路地に入り横へ横へと移動する。横移動も上から下りてくるイメージで進める。要するに八幡東区は住宅地図を調査する上でのノウハウがすべて詰まっている。とはいうものの、刺すような日差しの下、ひたすらアップダウンを繰り返す道を行き来するのを想像してみて欲しい。はっきり言って地獄だ。新人の時もやらされたのに、なんで二年目の今年も担当させられているんだという思いは正直ある。同期の中にはもっと楽な場所で調査を行っている者が何人もいるのに……。それを考えると眉間に深い縦皺《たてじわ》が寄りそうになるが、これは絶対にダメ。調査中は常に笑顔、決して険しい顔をしてはいけない。

一つ、出会った人には誰にでも挨拶する。特に主婦の心をがっちり摑む。

最初はなぜピンポイントで主婦なのだろうと思った。すれ違う人には必ず「こんにちは」と声をかけ、不審そうな目を向けてくる人には「メイキョウです。住宅地図の調査に来ています」と言う。大抵の人は「メイキョウ」と言えば、「あぁ」と分かってくれる。すると、「ここは昼間は留守が多い」とか、「○○さん、入院されたわ」とか、「長期の旅行に出掛けてるのよねぇ」とかちょっとした情報をくれる。主婦がいかに街の情報を握っているかあらためて分かった。その最たる存在が和代さんだ。歴代の先輩方が残した八幡東区の申し送りには最重要事項としてこんな一文が書かれている。

【尋ねもしないのにベラベラとご近所の事を喋《しゃべ》る。しかしその内容は正確無比であり、重宝することは間違いない。とはいえ、マイペースで話は取り留めもなく続く。和代さんに摑まったら調査時間が削られることは覚悟しなければならない】

2

本社二階にあるサーベイ室にはキャップの田所《たどころ》洋之《ひろゆき》の他、三人のメンバーがすでに揃《そろ》っていた。

「お疲れ様です！」

晶は声を張り上げフロアに飛び込んだ。壁掛け時計は四時五十九分、ギリギリセーフだ。と思いきや、「遅い！」と怒声が響いた。最奥に陣取ったひときわ大きな机から、課長の鷹目進一郎がこっちを睨《にら》んでいる。大柄であり、ギョロ目であり、態度も声も何もかも大きい。「いや、でもまだ……一分前ですよね？」なんて間違っても言えない。口答えすれば最後、肩を怒らせて近づいてくる。以前、テレビでヒグマの特集をやっていたが、それに出ていたグリズリーは鷹目とそっくりに見えた。

「すみません……」

謝罪の言葉はしかし、「涼しい～っ！　やっと生き返ったぁ」という叫びに搔《か》き消された。いつの間にか隣には同期の日向《ひゅうが》翼《たすく》がいた。フロアに響き渡る大声に、調査メンバーはもちろん、田所キャップや鷹目すらも唖然《あぜん》とした。

「何が生き返ったって？」と鷹目が聞き返した。

「僕です」まったく悪びれた風もなく、実に素直に翼が答える。途端、鷹目の大きい目がぐっと見開かれた。

「そうか、お前はゾンビなんだな。道理で物覚えが悪いわけだ」

グリズリーが椅子から立ち上がり、ゆっくりとこちらに近づいてくる。ヤバい、雷が落ちる。この前も似たようなシチュエーションで、たまたま翼の隣にいたことで一緒に怒られた。もう余計なとばっちりはご免だ。でも、あからさまに動いたりしたら「ここにいろ！」と鞭《むち》のような言葉が飛んでくるのは目に見えている。

田所キャップがすっと右手を上げた。

「課長、すみません。このあと自分、部会なんスよ。すぐにミーティングを始めさせてください」

その一言で気勢が削《そ》がれたのか、鷹目はチッと舌打ちして踵《きびす》を返した。呆然《ぼうぜん》としたままの晶に田所が小さく目配せする。めっきり頭髪が寂しくなって三十五歳にはとても見えないキャップだが、こんな気遣いがさらりと出来るから部下からの信頼はとても厚い。晶はクーラーの真下で幸せそうな笑みを浮かべて突っ立っている翼の背中を小突いた。

「え？」っという顔をして翼が首を傾げる。田所は苦笑いを浮かべると、パーテーションで仕切られた一角へと移動した。

サーベイ室には間仕切りされた空間が十か所ほどあり、調査表のチェックや社内での様々な打ち合わせに使われる。白い事務机と椅子が六つ、キャップを囲むようにしてメンバーが座り、机の上に調査表を広げる。今日一日、足を棒にして稼いだデータだ。これらを集計し、地図は常に最新のものへと更新されていく。これが本社だけでなく全国に点在する営業所でも行われている。手前みそだが、メイキョウの地図が最強なのは当然のような気がする。

晶は調査表を隣の翼と交換した。キャップに見せる前に調査員同士が調査表を見せ合い、初期チェックを行うことが習わしであり、他人の調査表を見ることで新たな気づきもある。だが、自分の表情がみるみる強張《こわば》っていくのを感じる。

「あんたさ」

「何?」

「これ、どんな順番で回ったの?」

「順番って?」

「ここの角を左に曲がって二軒目。高橋《たかはし》さんとこちゃんと見た? 表札確認した?」

「した」

「じゃあなんでここに犬の名前とか書いてんのよ」

「あぁ、ベスね」

「ねじゃないって! 表札にベスとか書いてないでしょ!」

「どれ」

田所キャップが晶の手から翼の調査表を取ると、さっと目を走らせていく。一見しただけであやふやな箇所や間違いが多いことは晶にも分かる。当然、キャップもお見通しだろう。

「駒、明日は自分の持ち回りプラス、翼《こっち》の確認作業も頼む」

「えーっ！」

「メンバー同士、足りない部分は補い合い助け合う。それも地図屋の精神だろ」

「そりゃそうですけど……」

あまりにも真っ当な意見にぐうの音も出ない。その時、なぜ自分が今回も八幡東区を担当させられているのか分かった。つまりは翼のフォローなのだ。間違いない。それしか考えられない。そして、こんなサイテーな配置を取り決めたのはアイツ以外にあり得ない。椅子に寄り掛かってスマホを弄《いじ》る鷹目を横目で睨みつけた。その時、軽くステップを踏むような足音が近づいてきた。

「よぅ招き猫、元気でやってるか？」パーテーションの上から日焼けした男が顔を覗《のぞ》かせる。広報課長の天河結《あまかわむすぶ》だった。

「まぁ……」

「まぁ、か」天河は苦笑いしつつ、「新人のうちは元気だけが取り柄だぞ」

「天河課長、いい加減変な仇名《あだな》はやめてもらえませんか」

半ば八つ当たり気味に言った。

「駒木根」と「招き猫」、一文字も合致するところがない。なのに、入社当初から天河は「招き猫」と呼んだ。理由を尋ねると、発音が似ているし、縁起がいいからなのだそうだ。

「招き猫嫌いか?」

「別に嫌いじゃないですけど……」

ある理由で「猫」という呼び方にはちょっと引っ掛かりがある。でも、それを話せば秘密の趣味をばらす事にもなる。

「なんで名前じゃダメなんですか」

「呼びにくい」

どこがよ……と思う。

「今日はどちらに?」と田所キャップが尋ねる。

「内覧会だ。P社の開発した新型高感度カメラを見てくる」

高感度カメラはメイキョウでも常に必要とされている。車体に360度カメラを搭載して走行しながら地形を読み取ることも行っているし、夜間や雨、雪など、日照時間、気象の変化にも対応する地図を作ってあらゆるニーズに応えている。

「P社ならLシリーズですよね。確かあれって熱にも強くて頑丈で——」

天河が意外そうな顔をしたから喋るのを止めた。

「随分詳しいな。お前、カメラとか好きなのか？」

「いや……その……」

「はっきりしろ」

「好きです！」

正確に言えばカメラが好きなのではなく、用途や高感度の方に興味があった。だからカメラの情報は自分でもいろいろと調べている。

「じゃあ、一緒に来るか」

「……え、いいんですか！」椅子から腰を浮かしかけると、「いいわけねぇだろう」とパーテーションの上にグリズリーの顔が加わった。

「お披露目会ってのはパーティーとセットなんだ。お前みたいなド素人のちんちくりんを連れて行ったらウチの沽券《こけん》に関わる」

「鷹目、あんまりイジメるとパワハラになるぞ。なぁ」

「……そう、ですよ」天河に振られた勢いで、つい口答えしてしまった。

「なら、尻ぬぐいをしてる俺はどうなるんだ？」

鷹目が睨みながら上から顔を寄せてくる。あまりの迫力に目を逸《そ》らした。

「じゃあな、招き猫。元気すり減らして頑張れよ。その内、連れて行ってやるから」

「そうやってお前が甘やかすから半人前のままなんだ」

「お前の指導が悪いんじゃないのか」

「バカ言え！」

フロアを出て廊下を歩いていくかなりの間、天河と鷹目の交わす声が聞こえていた。

そこから伝わってくるのは二人の仲の良さだった。

欄外

3

会場となったホテルを出た途端、湿気を帯びた空気が全身に纏《まと》わりついた。このところ夜になっても一向に気温が下がらない。梅雨が明けた途端に熱帯夜なんて、疲れた身体に鞭を打たれているようだ。

小倉《こくら》駅に向かって遊歩道を歩きながら、天河結はポケットからハンドタオルを取り出し、首の根本を拭った。拭った箇所がひんやりとしてくる。冷感タオルというのだそうだ。汗っかきの旦那を想《おも》い、出がけに妻が持たせてくれた。この国では便利なものが次々と開発される。物を大事にしないとか、熱しやすく冷めやすいとかいろんな意見はあるが、常に客のニーズに応え続けようとする姿勢は素晴らしいと思う。だが、いかに素晴らしいタオルでも、今宵《こよい》の心の中の火照りまでは拭えそうにない。時刻は午後九時近く。このまま家に帰っても気持ちを持て余してしまうだろう。どこかでクールダウンしたかった。

「おい」と呼びかける。少し先を歩く鷹目が振り向いた。

「どうだ、少し」

天河がグラスを呷《あお》る仕草を見せると、「お前のおごりならな」と仏頂面で言った。

「その代わり、最初の一杯だけだからな」

鷹目は酒が強く、しかも好みは度数が高くてクセの強いウイスキーときている。釘《くぎ》を刺さなければ財布ごと飲み干されてしまうだろう。

「出世頭、みみっちいとレースから漏れるぞ」

「お前こそ飲み過ぎていつかヘマやらかすからな」

ふんと鷹目が鼻を鳴らす。

「男はなぁ、深酒やった次の日にこそ真価が問われるんだよ」

それは酒飲みの言い訳だ。とはいえ、鷹目が二日酔いで苦しそうに頭《こうべ》を垂れている姿は記憶にない。

「もう若くないんだぞ」

「ばぁか。俺とお前は同い年だっての」

気ままに冗談を言い合いながら、新幹線口から自由通路を通って小倉城口に出た。

「さて、どうする？　魚町《うおまち》か鍛冶町《かじまち》か」

小倉の飲食街は駅の南側、平和通り近辺に集中している。平日とはいえ、人出はそれなりだろう。しかし、店の件数はこの十年で随分と減った。かつては百万都市と言われた北九州市も、今では百万人を大きく割ってしまった。同じ福岡県でも福岡市の賑わいとはもはや比べるべくもない。

「紺野町《こんやまち》にしよう」

ただでさえ大きな目をしている鷹目が目を剝《む》いた。「さてはお前」

「そんなんじゃない。普通のバーだ」

「普通のバーねぇ」

それ以上何も言わず、駅を背に、背広を片手に掛けてゆっくりと歩き出した。

少し古びた商業ビルのエレベーターに乗って五階で降りると、左手に扉がある。扉には木製のプレートが掛けられ、「Ｍｕｔａ　ｂａｒ」と文字が焼き印されている。店内は薄暗く、ガラス越しに中の様子は窺えない。天河がドアを開けると、すぐにこちらに気づいた若いボーイが近づいてきた。

「いらっしゃいませ」

「二人なんだけど」

「二名様ですね。お煙草《タバコ》はお吸いになられますか？」

「吸うよな？」天河が尋ねると、鷹目は肩をすぼめて頷《うなず》いた。

ヘビースモーカーの天河と違って鷹目は普段煙草を吸わない。吸うのは酒を飲む時だけという自分なりのルールを決めている。我慢出来るのならいっそのこと止めてしまえと何度も言ったが、それは違うのだそうだ。

ボーイの後について薄暗い店内を横切り、最奥のテーブルへと案内された。スピーカーから流れるジャズと程よい明るさに保たれた空間に身を委ねる。店内にはカウンターとテーブル席が五つ。カウンターの奥には白髪をオールバックにしてシェーカーを振っているマスターが見えた。

鷹目がポケットから煙草を取り出した。それを見計らってライターを差し出す。

「なんだ、その目は」

鷹目は文字通り鷹のように鋭い視線を向け、「誰と来たんだ……」と訊《き》いてきた。

「気になるか？」

「なる。……亜子《あこ》ちゃんてワケじゃないんだろう？」

亜子とは天河の三歳下の妻だ。鷹目とは家族ぐるみの付き合いなので、いつしか「ちゃん」付けで呼ぶようになっていた。

「その言い方、嫁に失礼だろう」

「失礼なのはお前だろうが。誰だ？　早く言え。俺の知ってる奴《やつ》か？」

「知ってる」天河は頷くと、「豪姫《ごうひめ》だ」といった。

「なんだ……」

露骨にがっかりする鷹目に「残念だったな」と笑いかけ、煙草に火を点《つ》けた。

桃田瑠璃《ももたるり》は広報室に勤務している天河の部下である。色白でほっそりとしていて、顔の印象は、西洋風の派手目ではなくどことなく和風のつくりである。桃田の容姿はメイキョウを訪れた人の目を惹《ひ》き、いつしか「姫」と仇名されるようになった。しかし、社内で桃田をよく知る者は決して「姫」とは呼ばない。筋が通らないこと、納得出来ないことにはたとえ上司であっても容赦なく反論する。しかも物言いは相当にキツい。外見からは想像出来ないくらい豪の者だ。それが桃田の正体だった。

「アイツ、たまにこの店に立ち寄るらしくってな。どれくらい前だろう、三ヵ月くらいになるのかな」

「ふーん」と鷹目は気の無い返事をした。

実はある一件から桃田と激しくぶつかったことがある。それ以来、二人は必要のないこと以外はほとんど口を利かなくなってしまった。天河は何度か間を取り持とうとしたが、なんせ二人とも呆《あき》れるくらい頑固だ。

天河もポケットから煙草を取り出した。火を点けようとした時、若いボーイがグラスを運んできた。鼻先を近づけなくても強いピートの香りが漂ってくる。天河は当初この香りが苦手だったが、鷹目に強引に勧められる内に虜《とりこ》になった。今ではもうウイスキーと言えばスモーキーフレーバーしか考えられない。

「お疲れ」

互いのグラスを合わせ、ラフロイグで乾杯した。

天河は煙草に火を点け、ゆっくりと吸った。口の中で二つの香りが混ざり合う。良い香りだ。いつの間にか大人になったとしみじみ思う。メイキョウに入社して十四年が過ぎた。結婚し、息子と娘がいる。スポーツ好きが買われて社内の陸上部顧問もしている。順調だがどこか予定調和な日々。しかし、そんな自分にもまだ、子供の部分が残っていたことを気づかされた。それが今夜だった。

「なぁ」口を開くとすぐに「やめとけ」と鷹目が遮った。

「まだ何も言ってないぞ」

「分かるんだよ。お前の顔見りゃ」

天河は頬を撫でた。そうかもしれないと思う。天河自身、鷹目が何を思っているのかは顔を見ればなんとなく感じ取れる。

「いいか、さっきのはな、夢みたいな話じゃない。夢そのものだ」

「夢そのものか……」

「そうさ。だから飲め。飲んで飲んでぱーっと忘れてしまえ」

天河はラフロイグをぐいっと飲み干した。アルコール度数43%。喉や胸の奥が焼けるように感じる。

「すみません。同じもの、お代わり」鷹目がカウンターに声をかけると、マスターが頷いた。

夢そのものか……。

天河は空になったグラスを見つめた。丸い氷に光が吸い寄せられ、キラキラと輝いている。ふと、万華鏡を思い出した。

新型カメラのお披露目会が終了した後、別の広間に移動してP社主催の立食パーティーが始まった。参加者は百名ほどいただろう。見知った顔も多く、天河も鷹目も食べるよりも挨拶に時間を割かれた。ようやく一息ついた頃、「メイキョウさんですよね。ご挨拶させていただいてもよろしいですか」と声をかけられた。色白の若い男が目の前で微笑んでいる。身長は180㎝を超えていそうだ。紺色のスーツを着こなし、直毛の髪を無造作に垂らした姿は、いかにも女子受けしそうなミュージシャンといった雰囲気だ。天河は「もちろんです」と答えると、名刺入れから随分と減った名刺を取り出した。

「メイキョウの天河です」

「私、こういうものです」

若い男が差し出した名刺にはリーデンブロックという聞きなれない社名と、代表取締役という肩書と共に蛍石喬《ほたるいしたかし》という名前が書かれていた。広報という仕事柄、様々な会社と付き合っているが、リーデンブロックという名前は記憶にない。すぐに売り込みと判断した。お披露目会や内覧会、パーティーの席には時々そういう輩《やから》が入り込む。大抵は営業マンがやるのだが、代表自らがそれをやるのは珍しい。ただ、まったく無いこともない。蛍石の人相は悪くはなかったが、人相だけで人を判断するほど天河も初心《うぶ》ではない。軽くあしらって離れようと決めた。その為には興味を持たないことだ。こちらから質問は一切しない。会話に間や沈黙が訪れても助け船は出さない。ただ、この蛍石という男は天河が黙っている間も笑みを崩さなかった。それもぎこちない感じではなく、悠々として穏やかに天河を見つめている。

なんだ、こいつ……。微《かす》かに戸惑った。あまり出会ったことのないタイプだ。ひと回りほど歳が離れていると思うが、蛍石に不自然な様子は一切ない。気がつけば自分の方が気圧《けお》されている感じすらした。耐え切れずに視線を逸らした時、向こうから鷹目が近づいてくるのが見えた。皿の上には山盛りの肉や揚げ物が見える。

「お前の分も取ってきてやったぞ」

自分の分はしっかりと食べてきたのだろう。唇の端を指で拭っていたが「ん？」という顔をして蛍石を見た。

「お食事中にすみません。天河さんにご挨拶させていただいておりました」

流れるような動作で名刺を差し出す。

「リーデンブロック……さん？」

鷹目の口調が質問調になったのを感じてマズいと思った。技術畑一筋の鷹目には微妙な駆け引きや機微を感じとる能力は備わっていない。

「ご存知ないかと思います。何分、まだ若い会社なので」

天河が「おい」と呼ぶのを無視して、鷹目は「何をされてるんですか？」と続けた。

「大きく言えばリゾート開発事業です」

「ホテルの誘致とか？」

「いえ、そちらの方はやっておりません」

蛍石がふわりと微笑むと鷹目がつられるように笑みを浮かべた。このままでは完全に蛍石のペースに飲み込まれる。天河は鷹目の持ってきた皿に手を伸ばし、フライドポテトをごっそりと摘《つま》んだ。別にポテトなど欲しくはなかったが、そうすることで鷹目の視線を強引に自分に向けようとした。

「お前、それは取り過ぎだろう！　そんなにポテト好きだったか？」

「そうでもない」

「そんなに摑んどいてよく言うぜ！」

「ははは、お二人は仲がよろしいんですね」

「腐れ縁ってヤツですよ」

「鷹目、そろそろ――」

「ええっと、やってないって言われましたっけ？　では何を？」

「まったく新規の事業です」

どんどん蛍石の話に誘導されていく。そこへフロア係が空いたグラスを片付けに通りがかった。片手を上げるとフロア係が近づいてきた。

「お飲み物はいかがですか」

首を振って鷹目を見やると、はっきり「そろそろ上がろう」と促した。

「もうこんな時間か」鷹目が腕時計に視線を落としながら言った。

天河は蛍石に向かって「では、そういうことで」と軽く会釈した。

「お引き止めして申し訳ありませんでした」

蛍石は小さく会釈すると、天河にではなく「鷹目さん」と親し気に名前を呼んだ。

「最後に一つだけ。我々がやっている事業は地上ではなく地下なんですよ」

「地下……？　足下の？」鷹目が右足を上げて絨毯《じゅうたん》を踏む。

「そうです。地球の内部です。下関《しものせき》から北東約30㎞地点の日本海なんですが、その地下約20㎞付近に琵琶《びわ》湖《こ》の半分ほどの空洞が見つかったんです」

「そんなのニュースで見た記憶ないけどな……」

「一切情報は出してませんので。たまたま海上保安庁の海洋調査船が測量をした時におかしな影が映っていましてね、それを入手してこちら側で独自調査を進め、突き止めました」

「足下に琵琶湖の半分くらいの空洞が……」

「ええ。我が社ではそこを開発したいと考えているんですよ。つきましてはメイキョウさんに地形図の作製をお願い出来ないかと思っておりましてね」

お伽話《とぎばなし》や童話の中で狐《きつね》につままれたような顔という言葉が出てくるが、今の鷹目はまさにそういう顔だった。

「もしもご興味がおありであれば一度ご連絡ください。すぐにプロジェクトをご説明させていただきます」

それだけ言うと蛍石は天河と鷹目を交互に見ながら笑いかけ、ゆったりとした足取りでフロアを横切っていった。

「おい、聞いたか今の。地底の地図だとよ。ばっかばかしい」

鷹目が人目を気にせず笑い出した。

「だよな」

そう答えつつ、天河は人混みに紛れていく蛍石の格好のいい後ろ姿を目で追っていた。

「なぁ」

五杯目のラフロイグを喉に流し込むと、天河は少しばかり眠た気な目に変わってきた鷹目に呼びかけた。

「聞こえてる」

「ウチはこれからどうなるのかな」

「何がだ」

「一昨年、日本全国の地図を完成させたな」

「ようやくな。メイキョウ創業七十年の悲願達成だ」

「そうだ、達成した。偉業だよ、これは」

「もったいぶらねぇで言いたいことはズバッと言え」

「人間、目標がある内はいい。それに向かってひたすら前進あるのみだ。でも、達成してしまったら――」

「しまったら……なんだ？」

鷹目が語気を強める。天河は煙草に火を点けると、煙をふーっと吐き出した。煙は意志があるもののように形を変えながら天井へと昇っていき、やがて薄まって見えなくなった。

「メイキョウの住宅地図な、この一年は売り上げが横ばいか、やや下降している」

「そりゃお前、全国の地図を網羅したからそうなってもおかしくねぇだろう。それに地図はウチだけじゃねぇ。国土地理院の地図もあるし、グーグルの電子地図だってある」

「陸上競技の場合――」

「なんでここに陸上の話が出てくるんだよ！」

「いいから聞け。陸上競技の場合、常に目標値を設定する。タイムとか距離とかな。目標がある方が迷わないからだ」

「そりゃ分かりやすいに越したことはねぇからな」

「要は目標を達成した後が問題なんだ。必死で努力してようやくそこに到達する。当然、嬉《うれ》しい。達成感に満たされる。でも、一度満足してしまうと、そこから急に伸びなくなる選手がいる」

「燃え尽き症候群ってヤツか。つまり、ウチがそうだってのか？」

「そうは言ってない。ただ、次の目標を早く設定するべきだと俺はずっと思っていたし、動いてもいた」

「空だろ」

試験的に社内デザイナーと組んで、空から見た地図を検討していた。これから先、ドローン事業はますます拡大していく。そこを見込んでの動きだった。しかし、これはまだ当分先の話だ。今後、法整備が進み、ドローンの飛行ルールが出来れば地図は必要とされる筈だが、勝手にどこでも飛ばしている現状の中で地図を作れば、逆に事業者からの反発を招く怖れもある。

「地上の地図は完成した。ここから先はどこまでいっても上からなぞるだけしかない。大きな発展は見込めない。といって空はまだ未確定な要素が多い。海は海保の水路部があるし、ウチには割って入り込むだけのノウハウも機材もない」

「で、地下ってか。地下なんてなんの需要もねぇぞ」

「ないだろうな」

「しかもありゃ眉唾だ」

「かもしれん」

話は終わりだとばかり、鷹目は煙草に火を点けると首をソファにもたせかけた。

「俺達が会社に入った時は活気があったよな。全国津々浦々、メイキョウの地図で制覇してやるんだって熱が充満してた。お前だって燃えてたろう。でも、今の若い奴はどうだ？　やる気がないと叱るのは簡単だが、俺達はやる気になるようなものを持たせてやれてるのかな」

鷹目は答えない。黙ったまま天井に向けて煙草をふかし続ける。

「もしもだ。地下の地図を作製するとなればこれは大きなチャレンジになる。なんせ、誰も行ったことがない、見たこともない、地球の足下の話だ。もちろん、儲《もう》けがなくても構わんとは思わんが、新しい目標にはなるんじゃないか」

「お前、言ってて恥ずかしくないか」

ソファから上体を起こすと、鷹目はこっちに充血した目を向けた。

「やりたいんなら好きにすりゃいいさ。だが、技術者としてこれだけは言わせてもらう。目標とか設定とかが大事だとしても、夢の話には付き合えん。具体的なものを見せられん限りな。リードン……リンデン……」

「リーデンブロック」

「アイスクリームみてぇな名前からして嘘《うそ》くせぇ」

地球の内部、地下約20㎞付近に琵琶湖の半分ほどの空洞があり、そこの地形図を作るなんて嘘くさいにもほどがある。だが、蛍石《あの男》は平然とそれを口にした。なんの屈託もなく、当然であるかのように。騙《だま》すつもりなら誰だってもう少しましな嘘をつくような気がする。

ウラを取ってみるか……。

天河は物思いに耽《ふけ》りながらウイスキーを呷った。何杯目かのラフロイグが喉を焼きながら身体の深いところへと流れ落ちた。

4

羽田空港から東京モノレールで浜松町《はままつちょう》へ。浜松町からは池袋方面のJR山手《やまのて》線に乗り換え、巣鴨《すがも》駅で下車する。ここから都営三田線に乗り換え、高島平《たかしまだいら》方面に向かうと五駅目で本蓮沼《もとはすぬま》駅に着く。ここまでだいたい一時間ほどだ。A1出口から地上に出て徒歩で東に向かう。すると、右手に茶色と灰色の外壁をした建物が見えてくる。目的地の味の素ナショナルトレーニングセンターだ。メイキョウではスポーツ振興の一環として陸上競技部を設けており、天河は前任者から引き継いで顧問の立場にある。以後、最低でも月に一度は上京し、選手の練習を見に顔を出している。

だが、今回だけはその目的は違っていた。

その夜、JR新宿駅にほど近い、雑居ビルの地下にある居酒屋で携帯を眺めていると、五分ほどでお目当ての男がやって来た。男は歩きながら店員に生ビールを頼むと天河のいる個室に入り、すぐに煙草に火を点けた。

「お前、禁煙したんじゃ――」

言い終わる前に「休煙だ」と素っ気ない返事がきた。煙草を口に咥《くわ》えたまま鞄《かばん》を開いてクリアファイルを取り出すと、向かいに座っている天河の方へ投げ渡す。クリアファイルがテーブルの上を滑り、皿に引っ掛かるようにして止まった。時刻は五時半を回ったところだ。幸いにして店は空《す》いている。もう三十分もしたら仕事帰りのサラリーマンが顔を出し始めるだろう。

「心証を聞かせて欲しい」

店員が厨房《ちゅうぼう》の奥に向かったのを横目で見届けてから天河は口を開いた。

大学時代の旧友で、同じサークルの仲間だった。現在、大手の証券会社に勤めている久保太一郎《くぼたいちろう》はふーっと煙を天井に向かって吐き出すと、「シロだ」と短く答え、再び煙草を吸った。

「シロ……」

「なんだ、嬉しそうじゃないな」

「いっそクロなら、諦めもつくと思ってたんだがな」そう言って煙草に火を点けた。

店員が持ってきたビールジョッキで乾杯を済ませると、差し出されたクリアファイルの中身に目を通し始めた。

「株式会社リーデンブロック。リゾート開発を謳《うた》うベンチャー企業だ。設立は一年半前、資本金は三千万円。実績はほぼゼロに等しい。そんな会社が地図大手のメイキョウに仕事を振ってきた。そりゃ疑ってかかるのが当然だ」

天河は久保の話を聞きながら集められた資料をめくっていく。大国データバンクにはすでに信用調査を依頼し、報告書は受け取っていた。信用調査は新規事業取引をする際、必ず行う。実績のない企業との取引は大きなリスクを伴うからだ。これまでの実績や信用、売掛許容限度、資産状態、営業状態など調べ、売掛能力に問題がないかをあらかじめ確認する。大国データバンクの報告書には、実績がほとんどないことを外せば怪しいと思えることは何一つなかった。だからこそ天河はさらに確かな情報を得たいと考えた。忌憚《きたん》のない証券会社に勤める久保はこの手の調査に関して独自のルートを持っている。久保の目を通してリーデンブロックの与信調査を行えば、新たなことが分かるかもしれないと思った。

天河の手が六枚目のページで止まった。「おい、これ……」

天河の驚いた顔を見ても久保は一切表情を変えなかった。そうなることを予期していたような、落ち着き払った態度だった。そのページに書かれているのは、リーデンブロックと関係を持つ企業の一覧だ。誰に聞いても、おそらくは子供でも知っているほどの有名企業がズラリと名を連ねている。しかも、国内のみならず海外の企業までもがそこにはあった。

「まぁ、そうなるわな」

天河の様子を久保はそんな言葉で表した。正直、俺も驚いた。

「繋《つな》がりを探っていたらこうなった。ほとんど実績の無い会社にどうしてこんな大手が群がるのかってな」

「カラクリがあるのか」

「無い。いや、おそらく無いと思う」

「おそらく？　お前らしくもない」

「そこまでは分からんさ。実際、俺はこの会社に行ったことも蛍石って男にも会ったことがない」

　天河は蛍石喬の柔和な表情を思い浮かべた。若い者に特有のギラギラした眩しさを感じさせず、また交渉術は老練で場慣れしているとすら思った。

「簡単に言うとだな、リーデンブロックは大手からすこぶる期待されているってことだ」

「実績もないのにか？　おかしいだろう」

「そこだ」久保は指の間に煙草を挟んだ手を天河に向けた。

「行列の出来ている店を見かけたら、それがなんの行列かも分からないままとりあえず並んでしまう。おそらくそれと一緒だ。卵が先か鶏が先か、因果性の理論ってやつだな」

「そんなことをこれだけの大手がするもんかな……」

「大手だからこそそうなったのかもしれん。実際、ウチの上にこの資料を見せたら――」

「見せたのか？」つい、声が大きくなった。

「仮定の話だ。そうしたら、深く考えることなく乗っかると思う」

天河は渇きを覚え、生ビールに口を付けた。

「天河、そろそろ何の話を振られてるのか教えてくれよ」

調査の手間賃は食事代と依頼の内容というのが久保の条件だった。天河はジョッキをテーブルに戻すと、事の経緯を話し始めた。下関から北東約30㎞地点の日本海、その地下約20㎞地点に琵琶湖の半分ほどの大空洞が見つかったこと。その空洞の地形図を作って欲しいと依頼されたこと。その場所を開発したいと考えていることなどだ。

話を聞いている久保の目が爛々《らんらん》と輝き出したことには気づいていた。久保は昔から機を見るに敏な男だ。お互いフットサルのサークルで活動していたが、練習にはほとんど顔を出さない。そのくせに、他大学との交流試合となるとそこにいる。しかも、試合ではそれなりに活躍し、試合後の飲み会ではいつの間にか女子に囲まれている。日和見であり、女好きの久保を悪く言う者も多かったが、そこには多分に嫉妬も含まれていた。天河はというと、上手《うま》く流れを作り出す久保の行動には反発よりもむしろ面白さを感じていて、付かず離れずの距離を保っていた。

天河が話し終えると、久保は「まるでSFだな」と感想を漏らした。

「まったくさ」

「だが、実現したらどえらいことになる」

久保は再び煙草に火を点けると「これでカラクリが解けた」と言った。

「大企業はおそらく眉唾なんだと思う。しかしだ、万が一このプロジェクトが成功したらどうなる？」

「世界から人が群がってくる」

久保が何度も頷く。

「昨今、宇宙にばかり目が向いてたが、こいつはとんだ盲点だぞ。誰も知らない地球の内部、昔読んだジュール・ヴェルヌの本の世界が現実になるんだからな」

「ほんとにSFの話にするなよ。こっちは現実問題なんだぞ」

「天河、受けろよ。この話」

「お前流の機の流れか？」

久保はニヤリと笑った。「金の匂いがする。しかも、えげつないくらいの」

その後も久保は興奮気味に語り続けた。リゾート開発にしろ、テーマパークにしろ、遊園地にしろ、地下の空洞という未知の領域が付加価値を高めると。久保の頭の中には世界中から人が訪れ、地下を堪能《たんのう》している姿が思い浮かんでいるかのようだった。それは天河も同じだ。身体の中のどこかにあるスイッチが押されたように、興奮が収まらない。ただ、もう一方で冷静になれと呼びかける内なる声も自覚している。だからこうして二つの信用調査まで行ったのだ。

リーデンブロックがただの胡散臭《うさんくさ》い存在でないことは分かってきた。だが、残る問題は他にもある。実際に地下20㎞まで行く方法、調査員の身の安全の保障や計測する為の技術。多くの事をクリアにする必要がある。熱に浮かされるようにして喋り続ける久保を横目で眺めながら、天河はすっかり乾いてしまった刺身を黙々と口に運び続けた。

色相

5

駒木根晶は朝からすこぶる上機嫌だった。桃姉《ももねえ》こと桃田瑠璃から食事の誘いが来たからだ。

休みの日の午前中は部屋でだらだらと過ごすのがいつものパターンだが、今日はいつもより早起きして朝食を作り、洗濯機を三回も回し、ベランダに布団を干した。それが済むと掃除機までかけた。1DK、共益費込みで家賃五万三千円のアパートがみるみる綺麗《きれい》に仕上がっていくように感じた。さて、次は自分の番だ。日頃は街をひたすら歩き回り、汗と埃にまみれているから化粧なんてしない。するのは日焼け止めとリップくらいのものだ。まずいなぁと思いつつも服装だっておざなりになっている。晶はクローゼットを開けてじっくりと服を眺めた。鏡の前に立って服を当て、あーでもないこーでもないとコーディネートする。こういう女らしい衝動が生まれるのはやはり桃姉のおかげである。

桃姉が外部の人達から「姫」と仇名されていることは知っている。あれだけの美貌の持ち主だから、「姫」と呼びたくなるのも分かる。でも、桃姉は断じてしおらしいお姫様タイプではない。気性もどちらかといえば雄だ。それも「男」ではなく限りなく「漢」の方。肝が据わっていて何事にも動じない。カロリーも気にしないし、酒も好む。そんな飾らない人柄だからこそ、あの日、誰にもしたことのない趣味の話をしたのだと思う。会社に違反していることではないし、別に内緒にしておく必要もないのだが、一応命に関わるようなところもある。いや、本当のところをいえば、誰彼構わず喋らないのは変だと思われたくないからだ。

指定された場所は魚町にある古民家風の居酒屋で、店名は「さまさ」という。どういう意味かは分からないが、ぶっきらぼうな大将といい、板張りの狭い個室といい、料理の味といい、すべてが心地好い。特に魚は新鮮でお刺身は絶品だ。桃姉に連れて行ってもらって以来お気に入りの店になっている。約束の時間より五分ほど前に店に着いた。ドアを開けるといきなり大将と目が合った。まるで喧嘩腰《けんかごし》のような目がこっちに向いて、僅かに動く尖《とが》った顎が「奥だ」と告げた。

「お邪魔します」

挨拶をし、脱いだパンプスをきちんと揃えて廊下の奥へと進んだ。至る所から話し声や笑い声が聞こえる。障子は閉まっていて中を見ることは出来ないが、どの個室も満席のようだった。

「こちらですよ」

店員に案内された個室の襖《ふすま》を開けた瞬間、固まった。桃姉の他に男が一人座っている。

「よ」

ジャケットを脱ぎ、ネクタイを緩めた、ワイシャツ姿の天河が片手を上げた。桃姉は何も言わない。こっちを見もしない。涼しい顔でビールを飲んでいる。

「桃田に頼んでセッティングしてもらったんだ」

天河の日焼けした顔が電灯に照らされてやけにテカって見える。

「セッティングって……」

「いいから座れ、招き猫」

「だから、その仇名はやめてください」晶が口を尖らせると、天河は笑みを浮かべた。

「邪魔だ。早く入れ」

今度は背中の方からドスの利いた大声が響いた。

なんで鷹目課長まで……！

「ぐずぐずすんな。跳ね飛ばすぞ」

大きなお腹に背中を押されるような格好で、晶は個室の中へと入った。

これは一体どういうことなのだろう……。

真っ先に頭に浮かんだことはトラブルだ。でも、仕事で大きな失敗はしていない——筈だ。だとしたら人事異動か。でも、入社して二年目の夏、仕事の内容と人の顔と名前はなんとなく頭に入ったが、裏を返せばその程度でしかない。なのに異動なんてあるのだろうか。どちらにしても何か言い渡されるのは間違いないだろう。それ以外、天河と鷹目が揃って集まる理由が見当たらない。

おそるおそる出入り口の側に座ろうとしたら、「お前はあっちだ」と鷹目が奥を指さした。

「いやいやいやいやいやいや……」まるで携帯のバイブレーションみたいに細かく何度も首を振った。

入り口から一番遠いのは上座だ。主賓席だ。偉い人が座る場所だ。社会人になって日は浅いが、それくらいの常識は心得ている。このメンバーを差し置いて自分が上座に座るなんて絶対にあり得ない。モジモジしていると、鷹目が押《お》し退《の》けるようにして末席に座った。ドスンと大きな音が響き、ぐらりと柱が揺れた。

「早く座って」有無を言わせない桃姉の一声が個室に響く。

「すみません……」と平謝りしながら、腰を屈めて天河の背後を通ると、そのまま上座に座った。きちんと正座したのは言うまでもない。

「どうした？　いつもと感じが違うじゃないか」天河が悪戯《いたずら》っぽい笑みを浮かべる。

「なんかいいところのお嬢さんって出で立ちだな」

薄くではあるがメイクしている。服は薄いイエローのノースリーブだ。最近太ってきたからあんまり腕は出したくなかったが、人に見られないと痩せないから思い切ってこれにした。正直に告白すると、桃姉にちょっとだけ対抗したい気持ちもある。男は決まって桃姉を見つめる。釘付けになったように凝視する人を何人も見てきた。晶には目もくれない。そこにあるのは分かっているけど何の関心もない道端の石ころ扱いだ。そりゃ比ぶべくもないのは分かっている。でも、石ころ扱いされるのはさすがにちょっと悔しい。こっちだって花も恥じらう乙女真っ盛りなのだから。でも、今回だけは失敗だった。まさかこの二人に頑張った姿を見られるなんて……。

「私、何かしたでしょうか……」おそるおそる尋ねた。

「何かってなんだ？」枝豆を頬張りながら天河が逆に問う。

「失敗とか……」

「したのか？」

「いえ……」

「よく、『いえ』なんて言えるもんだ」

鷹目が枝豆を鷲掴《わしづか》みするのを見て天河が笑う。

「お前にちょっと聞きたいことがあってな」

「私にですか……？」

天河と鷹目、メイキョウのベテラン二人が自分に何を聞こうというのだろう。緊張して口の中が渇く。コップに手を伸ばすと、お水を貪るように飲み干した。

「お前さ、洞窟に潜るのが趣味なんだってな」

天河の質問に身を震わせ、視線を桃姉に向けた。でも、桃姉は知らん顔をして細い指でスマホの画面をスクロールさせている。

「そうなんだろう?」天河が重ねて問いかけてくる。

この場合、真実を伝えた方がいいのかはぐらかした方がいいのか、どっちなのだろう。頭が真っ白になって何も考えられない。

「はっきりしろ」業を煮やしたように鷹目が怒鳴った。

「私、悪いことなんか一つもしてません……」

「誰もそんな事言ってねぇだろう」

「言ってますよ……。鷹目課長の顔も目も……。その言い方だってキツいし……」

「これは生まれつきだから仕方ねぇ」

「鷹目」

天河が「よせ」という風に首を振ると、鷹目はフンとそっぽを向いた。

「そんなことは誰も思っちゃいない」天河は優しく言うと、「その上でだ。洞窟のこと、俺達に話してくれないか」

「それが今日の趣旨なんですか?」

天河が頷く。

「なんでですか……」

「なんでもいいから早く喋れって」

鷹目が急《せ》かすと晶はムッとなった。

「イヤです」

「なにぃ？」

「今日は桃姉と――桃田さんとご飯食べれると思って楽しみにしてたんです。それをいきなり邪魔してきて早く言えとか喋れとか……。なんか酷《ひど》くないですか！」

「酷くない」

「いや、酷いわね」

鷹目が大きな目でジロリと桃姉を睨んだが、桃姉に気後れした様子はまったくなかった。

「私が悪かったわ。天河さんにどうしてもってお願いされたの。内緒にして欲しいと言われたけど、やっぱりちゃんと伝えておけばよかった……。ごめんね、駒ちゃん」

桃姉に面と向かってそう言われるとこっちも黙るしかない。個室の中に重たい沈黙が流れた。その時、天河が晶の前に焼酎の水割りのグラスを置いた。

「それ飲んで機嫌直してくれ」

晶はグラスに手を伸ばさず、「なんで洞窟の話が聞きたいんですか」と尋ねた。

「ある依頼が来た。まだ詳しいことは言えないが、地下についてのことだ。どうしようかと悩んでいた時、桃田からお前があちこちの洞窟に潜ってるという話を聞いたことを思い出してな、女子会という名目で呼び出して欲しいと頼んだ」
そういうことか……。今度はグラスを摑んで水割りを呷った。

6

晶は群馬県の中南部にある前橋市《まえばし》で生まれた。人口はおよそ三十三万五千人。北九州市と比べたら随分と小さい中核の都市だ。名物といえば郷土料理の「おっきりこみ」とか嵐の櫻井翔《さくらいしょう》くんのご両親の出身地だとか。他にもいろいろあるが、なんといってもメジャーなのは赤城山《あかぎやま》だろう。赤城山は日本百名山の一つ。と言っても赤城山という峰があるわけではなく、標高1828mの主峰黒檜山《くろびさん》と駒ケ岳《こまがだけ》、地蔵岳《じぞうだけ》、荒山《あらやま》、鍋割山《なべわりやま》、鈴《すず》ケ岳《がだけ》、長七郎山《ちょうしちろうさん》などからなる山々の総称だ。本格的な登山をするルートもあるが、家族連れでのんびり楽しむハイキングコースもある。家族でも学校の遠足でも何度も訪れた。ツツジも綺麗で空気も澄んでいて素晴らしいところだ。でも、無いものもある。群馬は海に面していない。海なし県だ。だからといって魚を食べないことはない。むしろ、魚には並々ならぬ思い入れがある。

家族構成はサラリーマンの父・友也《ゆうや》と、現役看護師の母・薫《かおる》、五つ上の兄俊也《としや》と、父方の祖母・春江《はるえ》の五人家族。父は真面目で大人しいタイプで、母はしっかり者。元々そういう性格だったのか、父と結婚して仕方なくそうなったのかは分からない。看護師という仕事に夜勤は付き物だ。だから、子供の頃はよく祖母と一緒に過ごした。綾取りや折り紙は今でも一通り出来る。祖母に仕込まれたから。

問題は兄の俊也だ。前橋市役所の下水道局に勤務する公務員なのだが、子供の頃から特撮やアニメにどっぷりとハマり、今では美少女に変身してコスプレを楽しんでいる。顔立ちは悔しいけれど自分よりも整っていて、体毛も少なく、足も手もすべすべしている。近頃では兄のファンサイトまであるから驚きだ。晶は子供の頃からこの兄に散々迷惑を掛けられてきた。汚れることや虫を極端に嫌うし、外で遊ぶのも苦手。日に焼けるのも嫌。だから、兄の代わりに全部そういうことをこなす羽目になった。かくれんぼが得意になったのもそういう側面がある。兄がやらないから妹が引き受ける。兄がバカにされるのが悔しいから妹が必死で頑張る。徹底的なインドア派の兄だったから、こっちはアウトドア派に徹した。徹するしかなかったのだ。

でも、気づいたら誰からもかくれんぼに誘われなくなっていた。「遊ぼう」と呼びかけても返事がなくなった。下駄箱にゴミが入れられ、側《そば》を通っただけで冷めた目で「何?」と言われるようになった。それからは心を隠すようになった。

中学・高校とも部活はやっていない。いわゆる帰宅部だ。だが、進学した都内の大学で予期せぬことが起こった。友達に誘われて音楽サークルを見学することになり、訪れた部室で艶っぽい場面を見てしまった。要するに男と女が愛し合っているところをだ。気が動転して思わず隣の部屋に逃げ込んだ。そこは探検部で、それが洞窟との出会いとなった。人生は何が起こるか分からない。

「――新入生歓迎会は富士山の洞窟でした。その時使っていた地図がなんとメイキョウ製だったんです！　これも何かの縁かなと思って入社試験を受けたら……合格しちゃいました！」

「しちゃいましたじゃねぇんだよ！」びっくりするくらいの大声で鷹目が話を遮った。

「聞きたいのはそういう話じゃねぇ！」

「それは分かってます」

「分かってねぇよ！」

「いや、ほんとに分かってます！　けど、物事には順序があるんです。私がなぜ洞窟に潜るようになったのか。まずそれを知ってもらわないと、深い話にならないんです」

「洞窟だけにな」

「あ、うまい！　さすが天河課長。こっちの課長とは全然違う！」

半分ほどになった水割りのグラスに手を伸ばそうとしたら、なぜか桃姉が先に摑んで引っ込めてしまった。

「招き猫の意外に暗い半生と洞窟探検のきっかけはよく分かった。先を続けてくれ」

「暗いと洞窟をひっかけましたね、やるなぁ。でもね、そう言われても困るんですよね～。洞窟の何が聞きたいのか、もっとこう具体的に言ってくれないと」

「お前、一体誰に向かって――」

鷹目の言葉を天河が手を上げて制すと、「まず、洞窟とはどんな感じなのか教えてくれ」

「どうせ鍾乳洞《しょうにゅうどう》みたいなもんだろう」と鷹目がうそぶく。

「違う！　全っ然違いますぅ！　ブッブー！」

「ブッブーってこの野郎……」

「イメージしてる鍾乳洞って平尾台《ひらおだい》とか秋吉台《あきよしだい》とかですよね。あれは観光用に整備された場所で本来の洞窟じゃありません。私がやってたケイビングは――」

「ケイビング？」

　耳慣れない言葉だったのか、天河が眉を寄せた。

「洞窟《cave》で探検《ing》するって意味です。ケイビングにはアウトドアスポーツのあらゆるエッセンスが入ってるんです。岩登り、沢登り、ラフティング、スイミング、ダイビング、アイスクライミング。そこに加えて匍匐《ほふく》前進とか水くぐりとか、迷路、狭洞とか。はっきり言って無茶苦茶体力いるし、技能もいります」

「そういえば、以前タイの洞窟で遭難した子達も、救出は相当困難だったって報道してたわよね」

　晶は桃姉の言葉に大きく、何度も頷いた。

「だから洞窟を舐めちゃ困るんです。鷹目課長なんて絶対無理ですよ。そのお腹、一発

と笑った。
鷹目が腰を浮かしかけたので天河が慌てて制した。晶はそんな様子を眺めてケラケラ
で遭難決定です」
「さっきからこの野郎は！」

「えーっと、なんでしたっけ？　あぁ、どんな感じって話でしたよね。一言で言えば本当の闇を体感できる場所ですかねぇ。石は光らないし水も光らない。ただそこには闇があるだけ。はっきり分かるのは自分の足がついている地面だけです」

晶は一同をくるりと見渡すと、「想像出来ないでしょう。動けないくらいの真っ暗闇って体験したことありますか。一切、光がないんですよ」

そう言いながら自分の目の前に人差し指を近づける。

「この距離でも指があるなんて分からないです」

「音はどうなんだ？」と天河が尋ねる。

「もちろん地下水が流れていれば水の音がします。耳を澄ませば水の滴る音も聞こえます」

「そういうのが無かったら？」

「無音ですね。完全な」

「匂いはどうなの？」今度は桃姉が聞いてきた。

「地上に近いところだと土の匂いがしますね。コウモリのいる場所ではグアノ、糞《ふん》のこ

とをそういうんですが、かなりえげつないアンモニア臭がします。時には生活排水や農薬の匂いがすることもあります」

「飯食ってる時の話じゃねぇな」刺身を頬張りながら鷹目が言う。

「聞いてきたのはそっちですよ。私だってこんな話をするなんて思って来てないし」

晶は盛り皿の上の刺身がなくなっていくのを目で追った。どうやら鷹目はこっちの分を残す気はないらしい。

「体感とかはどうなんだ？」

天河の質問で再び前を向くと、「風、湿度、気流は感じます。そうそう、一度、洞窟にいる時に地震が起こったことがあるんです。最初に地鳴りがして、次に揺れがきて。不思議だったのは音が右からきて左に通り過ぎたことです」

「そりゃ凄《すご》いな……」

天河が興味深げに呟《つぶや》きながら、自分の水割りを作り始めた。

「私もください」

「もう止めといたら」

「ずっと喋ってるから喉が渇いちゃって」

天河は桃田が引いた晶のグラスを摑むと、手際よく水割りを作り出した。

「天河課長ってやっぱさすがですよねぇ。優しいもん。モテますよねぇ。やっぱり違うなぁ」

「なんか言ったか？」鷹目がぐいっと目を見開いたが、「そもそも洞窟の定義ってあるのか？」と天河が無理やり話を戻した。

「ありますよ」

天河からグラスを受け取ってお礼を言うと、「定義はとってもシンプルです。人が通ることが出来ればそれは洞窟と呼ばれます」と晶。

「それだけか？」

「それだけです。でも、そこからが凄いんです。ちなみに日本最長の洞窟は岩手県の安《あっ》家洞《かどう》、23・7㎞あります。世界最長はアメリカのケンタッキー州にあるマンモス・ケイブで総延長591㎞以上。これ、まだまだ延びてます。他にも世界最大と言われるベトナムのソンドン洞とかメキシコのユカタン半島で見つかった全長347㎞の水中洞窟とかいろいろあります。ね、ワクワクしません？　私まだ海外の洞窟には入ったことないから、行くのが楽しみで」

天河と鷹目が目を丸くして互いを見た。

「言った通りでしょう」と桃姉が二人に告げる。

「……何がですか？」

「お前が地下オタクってことだ」

「出た！　ほらほらほら！　そういうこと言われるから黙ってたんですよ！　さっき言いましたよね、好きでこんな風になったんじゃないって」

晶は天河が作ってくれた水割りを一息で飲み干した。

「あれ、なんかこれ、薄くないですか？」

「気のせいだろう」天河は軽く往《い》なすと「ちなみに洞窟の最深ってどれくらいなんだ？」と聞いた。

「最深ですか……」

晶はちょっと考えて、「ジョージアのアラビカ山地にあるクルベラ洞窟だったかな。確か深さは２１９７ｍだったと思います」。

「なんだ、たったのそれだけか……」

鷹目の声が沈む。晶は自分がバカにされたように感じて「たったってなんです！」と声のトーンを跳ね上げた。

「２１９７ｍを地上に出して考えればどれほどかイメージ出来る筈です。富士山は３７７６ｍ、２０００ｍを超えると高山病を発症するといわれます。地元の赤城山は１８２８ｍ、それよりも高いです。いやこの際、深いと言うべきかな」

気づくと鷹目はもとより天河の顔までもが険しくなっている。

「ちょっとちょっと、２１９７ｍですよ。これだから素人はやんなっちゃう……」

いつもなら即座に噛《か》みつく筈の鷹目が晶の言葉を無視し、視線を天河に向けたままにしている。

「な、だから言ったろう。この話は夢だって」

天河は黙ったままだ。晶は桃姉の顔を見た。桃姉は「わからない」といった感じで微かに首を振った。

「あの……、さっき依頼がどうとかって言われてましたよね……」

天河は答えない。テーブルの一点を見つめたままだ。

「天河課長、私、ただケイビングをしていただけじゃありません。洞窟の測量とかもやってます。もう少し詳しく説明していただけたらお力になれるかもしれません。もちろん、誰にも言いません。ケイビングが趣味だってこと、会社の人には知られたくないから……」

「そうじゃないんだ」

晶は天河の言う「そうじゃない」の意味を計りかねた。

「天河さん、女子会を潰したんだし、理由くらい説明してくれてもいいんじゃないですか」

桃姉の言葉を受け、天河はポケットから名刺入れを取り出すと、その中の一枚を机の上に置いた。

「先日のお披露目会に出席した時な、こんな男と会った」

晶は身を乗り出すようにして机の上に置かれた名刺を覗き込んだ。

「『蛍石』といえば英語名でフローライト。ハロゲン化鉱物の一種の名です。そしてリーデンブロックはジュール・ヴェルヌの小説『地底旅行』に登場する鉱物学者の名前です。うーん、どちらも地下繋がりだ」

「さすが地下オタク」と再び鷹目がからかう。

「その地下繋がりの男がだ」

天河が言うところによると、リーデンブロックの代表蛍石喬は、地下に見つかった巨大な空洞を開発するつもりなのだという。

「そこで、ウチに空洞の地図を作って欲しいと言ってる」

「地下の地図ですか……」

「そういうことになるな」

晶は身体が熱くなるのを感じた。地下の地図作りなんて仕事と趣味が完全に一致している。まさしく夢のようなプロジェクトだ。

「やりましょう！　私、やりたいです！」

「そうくるだろうと思った。でも、ダメだ」鷹目が釘を刺した。

「どうしてですか！　地下の地図ですよ。誰もやったことないし、そんなところの地図はメイキョウしか作れませんよ！」

「無理なもんは無理なんだよ」

「だからどうしてですか！　その理由を――」

「空洞の場所は地下20㎞にあるんだと」

「――え？」

鷹目の放った一言に、さっきまでの興奮が急速に萎《しぼ》んでいく。

「下関から北東方向約30kmの日本海、その地下20km地点に琵琶湖の半分ほどの空洞が見つかったんだそうだ」と天河が補った。

地球の半径はおよそ6370kmある。その内訳は、地殻5～60km、マントル2900km、外核3480km、内核1220km。地下鉄の深さは国内最深駅で42・3m。人が到達した深さの最深は、南アフリカ・タウトナ鉱山の3・9km。人がもっとも深く掘ったのは西ロシア・コラ半島超深度掘削杭の12km。たったそれだけしかない。

「それは……確かに無理ですね」

「だろう。地下オタクのお前なら分かるよな」

「そもそもそんなところまで行く手段がありません。たとえ行けたとしても酸素はないし、水もない。地圧だって凄いし、地熱だって数百度になります」

「まるで宇宙みてぇだ」

「でも、人類は月に行ったわよ」

「桃姉、それはロケットって物理的な移動手段があったからです。だから行けたんですよ。でも、地下は違います。それほど深く潜れる乗り物なんて、未《いま》だかつて聞いたことがありませんもん」

月に行った人類。なのに、自らの足下は地殻すら突破できていない。信じられないことだが、人類はまだ地球内部の99％を見たことがないのだ。

「昨日、蛍石からメールが来た」天河が静かに口を開いた。

「会社に来ていただいたら地底探査が可能な物理的証拠をお見せいたしますと、そう書かれていた……」

「そんなもん、どうせハッタリに決まってる」鷹目がバッサリと切り捨てる。

「なんの為にだ？」

「新規で仕事を得る為だろう。もしくはウチをペテンに掛ける目的かもしれん」

「そうは思えん」

腕を組んだまま、天河は刺身皿の一点を見つめる。晶も黙ったまま、これまでの経験と人から聞いた話を頭の中に思い浮かべた。歴史上、地底探査は誰一人成し得ていない。もし、地下数十キロメートルにまで潜った人物なり会社があったなら、ケイビング仲間から必ず自分の耳に入る筈だ。それとも自分が知らないだけで、地下深くに行ける特別な手段があるんだろうか……？

「確かめてみればいいんじゃない」

桃姉の一言に全員が顔を上げた
「嘘か真《まこと》か、一目瞭然でしょ」

第II部
なじめ民芸店
とりまさ
組合事務所
サワディ
大田ビル
パチンコハッピー
サウナカプセル アモーレ
(株)ユニオン
小林武人
内野
井澤光男
鈴木
みどり荘
上田
佐井義弘
山田
越善
横山荘
片倉
竹谷巴建
小杉
(株)スマイルパーニ
松本
大和荘
鮮魚うおよし
焼き肉東京亭
衣装ういぐる
フルーツ高木
ウルムチ
割烹たけしま
整体もみりん
尖閣亭
香港料理ムコイ
立呑み恵子
台湾料理ハオチー
ファッションセンター織田
金太郎すし
バーシイサーン
三条ブック
中原
テネット
カメラの下重
牛丼竹屋
ラーメン積丹
コピック荻谷店
コトブキ
高柳
小笠原
長宗我部
二幸ビル
区立消費者センター
慶和楼
たけや電気
磨田
角家
田辺
三好
川上
篠原
ヤマグチ時計店
稲田歯科
芹川潤也
飛鳥
シネマパザール
大衆酒場こたん
餃子の猛将
パリ吉祥寺荻谷店
定食富士川
カムイ珈琲
写真スタジオ野塚
細川医院
安野
前田
ききゅう
レストランひぐち
福元のりたか
蜂須賀
100円ショップ
ニャンキーズ
山下
三池
駐車場
麻生
DIYハンド
ノースコート荻谷
荻谷パールマンション
メゾン小早川
G.G.カレー
内野ビル
橘不動産
金井金物店
雑貨パラダイス
おおたに青果店
台北茶房
武田ビル
インテリアやまに
樋口
BOOK ON 荻谷店
コーポ三崎
横井杜夫
くらや
片
荻谷マンション
ファッションプラザ荻谷店
京ホール
京ホール
剣豪社
中華美国
アルカディア
成都ビル
成都エンタープライズ
(株)インターセプタ
ドラッグストア
磯文具店
ベルホビー
トイメイト
東海林
ノースシティ
33
34

7

重いスーツケースを引きずりながら人混みの隙間を必死で抜ける。気温と湿度と人いきれで身体はじっとりと汗ばみ、折角セットしてきた前髪もおでこに貼り付いてしまった。気になって手を伸ばそうにも、晶の手はどちらも荷物で塞がっている。そんな時、

「こっちだ」という声がした。壁際で天河が手を上げているのが見える。気遣って一緒に手荷物受取所についてきてくれた桃姉にも天河の姿が見えたようだった。

「行くわよ」

桃姉が先立って歩くと人が左右に分かれていく。まるでモーゼが波を割って進むようだ。その後ろを遅れまいと必死でついていく。ようやく天河の元に辿《たど》り着いた時には全身から汗が噴き出していた。

「すみません……。荷物がなかなか……出てこなくて……」

晶が声を上げると、鷹目の隣に立っている男が振り向いた。背が高く、白いスーツに

サンダルというちょっと斬新なスタイルだ。

「こちら、リーデンブロックの蛍石さんだ」

天河が紹介すると、蛍石が微笑みながら軽く頭を下げた。高温多湿の沖縄の気候などものともせず、サラサラの髪がふわりと揺れた。この世に生まれて四半世紀、目の前に立っている男はこれまでに出会った、見かけた、すれ違った、どの男よりもハンサムだった。呆然と突っ立った隣で、「メイキョウの桃田です。本日はお招きいただきありがとうございます」いつもと変わりなく桃姉が挨拶をする。

「こちらこそ遠いところまでお呼び立てして申し訳ありません」

蛍石は流れるような仕草で革製の名刺入れから名刺を一枚抜き取ると、桃姉に差し出した。桃姉もまったく引けをとらない優雅さで、ヴェオルの茶色い革製の名刺入れから名刺を一枚抜き取ると、蛍石より低い位置で差し出した。名刺に添えられた指先には沖縄の海をイメージさせるような淡いブルーのネイルが輝いている。

「瑠璃さん……ですか。美しいお名前ですね。となると十二月生まれですか？」

「いえ、サファイアです」

蛍石はちょっと意外そうな顔をしたが、すぐに笑みを浮かべて「なるほど。瑠璃さんのご両親は実に素敵なセンスをお持ちですね」と言った。

瑠璃、即《すなわ》ちラピスラズリは十二月の誕生石だ。しかし、桃姉の誕生月は九月。誕生石はサファイアとなる。しかし、旧約聖書の中に書かれているサファイアとはラピスラズりを指しており、古代ではサファイアは特定の石ではなく青い石全体を意味していたと言われている。たった数秒の間に交わされた大人の会話をうっとり夢見心地で聞いていると、「おい」と背中を突《つつ》かれた。鷹目が眉間に皺を寄せている。晶は我に返って慌てて名刺を差し出すと、「初めまして。メイキョウの駒木根です」と頭を下げた。

「バカ、名刺が裏側だ」

「……え」焦ってひっくり返すと「逆だ」とさらに追い打ちをかけられた。

「すみませんねぇ、こいつはまだひよっこなもんで」

鷹目が頭を掻きながら謝ると蛍石は小さく首を振った。

「ひよっこさんなのに今回の出張に同行していらっしゃる。ということは、何か特別な能力があるのかな？」

「そんなものは……」口籠った時、天河がさり気なく横から「洞窟に潜るのが趣味なんでね、同行させました」と言った。

「洞窟が趣味、そりゃ凄い」

蛍石は薄く微笑むと「よろしくお願いします」と名刺を差し出した。

晶は俯《うつむ》いたまま蛍石の名刺を受け取った。大人の女性の優雅さもなく、社会人としての振る舞いも出来ない。おまけに汗だくで前髪もヘン。ほとほと情けない。微笑みかける蛍石から逃れるように顔を逸らした。

8

メイキョウ一行はリーデンブロックの従業員が運転するバンに乗車した。ひとまずホテルにチェックインしてからという蛍石の提案を天河は柔らかく断った。兎《と》に角《かく》、蛍石が言う証拠とやらを一刻も早く確かめてみたかった。異論が出なかったところをみると、他のメンバーも同じ気持ちのようだ。だが、別件でひと悶着《もんちゃく》あった。秘密厳守の為という理由でアイマスクの着用を求められた時、鷹目が強く反対した。どんなにお願いされても鷹目は頑《かたく》なに拒否した。たかがアイマスクだし、こちらがまだ依頼を受けていない以上、蛍石が秘密にこだわるのも頷ける。理解し難いのは鷹目の態度だ。結局、折衷案として鷹目は一番後ろの座席で横になり、寝るということで落ち着いた。

車内では空港からずっとJ‐POPがかかっている。確かこのバンドは沖縄出身だった。蛍石の趣味なのかは分からない。目を塞がれた状態で車に揺られ、時折眠気に襲われたが我慢した。体感的には三十分ほど経《た》った頃、車が停車した。蛍石が「着きました」と告げた。

「アイマスクは？」

「お取りいただいて結構です」

天河はアイマスクを外した途端、ギョッとした。てっきり外は燦々《さんさん》と眩《まばゆ》い南国の太陽が照り付けていると思いきや薄暗かった。ポツポツとオレンジ色の電球が見える程度で、ほとんど何も見えないといった方がいいかもしれない。駒木根も桃田も警戒しながら周囲を見つめている。この状況で一番騒ぎそうな鷹目は、後部座席で腕を組み、すーすーと寝息を立てていた。

「ここは……」

「我が社が所有している倉庫の中です」

目を凝らしてみても、あまりに薄暗くて、高さも奥行きもよく分からない。

「なぜ、倉庫なんかに……？」

「ここに証拠があるからです」

助手席に座っている蛍石がスマホを操作すると、倉庫の灯《あか》りが奥から順に点灯した。かなりの奥行きがある。想像していた以上だった。だが、天河の目はある一点に吸い寄せられた。車内の窓からは全貌が分からない。何か天井に届きそうなほど巨大な構造物がある。晶が蛍石の許可を待たずにドアを開け車を降りた。天河は「おい」と声をかけながら慌てて後を追う。晶は正面を見つめたまま呆然と突っ立っている。天河は照明を浴びて鈍く光る白銀の構造物を見上げた。

「これは……なんだ……？」

「これこそ人類を地の底に案内してくれる乗り物です。正式名称は『自由断面掘削機型車両』。我々は万感の思いを込めて〈道行《みちゆき》〉と呼んでいます」

「〈道行〉……」

「なんなんだよ、こいつは……」

いつの間にか鷹目が隣に立っていることにもまったく気づかなかった。

「俺が想像してたのと全然違ってやがる……」

「お前……想像してたのか」

「仮にあったとしての話だ」

「鷹目さんが想像されていたものは、もしかしてドリルですか？」

鷹目がギョッと目を見開いた。それを見て「ははは」と甲高い声で蛍石が笑う。

「昔の特撮モノとかアニメとか、大体は先端に大きなドリルが付いていましたもんね」

「ドリルは男子の夢だからな……」

夢かどうかはさて置いて、天河自身もぼんやりとイメージしていたのはドリルの付いた戦車のような形だった。だが、目の前にある〈道行〉の形状はまったく違う。先端には円環があり、そこに無数のトゲのようなものが付いている。まるでサメの歯のようにも見える。円環の中央は空洞で、中から四本のノズルが突き出ている。これが何をするものなのかは分からない。円環の後ろには同じように大きな筒が付いていて、ざっくり表現すると形はネジによく似ている。天河は一歩、また一歩と〈道行〉に近づいた。円環だけでもとてつもなく大きい。テニスコート一面は優に超えていると思う。この構造物が果たして地下に潜れるのかどうかは分からない。ただ、これだけのものを設計し、一から部品を作り、組み立てるだけでもそれなりの金がかかる。久保が調べた大手企業の資本がなければ、実績のないベンチャー企業がこんなものを作れるとは到底思えなかった。

「ドリルだの男子の夢だのって言ってるバカはどいつ？」

不意に大声が響いた。〈道行〉の背後から人影が現れる。女だった。歳の頃は三十代半ばから四十代前半くらいだろうか、化粧っ気のない顔、長い髪は後ろで一つに纏められ、ツナギの上半身を脱いで腰の位置で結んでいる。黒いTシャツからはまるでロケットのような大きな胸が突き出している。

「紹介します。設営主任でロボット工学の権威、〈道行〉の設計にも携わった森《もり》稲葉《いなば》博士です」

森はニコリともせずメイキョウの面々を見つめると、「ドリルって騒いでたの、誰？」と重ねてこっちを睨みつけた。

「俺だ」と鷹目が凄む。

「あんなのただの飾りよ」

「この先端の形状はシールドマシンだ。トンネルとか掘るタイプの」

「そうであり、そうでなし」

「まんまじゃねぇか！　機能美もねぇ、想像力もねぇ、パクっただけのシロモンだ」

「ハッ」と森が馬鹿にしたように鼻を鳴らす。

「これだからド素人は困るのよ」

「何っ」

「じゃあ聞くけど、岩石が融解するってのは——」

「知ってる。マグマがそうだ。ちなみに岩石は温度が高いと粘性が低く、低いと粘性が高くなる性質がある」

森が細い眉を片側だけ吊《つ》り上げた。天河も驚いた。なんだかんだ言いながらも、鷹目は独自に地底のことを調べていたようだ。

「あんた、名前は？」

「鷹目だ」

「じゃあさ、鷹目ちゃん。岩石それぞれの融点は分かる？」

「それは……」

突然ちゃん付けされてペースが狂ったのか、鷹目が口籠った。

「粘質の低い玄武岩は摂氏１１００度から１２００度。石英安山岩や流紋岩は７００度から８００度。堆積岩もだいたい同じ。ちなみにですが摂氏１５００度から２０００度でほとんどの岩石は蒸気になります」

森の視線が鷹目から後ろに向けられた。

「メイキョウの駒木根と申します」挨拶して一礼する。

「じゃあさらに聞くけど、その熱に耐えられる金属って何？」

「金の融点は１０６４・４３度、銀は９６１・９３度、鉄は１５３８度だから……」

「そこに回転による摩擦が加わると？」

「ほとんどの金属は溶けてしまう……」

「つまり、ドリルってのはリアル科学じゃなくて空想科学のデザインなわけよ」

そう言って森はニヤリと笑うと円環の真ん中を指さした。

「じゃあどうやって地下に潜んのか？　掘るという思考を外せばいい。つまり砕く。スパイラルタップの真ん中に突起物が見えるでしょ。あそこからレーザーを高速で発射して岩盤を打ち砕くわけ。砕いた岩をカッターヘッドが回転しながらガリガリと削っていく」

「レーザーで岩を砕く……」

鷹目の呟きに森が大きく頷く。

「そうよ。進行方向の地層にどんな岩があるのかを計測して、ＹＡＧレーザーをピンポイントで当てる。ＹＡＧってのは『イットリューム』『アルミニウム』『ガーネット』の頭文字ね。つまり、レーザー光を発生させる複数の媒体元素、あるいは特徴付けられた――」

「だからなんなんだよ、それは」

「伝送が自由であり曲線的で繊細な作業が可能ってことよ」

「つまり、使い勝手がめちゃくちゃいいってことですか？」

「そういうこと。ちなみに先月の試験運転では７・８㎞潜ったわ」

鷹目も晶も黙り込んだ。森は腰に手を当てぐっと胸を突き出して「他に質問は？」と尋ねた。

「ちょっといいですか？」天河が口を開くと森が「どうぞ」とばかりに手を差し出す。

「今の説明でどうやって潜るのかはなんとなくですが分かりました」

「なんとなくね」森が鼻で笑う。

「それは置いといてですね」

「へぇ、今度は置いとくんだ」

森のちゃちゃをスルーして「そもそもですよ、これまでどうして人類は地中に行くことが出来なかったんでしょうか」と問うた。

「あー、それいい質問だわ」

パチンと掌を合わせると、森の表情が綻んだ。笑うと一転して少女のようにも見える。

「私もずーっと不思議だったのよ。だって人類は月にも行ってるし、近い将来、宇宙旅行もやろうって話じゃない。ロケットだって日常的に飛ばして、珍しいなんて誰も思っちゃいない。なのに、なんで地面は行けないわけ」

「なぜです？」と重ねて尋ねる。

「理由は地球自身の地熱と気圧なんだよね。ちなみにあんた」

いきなり指をさされて晶が「ヘッ」とおかしな声を上げた。

「スペースシャトルや宇宙船が地球に戻る時の最大の問題はなんだと思う？」

晶は不安そうに天河や鷹目、桃田の顔を見つめ、「多分……大気圏では……」と答えた。

「そう！　再突入する際、熱の壁による空力加熱が発生するの。標準大気でマッハ３の突入速度の場合、理論値でのよどみ点温度はおよそ３５０度を超える。でも、ここからが大事なところ。スペースシャトルや宇宙船は——」

「……無事に帰ってきた」

森は満足そうに頷き、「地熱と気圧を完璧に制御することが出来れば、理論上は潜っていけるってことになる」

「それで分かったぞ。円環の後ろにくっ付いてる筒の意味。地熱は耐熱タイルである程度まで防げることは実証済みだ。形が丸いのは自転して熱エネルギーを発生させ、それを動力にするってことだ」

「鷹目ちゃんご名答！　と言いたいところだけどブップー」

「なんだ、違うのかよ……」

「動力は地上から送るマイクロ波よ。マイクロ波を直流電流に整流変換するレクテナを使ってる。深度５㎞ごとに基地局を設けてそこからマイクロ波を受け取る」

「つまりそれって……携帯電話のように？」

「そ、あれとまったく同じ原理。鷹目ちゃんさ、あんた技術屋でしょ？」

「まぁな」と照れたように頭を掻く。

「こっち来て。他にもいろいろ見せたいものがあるから」

森はそう言うと鷹目の腕に自分の腕を絡め、引きずるようにして歩き出した。鷹目は困り顔で振り返ったが、天河にはまんざらでもない様子に見て取れた。

「どうやら主任と鷹目さんとは馬が合いそうですね」

「そのようです」

蛍石と一緒に二人の背中を見つめて苦笑した。

「では、コロニーの方は私がご案内しましょう。拙い説明にはなりますがそこは勘弁してください」

9

〈道行〉は全高8m、総全長は58・8m、重量は3万6000t。前後にある切削車両部を除くと約33mある。居住区の内訳は操縦車両、個室男性・女性車両、それを挟むように食堂兼リビング車があり、食料車や資材車が続く。もちろんキッチンやシャワールームなども狭いながらも完備されている。様々な資機材は一番後方の資材車に収納する。天河は蛍石の説明を聞きながら、上下左右に忙《せわ》しく顔を動かし続けた。すべて初めて見るものばかりで、しかも独創的でユニークだった。蛍石が前を向いている時など、天河はこっそり壁や器具を触って感触を確かめた。

「居住区は幾らでも増やすことが可能です。用途によって研究車や遊戯車なんかもね」

蛍石の口振りは、まるでカラーボックスの組み合わせを勧めるショッピングモールの店員のように軽やかだった。

正直、驚きの連続だった。天河は冷静でいようと何度心に言い聞かせても、身体の震えを抑えることが出来ない。プロポーズの時、子供が生まれた時ですらこんなことはなかった。

これまでに人類はたくさんの未知なる世界を切り開いてきた。飛行機を作って空を飛び、ロケットを作って宇宙に行った。今や1000mの海底だって潜ることが可能だ。最初にそれをやろうと言い出した者は、きっとバカにされたことだろう。誰にも耳を傾けられず、鼻で笑われて終わりだったに違いない。実際、蛍石が地底にある空洞を地図化して欲しいと申し出た時、天河はまともに受け合わなかった。誰に言われたのでもなく、教わったのでもない。地面に潜ることは不可能だという固定観念がそうさせていた。出来ないのではなく、やれないと思う心が、本当に出来なくしてしまうのだ。地底に潜る。これまで誰もなし得なかったことが現実になるかもしれない。自分がその一員になるかと思うと、いやが上にも気持ちが昂《たかぶ》ってくる。

ふと我に返ると、晶がこっちを見ているのに気づいた。

「どうした？」

「これから事務所の方に移動するそうです」

「桃田は？」

いつの間にか蛍石も桃田の姿も見えなくなっている。

「蛍石さんと先に行っちゃいました」

晶の言い方にちょっと棘《とげ》が混ざっているのを感じたが、「そうか」とだけ答えた。

「足下、気をつけてください」

何に使うのか分からないホースやコードの束が床に散乱している。

「なぁ、招き猫」

晶が振り向く。

「お前、どう思う」

「どうって、何がです？」不思議そうな顔でこっちを見つめてくる。

「だから、これを見てさ」

晶はポンポンと掌で壁を軽く叩《たた》くと、「あぁ、これで地下に潜るんだなぁって思ってますけど」と答えた。

天河は晶がすでに現実として捉えていることに唖然とした。自分のようにあれこれ考えることなく、ありのままに受け止めている。逞しいというか現実的というべきか。

「なんでですか？」

「いや、いいんだ。行こう」

天河は注意された通り、足下に気をつけながら通路を歩き出した。

事務所も想像したものとは随分と様子が異なっていた。ここは倉庫の中だし、一区画にプレハブ小屋があり、机やパソコン、ホワイトボードが雑然と並べられているだけの粗末なものを想像していた。しかし、実際に目の前に広がった空間は都会の洗練されたオフィスかと見紛《みまが》うほど美しく整えられていた。白い壁にはミュージシャンや映画のポスターが貼られ、無数のモニターと書棚が並んでいる。ソファや椅子も高級ブランドのものだ。しかもビリヤード台やダーツまであった。鷹目と森はすでに事務所の中の一角でこちらを顧みることなく夢中で話を続けており、桃田はソファに座ってファッション雑誌をめくっている。

奥の冷蔵庫から蛍石がグラスを持って現れた。

「すみません。今日は休日で誰もいないのでろくなものがありません。あそこのサーバーで好きなものを選んでください」

休日じゃなければどんなものが出てくるのかと思ったが、礼を伝えると、グラスを持ってサーバーの方に向かった。

「さきほど見ていただいた〈道行〉を運営するのは二つの班ということになります」

飲み物を手に広い机に集った面々を前にして、蛍石が滑らかな口調で説明を始めた。

「地下の状況を学術的に探査する『研究班』と、〈道行〉や装備等のメンテナンス、生活全般をサポートする『設営班』です」

喋りながらＡ４の用紙を配っていく。

「班の内訳は南極観測隊をモデルケースに考案しました。『研究班』と『設営班』の中にはまだ正式な返事をいただいていない方も数名いますが、二週間の内にはまとまると思っています」

配られた用紙には顔写真の他、名前や年齢、所属や専攻などが書かれている。

晶が突然、「わっ！」と声を上げた。

「なんだよお前、デカい声出して……」

鷹目の言葉を無視し、晶は渡された用紙を桃田に見せ、「ここ、ここ」という風に指さした。

「これがどうかしたの？」桃田が小首を傾げる。

「先生です……」

小声を耳にした蛍石が「どの人ですか？」と尋ねた。晶は用紙を摑んで蛍石の方に見せた。

「日長《ひなが》教授ですね」

「日長教授っていや、地質学の権威だろう？」

晶は鷹目に向かって頷くと、「私、先生の教え子なんです……」と小さく言った。

「教え子？」

「あ、いや、学問の方じゃなくてケイビングの方の……」

蛍石が何かを思い出すように指を顎の下に添えた。「もしかしてあなたは……『猫ちゃん』ですか？」

傍目《はため》にもはっきり分かるくらい晶の表情が変わった。明らかにうろたえている。

「なるほどそうでしたか。以前、教授と食事をご一緒した時、ケイビングのお話を聞かせていただいたことがありましてね。その時、何度も『猫ちゃん、猫ちゃん』と仰《おつしや》られていたんです。名前は最後まで明かしてはいただけませんでしたが、地底の申し子だと仰られてました」

「地底オタクじゃなくて申し子！　それって地底人ってことか」と鷹目が笑った。

「知りませんよ！」

「なんだ、招き猫の方じゃないのか？」今度は天河が言った。

「招き猫なんて言われたの、会社に入ってからです」

「ちょっと待ってください。今は招き猫って呼ばれてるんですか？」

口調は変わらず静かだが、蛍石の目には明らかに面白がっている光が浮かんでいる。

「音の響きがなんとなく似てる感じがしましてね」

「似てませんって！」

「なるほど。お前がムキになって嫌がってたのは、『猫ちゃん』って呼ばれてたからか」

「地底人の『猫ちゃん』はメイキョウに就職し、ひよっこなのにベテランの皆さんに交じってここまでやって来た。まさしく地下に招かれた『招き猫』というわけですね。実にいいじゃないですか。プロジェクトのマスコットとして、これからも福をたくさん招いてください」

「そういうことだ」天河が言うと、これ以上何を言っても無駄だと思ったのか、晶はぷいっとそっぽを向いてグラスのアイスコーヒーを飲み出した。その仕草、変に媚《こ》びず我が道を行く、なるほど猫にそっくりだと思った。

「さっきもお話しした通り、陣容はほぼ固まりました。〈道行〉の行動試験も申し分ありません。ここにメイキョウさんが加わってくれたら、プロジェクトは前に踏み出します」

　天河は答えず、腕を組んだ。蛍石は天河が口を開くのを静かに待っている。

「正直、驚きました……」天河は呻《うめ》くように言った。

「まさかこれだけの準備をされているとは想像もしていませんでした。しかし、だからといって私の一存では決められません。御社とは初めての取引であり、事業自体も夢のような話ですから」

「別に夢のような話じゃないんだけどね」ペンをくるくると器用に廻《まわ》しながら森が口を挟む。

「夢ではなく現実なんですが、御社がそう思われるのも無理はありません。持ち帰ってじっくり検討なさってください」

「ありがとうございます」

「ただ、こちらとしてもいつまでも待つという訳にはいきません」

「そうでしょうね」天河は小さく頷きながら腕組みをした。

まず、社内のコンセンサスを取らなければならない。今回のことはここにいる四人しか知らない。上司や役員に報告し、賛同を得なければならない。次に地底にある空洞を地図化する際、それに対応する機材の選別も必要だ。現在使用している機材が役に立たない場合は新たに開発することになる。そして人員の選抜。どれほどの期間、地下に居続けることになるのか分からないが、誰でもいいという訳にはいかない。こちらが行って欲しいと願っても、断られる可能性がある。地下では何があるか分からない。帰って来たいと思ってもすぐには出て来られない。覚悟が必要だ。

「少なく見積もっても、準備に一年は掛かりますね」

蛍石は黙って天河を見つめている。表情は変わらない。しかし、頭の中では様々なことが駆け巡っている筈だ。

「しかし、秋にはメイキョウとしての答えを出します」

蛍石が微かに眉を動かし、「秋……」と呟く。

「それは参加するか否かということですね」

「そうです」

天河の言葉に蛍石が笑みを浮かべた。

「分かりました。よい返事を心から期待しています」

リーデンブロックの秘密基地をあとにし、夜に那覇《なは》市内の久茂地《くもじ》にある「離《はなれ》」という名の居酒屋に集まることにした。夜までは自由行動にしたので、他の三人がどう過ごしていたのかは知らない。天河はベッドに寝そべり、これからのことをあれこれ考える内にうとうとしてしまった。

「離」には初めて訪れた。この店を選んだのは桃田だ。那覇にいる友人の勧めということだった。店主は茶色い髪を束ねた人懐っこい男で、年季の入った前掛けをしており、そこには薄《う》っすらと宇宙人のイラストが描かれていた。桃田が頼んだ島らっきょうは絶品で、そのことを店主に伝えると、「ありがとうございますぅ」と小気味好い返事と「ハハハ」という気持ちの良い笑いが返ってきた。

「天河さん、なんですぐに返事しなかったんですか」

泡盛の水割りで頬を赤くした晶が絡むような視線を向けてきた。

「そんなもん、勝手に決められるワケねぇだろう」

天河が答える前に鷹目が言った。

「だってあんな仕事、他にないじゃないですか！　人類初の試みをみすみす逃すんですか！　他に取られたらどうするんです？」

矢継ぎ早に言い立ててくる。地底に挑む。誰もが果たしたことのない前人未踏の地。地下空洞の地図化、ともに行くのは先生。晶にとっては言うことない仕事なのかもしれない。

「おい、黙ってないでお前からもなんか言ってやれよ」

桃田の作った泡盛のお湯割りを口に運びながら、「こちらは相手を知らなさ過ぎる。性急に答えを出すのは危険だ」と言うと、鷹目がほれみろという顔をした。

「とはいえだ。人類初の凄い試みだとは思う」

「ですよね！」

「でもな、俺はそれ以上にやりがいを感じるんだ」

「やりがい……？」

「メイキョウの地図は日本全国津々浦々を網羅した。確かに更新という大事な作業はこれからも続いていく。でも、未知の場所を地図化するという開拓時代を知っている者にとっては、それは少し寂しいことでもある」

「そりゃぁな。いろんなことがあったからなぁ」

「もしかすると、日本地図を作った伊能忠敬《いのうただたか》も、最初はそんな気持ちだったのかもしれないわね」

「あー、桃姉、やっぱ良い事言うなぁ」

「お前は黙ってろ」

「お前ってなんです。私の名前は駒木根です。今の、パワハラですよ！」

「うるせぇよ」

「うるさいのはそっちです！」

「まるで親子みたいね」

桃田の一言に二人は一瞬静まり、再び嵐のような否定合戦が始まった。

やがて晶は鷹目に背中を向けると、「『人が欲しいと言っている。だから、作る』。これってメイキョウの創業理念で、最初の住宅地図を作ったきっかけがこの思いだったんですよね」と天河に尋ねてきた。

「その通りだ。それを確実に作るのが、俺達地図屋のプライドだ」

「くそっ！」鷹目はハイボールのジョッキを飲み干すと、天河を真っ直ぐに見た。

「やってやろうじゃねぇか」

天河はそのまま視線を桃田に移す。

「面白いと思うわ」

言うまでもなく晶も「面白過ぎます！」と声を張った。

「よし、帰ったら動くぞ。忙しくなるから覚悟しておけよ」

尺　度

10

天河が指定してきたミーティングの場所は本社ビルの会議室ではなかった。本社では人の目に触れ過ぎると考えたのか、それとも別の理由があるのか分からない。場所は小倉北区室町《むろまち》にある「地図の資料館」の小会議室だった。

地図の資料館は北九州市でも有数の商業施設、リバーウォークの十四階にある。ここにはメイキョウの歴史のみならず古今東西、様々な世界の地図が収蔵されている。中でも江戸時代後期に歩いて日本を巡り、当時の最先端レベルで測量、編集を行った伊能忠敬の地図、伊能中図《いのうちゅうず》の所蔵は全国でも群を抜いている。伊能忠敬は第七次測量を行う際、小倉の紫川《むらさきがわ》にかかる常盤橋《ときわばし》を九州の測量の起点とした。メイキョウが今もこの地に居を構え続けているのは、北九州が地図作りの原点だと考えているからである。ついでながら言うと、晶はここからの眺めが大好きだった。大きなガラス張りの向こうに北九州の街並みが、関門《かんもん》海峡や下関までもが一望できるのだ。新人研修で初めてここを訪れた時、スタッフの説明をろくに聞きもせず窓の外ばかりを眺めていた。それからは用もないのに、何度もここを訪れている。ただ、景色を眺める為だけに。

約束の時間よりちょっと遅れて地図の資料館に着くと、小会議室にはすでに三人が揃っていた。

「すみません。ちょっとミーティングが長引いて――」

「いいから座れ」鷹目に遮られて口を閉じ、空いている椅子に座った。入れ替わるように天河が立ち上がると、そのまま壁際に移動してホワイトボードの前で止まった。

「只今《ただいま》より、極秘プロジェクトを始動させる」

高らかな宣言と同時にホワイトボードをくるりと回転させた。そこには黒いペンで書かれたローマ字がデカデカと記されている。

「チーム名は『MO《モ》GU《グ》RA《ラ》』だ」

あまりにもそのままのネーミングに誰もが口を開けたまま固まった。

「どうかしたか？」

「そのまま過ぎて驚いた……」

「ありきたりでひねりが無いわね」

鷹目はともかく、桃姉の感想には一片の容赦もない。「お前はどうだ」と晶に、鷹目がギョロリと大きな目を向けた。

なんでこっちに振るの！　そう思った時には天河と桃姉の視線も向いていた。

「私は……」

「早く言え」と鷹目が急かす。

「確かにそのまんまです。まんまですけど、そのまんまさがかえっていいようにも思います」

本当は何も考えてはいなかったが、鷹目から急かされたからか、予期せぬ言葉が口をついて出た。

「お前、いつから天河の犬になった？」

「もう猫は払い下げですか？」

「チッてなんですか！　だいたい、名前なんかどうでもいいでしょう。そんなことに貴重な時間を割くのは勿体《もったい》ないと思いますけど」

「何ぃ？」

鷹目が続けて何か言おうとするより早く、天河がパンと手を叩いた。

「招き猫の言う通りだ。大事なのはこのプロジェクトを実のあるものにするってことだ。でも——名は体を表す。おろそかには出来ん。このプロジェクトはまだ秘密だ。日の当たる場所に出る為には我慢が必要だ。モグラは一生の大半を土の中で過ごす。冷たくて暗い土の中で。俺達は今、まさにモグラなんだ」

天河の日焼けした顔が紅潮し、髪をオールバックに撫でつけているせいで強調された広いおでこは、蛍光灯の灯りを受けていつも以上にテカっている。狭い小会議室の中では大き過ぎる声は壁を突き破るようであり、しかも熱っぽかった。

「お前がそこまでこだわってるんなら好きにしろよ」鷹目が腕組みする。

「じゃあ私は頭文字を取って『M』って呼ばせてもらうわ」桃姉は同意しつつも、しっかりと爪痕を残した。

「私も同意します」

天河は愛用の黒い鞄を開けると、数枚の紙を取り出して全員に配った。そこにはこれからの問題点や動きなどが記され、チーム名の「MOGURA」もちゃっかり、いや、しっかりと記されている。

「上の方に話を伝えるにはまだ情報が少な過ぎる。固まっていない内に漏れてしまうとそれこそ足下を掬《すく》われかねん。だから、ここにいるメンバーに仕事を分担したい。俺は引き続きリーデンブロックのことを掘り下げて調べる。桃田には俺が提示した人物の調査、鷹目には地下20㎞まで潜った際に使える機材や地図の作製方法などの検討をお願いしたい」

鷹目と桃姉は頷いた。

「招き猫」

「――あ、はい！」

「お前にも仕事を頼みたい」

「お手伝いならなんでもします」

「そうじゃない。お前にもちゃんとした役割を用意してある」

「私にですか……？」

「新たなレク部を立ち上げる。ズバリ、『ケイビング部』だ」

メイキョウには様々なレクリエーション部、通称レク部があって、活動はそれなりに活発に行われている。クラシックからロック、レゲエと幅広い音楽を聴きながら銘々が作った料理を持ち寄る「ダイニングサウンド部」。レゴブロックをリレー形式で繋げ、大型の作品を仕上げる「レゴマラソン部」。時刻表を片手にひたすら電車に乗りまくり、あてのない旅を楽しむ「車窓から景色部」。他にも挙げればいくらでもある。新しいレク部を立ち上げるのに特別な申請などは必要ないし、レク部が増えることにメイキョウの社員は抵抗がない。

「インストラクターをやれってことですね。了解しました！」

「違う。お前が部長だ」

「……えーっ！」

11

良く晴れた日曜日の朝だった。晶は愛用のトレッキングシューズにサイズ22・5㎝の足を収め、靴紐《くつひも》が歪《ゆが》んでいないか、緩みはないかを確認しながら、管理棟の中に響き渡る喧騒《けんそう》に耳を傾けていた。弾んだ声、早口、固い声。どの声からも緊張と興奮が感じられる。当然だった。これから地続きの日常とは違う、非日常に足を踏み入れるのだから。

ケイビング部の立ち上げを決めてからの動きは電光石火だった。天河はミーティングの翌日、総務や人事を回って部の創設を取り付け、チラシは桃姉がデザインして、すぐに社内掲示板に貼り出した。連絡をただ待つという余裕もないので、同時にリストアップも進めた。社内の人物を○、△、×で選《え》り分けるのだ。「息が臭い」は△。「不潔」「嘘つき」「女好き」は×。「絡み酒」は×の二乗。「これ、お前のことな」と嫌味を言う鷹目にも思いっきり×を食らわしてやりたいところだがそういうわけにもいかない。天河、鷹目、桃姉の三人は実に楽しそうに選り分けを進めていく。まだ、社内の人物をそこまで詳しく知らない晶は完全に蚊帳の外に置かれたが、意外な特技や見かけによらずダメな部分が漏れ聞こえてきて、これはこれで勉強になった。

完成したリストを渡され、晶はまず○と△に手当たり次第に声をかけた。

「洞窟？　興味ないね」

「ヘンな虫がいそうでイヤ～」

「暗いところ、怖いんだよ……。夜も電気を点けたまま寝てるんだ……」

断られた理由は様々であり、それぞれ納得できるものだった。そもそも洞窟に興味を持つ人なんて限られているし、虫が嫌いな人は男女問わずいる。しかも、洞窟には地上の虫よりも足の多いのがわんさかいる。今でもゲジゲジと鉢合わせした時はゾッとする。それから暗所恐怖症の人は絶対に入らない方がいい。音もなく、風もなく、匂いすらない、真の暗闇がそこにあるからだ。何度も鷹目にせっつかれながら総勢百名以上に声をかけた。しかし、最終的に参加するのは六名に留《とど》まった。開発本部の高篠亘《たかしのわたる》、商品制作部の実里有希《みさとゆき》と前山聡子《まえやまさとこ》、ＤＢ制作本部の今川義男《いまかわよしお》とサーベイ本部からは田所洋之キャップだ。

そしてもう一人……。

という事で、この六名と「ＭＯＧＵＲＡ」の桃姉以外のメンバーを合わせた計九名で週末、ケイビングを行うことになった。体験する場所は平尾台だ。福岡県北東部に位置する平尾台は標高370~710m、面積約12平方㎞の結晶質石灰岩からなるカルスト台地である。山口県の秋吉台、四国カルストと並んで、日本三大カルストとも呼ばれている。カルストとはドイツ語で、石灰岩など水に溶解しやすい岩石で構成された大地が、雨水や地下水に浸食されて出来た地形のことを意味する。平尾台は会社からも近く、千《せん》仏《ぶつ》鍾乳洞、目白洞《めじろどう》、牡鹿洞《おじかどう》、青龍窟《せいりゅうくつ》など無数の洞窟が点在している、まさにケイビング体験にはうってつけの場所だ。晶自身、休日にはここを訪れ、すでに何度も潜っていた。

側に誰かが近づいて来た。顔を上げると男が立っていた。短く刈り込んだ髪、ウインドブレーカーを着ていても分かる筋肉質のずんぐりした体軀《たいく》、何より特徴的なクリクリ眼が輝いている。平尾台ケイビングガイドの杉崎雅也《すぎさきまさや》だ。

「無理を言ってすみませんでした」晶は立ち上がると同時に頭を下げた。

今日のケイビングをするにあたって、かなり強引なお願いをしていた。本当は来月しか予定が空いていないところを、「会社で部を作ったから、ちょっとでも早く体験をさせたい」とわがままを言ったのだ。平尾台でケイビングを行う場合、勝手にやってはいけない決まりになっている。必ず平尾台を管理する事務所に連絡し、洞窟へのガイドを伴わなければならない。

「杉崎さんがいろいろやり繰りしてね、元々入っていたパーティーを午後に廻してくれたんだよ」

管理棟の奥からレジ袋を二つ抱えて現れた別の男が言った。背が高く、身体は細く、顔も面長で細い目には眼鏡をかけている。杉崎とはどこまでも対照的な野田透輝《のだとうき》もまた、ここでガイドをしている。といっても専属ではなく、本職はエンジニアだ。洞窟好きという趣味が嵩《こう》じて休日と週末限定で助《すけ》っ人《と》をしているという変わり種だった。

いくらガイドだからといっても、一日に何度も地下に潜るのは体力的にキツいだろう。素人を事故のないように導かなければならないから、むしろ精神的な負担が大きいのかもしれない。本当なら二人には理由を説明して、理解してもらった上で協力を要請するのがいいに決まっている。だが、事は極秘のプロジェクトだ。成立するまでは決して外に漏れてはいけなかった。

晶はもう一度「ごめんなさい」と頭を下げた。

「んにゃ」杉崎が太い首を左右に振ってコキコキと音を鳴らす。「んにゃ」は杉崎特有の口癖だ。察するにこの場合、「問題ないよ」という意味……なんだと思う。野田が微笑みながらレジ袋を差し出した。中には水の入ったペットボトルが入っている。

「皆さんに渡して」

洞窟は湿度100%の世界だ。知らず知らずに身体から汗が噴き出す。きちんと水分を補給していないと熱中症にもなる。

「すみません。何から何まで……」

自分の手際の悪さに心が痛む。

面々を見渡した。

「それでは皆さん、こちらに注目してください」杉崎はよく通る声でケイビング部の
「おはようございます。ようこそ平尾台へ」

「おはようございます」と管理棟の中にメンバーの声が広がる。

「準備は出来ましたか？　洞窟の中は濡《ぬ》れます。それに滑ります。靴紐はしっかり結べているか、もう一度確認してください」

　鷹目が大きな身体を窮屈そうに折り曲げて紐を確認するのが見える。隣に立っている天河は足下を見ない。紐は左右対称にきっちりと結ばれている。陸上部の顧問をしているからこういうことには慣れているのだろう。だがその後ろ、まだ右足に靴を履いていない若い男がいる……。

　実はリストアップをした際、○にも△にも×にも当てはまらない存在がいた。同期の日向翼だ。晶自身、どうせケイビングなんてやらないだろうと思っていたから声もかけていなかった。すると、「俺もやりたい」と翼の方から言ってきたのだ。これには正直、驚いた。とはいえ、部に入れてもトラブルの種になるのは容易に想像がつく。「断ります」という晶に対し、以外にも鷹目は「ダメだ」と首を振った。

「誰にでもチャンスはある。一度やらせて、その上で判断しろ」

　完璧な正論……。天河ならまだしも、それが鷹目の口から出た言葉だったから余計に

驚いた。そして、ちょっとだけ見直した。

晶がおもむろに翼に近づくと、「この紐、堅くてほどけないんだよなぁ」と独り言のような誰かに訴えるようなセリフを吐いた。

「なぁ……じゃないって」

翼の手を払いのけ、絡まった紐を引っ張りながら解《ほぐ》していく。どうすればこんな状態になるのか不思議だったが、聞いても埒《らち》が明かないから黙って作業を続けた。一分ほど格闘してようやく紐がほどけた。翼は感謝するでもなく、すまなさそうな顔をするでもなく、明後日《あさって》の方向を向いて貰《もら》ったペットボトルの水を飲んでいた。

「出来たよ」

「あぁ」

「他になんか言う事ないの？」

「何が？」

はぁ……。翼と接していると自然に溜息《ためいき》が漏れてくる。でも、一緒に洞窟に入るのはこれが最初で最後になるだろう。

「皆さん、大丈夫なようですね」杉崎がちらりとこっちを見るのが分かった。晶は小さく頷いて問題ないと合図した。

「本日入るのは目白洞という石灰岩の洞窟です。年間を通して気温は17度、水温は14度くらいです。ちなみに湿度は１００％ですね。南洞は観光用に階段や柵が設けられています。今から車二台で南洞に向かい、その入り口から入って北洞へと進みます。第一ホールと呼んでいる広い空間を目指し、そこで休憩した後、折り返します。帰りは水流コースを通って入ってきた所から外に出ます。およそ二時間のケイビングとなる予定です」

晶は何度かこのコースを体験していた。最も初心者に適したコースだと思う。他に第一ホールから更に先へと進むコースもあるのだが、それは上級者向け。難易度は跳ね上がる。この場にいる者のほとんどが途中で音を上げるだろう。

「もし、気分が悪くなったりしたら、遠慮なく言ってください。これはあくまでもケイビングの体験です。楽しむ為のものです。我慢なんてしなくていいんですよ」

杉崎の言葉でメンバーの表情が和らいだ。これまで何度もこうやってお客さんを落ち着かせてきたのだろう。やっぱりベテランは違う。野田が質問を求めたが、誰からも手は挙がらなかった。

「では、参りましょう」

杉崎の後ろから、「ヘルメットと軍手は忘れないでくださいね」と野田が補足した。これまたバディのなせる業だ。この二人がいれば、自分が安全に気を配る必要はない。本来の仕事、部員の地底への適性をあらゆる局面でじっくりと観察していけばいい。

ケイビング部全員が管理棟を出て行ったのを確認し、忘れ物がないかを見回して、最後に外に出た。夏の光が眩しく全身を照らし、目を細める。光ある世界。これが足下に僅かでも潜れば一変する。

ふいに身体がぶるぶるっと震えた。武者震いだった。暗闇の世界に心が強く揺さぶられている。

「何してる！　早くしろ！」

鷹目の怒鳴り声がして恍惚《こうこつ》から覚めた。「はーい！」と返事をすると、エンジンの掛かったバンに小走りで近づき、助手席のドアを開けた。運転席に座っている杉崎に「忘れ物、ありません」と告げる。

「んにゃ」

これは「オッケー」とか「ありがとう」の意味だろう。

二台のバンは平尾台自然の郷《さと》の駐車場を抜けると、風薫るカルスト台地をゆっくりと走り出した。

車内は話し声や笑い声で溢《あふ》れていた。強烈な日差しに照らされた緑の草地と、灰色の墓標のようなカルストの岩々が見渡す限りに広がっている。日常からかけ離れ、冒険の旅へと向かうのだ。テンションが上がらないわけがない。

「なんだか遠足を思い出すよね」

実里有希の甲高い声を耳にしつつ、晶は座席の最後尾から周りを窺った。表情、会話の内容、持ち物の様子。先日、天河から言われたことが脳裏を過る。

「向き不向きをお前の目でしっかり確かめてくれ」

そう。もう観察は始まっているのだ。

目白洞の入り口には十五分ほどで着いた。

「皆さん、洞窟に入る前にもう一度自分の荷物、身の回りを確かめてください」

晶の声にたむろしているケイビング部の面々が振り向く。

「靴紐は緩んでませんか？　トイレは大丈夫ですか？　携帯は防水パックに入れましたか？　自信の無い人は持ち物、車の中に置いてください。しっかり鍵締めときますんで大丈夫ですから」

プレハブ小屋を通り抜け、裏口のようなドアを開けると、そこから森の奥へと続く坂道が続いている。一歩足を踏み出すとそれまでとは様子が変わる。太陽の光は木立に遮られて薄暗く、空気もひんやりとする。昔の人は洞窟を黄泉《よみ》の国の入り口だと考えていた。島根県出雲《いずも》市猪目町《いのめちょう》にある猪目洞窟はそんな伝承が色濃く残っている。『出雲国風土記』には「この洞窟の夢を見ただけで必ず死んでしまう。地元の人は黄泉坂、黄泉の穴と呼び、決して近づこうとしなかった」と記されている。洞窟は古来、埋葬場所でもあったのだ。

大学時代、師匠である日長と共に奄美《あまみ》群島の南西部に位置する沖永良部島《おきのえらぶじま》の洞窟を何度か探索したことがある。一般的にはサンゴ礁、青い海、ダイビングというイメージになるのだろうが、実は多数の洞窟が存在する一大鍾乳洞群でもある。一般に公開されている昇竜洞《しょうりゅうどう》は規模が大きく、山口県の秋芳洞《あきよしどう》に比べても広さや美しさは引けをとらない。大山水鏡洞《おおやますいきょうどう》は全長が10・5㎞もあり、現在、国内では二番目の規模を誇っている。山道の途中や畑の真ん中、民家の裏庭にぽっかり穴が開いており、ケイビング好きには天国ともいえるような場所だ。

第十二次沖永良部島洞窟探検に同行した際、まだ知られていない小さな洞窟の中で大きな発見をした。足下で明らかに石とは違う感触の何かが割れた。ヘッドライトを翳《かざ》すと、そこにはキラキラと光るものがあった。

「動物のでしょうか」

「これ、人骨やな」

「人骨っ！」

「しかも君、踏んでるし。割ってるし。砕けてもうてるし」

「エ――――ッ！」

さっきの感触は骨を踏み砕いたものだったのだ。とっさに手を合わせて「すみません、すみません、すみません」と繰り返した。日長はというと、こちらの慌てぶりなど一切顧みず、骨の破片を指先で摘んでビニール袋に詰めた。

「相当、年代もんやで、くくく」と含み笑いを漏らしながら。

後日、詳しい鑑定結果を聞かされた。あの骨は弥生人のものであることが分かった。おそらくあの洞窟は古代人の埋葬場所であったのだろうということだった。てっきり自殺した人か、散歩中に穴に落ちて死んだ人だとばかり思っていたので、それを聞いてちょっとだけ救われたような気分になった。

12

「ここからが目白洞になります」

杉崎が手を差し出した先には、薄暗い地底へと続く穴がぽっかりと開いている。入り口から下へと続く鉄骨の手摺《てすり》やコンクリート製の階段が見える。

「なんだ、階段があんじゃねぇか」

他の人達とは違ってずっと黙っていた鷹目が大き過ぎる独り言を呟いた。

「もしかして穴の中にロープを垂らして、崖にへばりつくのを想像してました？」

晶の言葉にギロリと鷹目が目を剝く。

「良かったですね～。階段があって」

「別に良かったとか言ってねぇだろう」

晶は笑いそうになるのを必死で堪《こら》えた。なぜなら、鷹目の安心感はものの数分で木っ端微塵《こばみじん》になるからだ。その瞬間の顔をぴったりくっ付いて見届けてやろう。杉崎が先頭に立って階段を降りていく。メンバーがその後に続く。晶も鷹目に続いて洞窟に入った。更に光が失われ、気温もぐんと下がる。黒や茶色の岩肌が剝き出しとなり、湿り気を帯びていて、ここが地上の世界ではないことを伝えてくる。人知れず思いっきり深呼吸して、身体の中に地下の空気を取り込んだ。

全員の歩みが止まった。先頭を行く杉崎が立ち止まり、こちらを振り返っているのが見える。

「階段を使うのはここまでです」

「あいつ、何言ってんだ……?」と鷹目が囁《ささや》く。鷹目だけでなく誰もが意味が分からず、顔を見合わせている。

「我々の入り口はここになります」杉崎が手摺を跨《また》ぎ、向こう側へ乗り越えた。誰もが啞然とした。鷹目は言うに及ばず、天河も目を見開いている。杉崎の後ろには小さな窪《くぼ》みがあり、その向こうは真っ暗な闇だ。

「……そこから入るんですか!」声を上げたのは田所だ。

「この奥に縦穴があります。そこからまず、6m ほど下に降ります」

「6m下ってことはマンションの二階くらいか……」

メイキョウの社員なら、高さや距離感は瞬時に判断出来る。

「一人ずつ行きましょう。まずあなたから」

もう一人のガイドである野田が先頭にいる高篠に声をかけた。高篠はおそるおそるといった感じで手摺を跨ごうとする。しかし、動きがなんともぎこちない。身長180cm以上の高篠ならワケなく越えられる程度の手摺だが、緊張して身体が自由に動かないみたいだ。

「足下、濡れて滑りますから、落ち着いて」

野田に言われ、「はい」と頷きながらゆっくりと手摺を乗り越えようとする。小刻みに腕も足も震えている。いつも落ち着いていて、声を荒らげたり焦ったりするところを見たことがない。飄々《ひょうひょう》として動じることなどない。高篠にはそんなイメージを持っていたから、目の前のぎこちない動作には驚いた。

杉崎と野田の介添えで、メンバーが次々に手摺を乗り越えていく。

「ほら、出番ですよ」鷹目に声をかけると「うるせぇ」と普段の百分の一くらいの迫力しかない悪態をついて手摺を跨いだ。目の前で大きな身体がぐらつく。すかさず手を伸ばして大きな背中を支えた。鷹目は「ありがとう」とも「すまん」とも言わなかった。言葉を忘れたように、これから潜る真っ暗な縦穴を見つめている。

「やめときますか?」

これは嫌味ではなく本心からだ。無理をして怪我《けが》でもしたらなんにもならない。

「バカ言え……」

「ガイドさんの言う通りにやればいいですから」

「お前は……後ろにいるんだろ」

「いますよ」と答えると、鷹目が頷いた。晶は微笑むと、ポンポンと鷹目の腰の辺りを叩いた。

洞窟は容赦なく本性を炙り出す。自分が隠しているものだけでなく、自分が知らないものまでも。最初はちょっと意地悪な気持ちで鷹目の側にいたのだが、今は違う。しっかり後ろについていてあげようと思った。

縦穴に身体を滑り込ませ、人が一人入れるかどうかというほどの狭い隙間を、滴り落ちる水と一緒に下っていく。たかだか6ｍの高低差だ。明るい場所ではそれほど大したことはないのだが、状況が違うと疲労感が増す。緊張から誰の息も弾み始める。先頭を務めるのは杉崎、その後に天河、田所、実里と前山を挟んでＤＢ制作本部の今川が続く。今川とはほとんど会話をした事がない。三十代半ば、背はそれほど高くなく、太ってもいない。ぱっと見、運動するより部屋の中が好きそうなタイプだ。だが、意外と動きは機敏だった。やっぱり人は見かけによらないものだ。今川の後に高篠、鷹目が続く。晶はその後ろに付いた。

そうだ、もう一人いるんだった。

振り返るとかなり遅れて翼の姿が見える。殿《しんがり》は野田がやってくれているから心配はないが、迷惑を掛けるのは申し訳ない。

「翼、早く！」何度も急かし、翼が来るのを待ってから再び移動を始めた。

縦穴を降りたら今度は水平移動が始まる。岩の隙間を進むので立つほどの空間はどこにもない。水温14度の地下水に何度も身体を浸しながら、しゃがみ、膝を付き、時には腹ばいになって匍匐前進する。おそらく全員が観光で訪れる鍾乳洞の散策とケイビングの違いを認識しただろう。階段が備え付けられ、天井からは照明が灯《とも》され、音声案内すらなされる鍾乳洞の散策と道なき道を行くケイビングはまったく別ものだ。己の力を頼りにして地球の内部に潜っていく。いつしかそんな感覚になる。

……ふと、荒い息遣いが聞こえた。鷹目ではない。その先を行く高篠だった。

「高篠さん」呼びかけたが返事が無い。

「高篠、返事しろ」異変を感じたのか鷹目も続けて呼びかけた。しかし、高篠は返事をしない。狭い空間の中で呼吸音だけが響く。

「高篠さん、止まってください」

そう言うや、鷹目の横をすり抜けるようにして前に出た。

「私です。駒木根です」

高篠がゆっくりと振り向く。ヘッドライトに照らされた顔は白く、目は虚《うつ》ろだった。思った通り、過呼吸になりかけている。暗い、狭い、置いていかれる。精神的な緊張やストレスの過多で時々こうなる人を何人も見てきた。

「落ち着いてください。まず、ゆっくりと息をしましょう」

大きく息を吸って、しっかりと吐く。高篠が真似《まね》をしようとするが、上手く息が吸えない。右手を喉に当て、掻きむしるような仕草をする。背中を摩《さす》りながら、「すー、はー」と呼吸を繰り返し、岩を掴んだ高篠の指に触れた。ガチガチに固まっていて離れそうもない。

「ここから出ましょう」そう言って微笑んだ。高篠の虚ろな目がこっちを見つめる。いいのだろうか……。表情からはそんな言葉が聞こえてきそうだ。

「なんにも頑張らなくていいんですよ。これは遊びですから」

笑みを絶やさないようにして、「出口はすぐそこです。地上に戻りましょうよ」と明るく告げた。だんだんと呼吸が落ち着いてくるのが分かる。固く握り締めた岩から一本ずつ指を外していくと、追いついてきた野田に「一人、出ます」と言った。野田は高篠を一目見るや、すぐに状況を察したようだ。

「私が連れて行きます」

「でも――」言いかけた言葉を野田が笑みで遮った。

洞窟大好き女子。流行を真似て「洞女《どうじょ》」なんて呼ばれたこともある。休日、プライベートに一人で洞窟に潜り、ついには会社内にケイビング部まで作ってしまった。そんな自分を野田は応援してくれ、楽しみを奪わないようにしてくれている。

「お願いします」

高篠は野田に導かれながら来た道を戻っていく。

「あいつ、さっきまでよか足取りが軽くなったみてぇだ」

鷹目の言う通りだった。

「ホッとしたからです」

「あんなに変わるんだな……」

「心と身体って密接に繋がってるんですよね。そういえば鷹目課長、沖縄で〈道行〉を見に行った時、アイマスクするのをめちゃくちゃ嫌がってましたよね？」

「なんの話をしてやがる」

「もしかして暗所恐怖症じゃないかと思ったから」

「あれはそんなんじゃねぇよ」

「じゃあなんです？」

「うるせぇな。目隠しには良い思い出がねぇんだよ」

まったく想像していなかった答えに首を傾げると、

「小学校の時、無理やり目隠しさせられて歩かされて、ドブにはまったり、犬のウンコ踏んだり……。それから目を隠されるのが嫌になっちまった」

つまりトラウマという事か。いや、それ以上に意外だったのは、鷹目がイジメられていたという事実だった。

翼が追い付いてきて、「高篠さんどうしたの？　トイレ？」と聞いた。的外れな翼の問いかけを無視し、「あんたは私の前」と押し出した。

立ち止まってはキョロキョロと辺りを見回す翼の背中を張り飛ばし、狭い隙間に大きなお腹が挟まり悪戦苦闘する鷹目を押し出した。正直、骨が折れる。いつもの何十倍の労力だった。その時、穴の中を人の声が伝わってきた。言葉ではない。「あいつら、笑ってやがる……」と鷹目が呆れるように呟いた。

「実里さんと前山さん、元気みたいですね」

「元気しか取り柄がねぇんだよ」

「またそんな言い方……」

「じゃなんて言やいいんだ？」

「何も言わずに微笑むとか」

「それ、気持ち悪くねぇか……？」

鷹目がニコニコと微笑んでいる様子を思い浮かべる。

「あぁ、確かに」

「だろう」

なんだか変なところで意見が合う。これもまた異空間の為《な》せる業かもしれない。

鷹目を励まし、翼をひったてながら、ようやく中腰なら立てるほどの広い空間に出た。

ここが第一ホールだ。入り口から向かって左側には地下水が流れており、右手には奥に行くほど天井に近づく、斜めになった大きくて平らな岩がある。

「やっと第二陣、到着！」はしゃいだ声で前山が言った。

先に着いていた面々は岩の上に思い思いに腰を下ろし、持ってきたペットボトルやちょっとしたお菓子、飴《あめ》などを口に入れて休憩している。

天河が鷹目の腕を摑んで岩の上に引き上げると、「遅かったな」と言った。

「ちょっとな……」

「なんかあったのか？」

天河の目は地下水の中を手探りする翼に向けられる。

「アレじゃねぇ。高篠の奴がな」

「怪我か?」

「気分が悪くなりやがった」

「過呼吸気味だったので、野田さんが地上に連れて行ってくれました」

ちょっとではなくかなりだったのだが、ここは高篠の名誉を守る為にもそう言った。

「よくあることなんですよ」

少し離れた場所に座っている杉崎に皆の視線が向けられる。

「私がガイドしたお客さんにこんな方がいらっしゃいました。若い女性だったんですけどね、皆さんと同じ北洞の入り口から入って第一ホールまで行き、折り返して地上まであと5mというところで過呼吸の症状が出ました」

「えー、5mってもうちょっとですよね。なんで?」と実里が尋ねる。

「おそらくですけど、道中ずーっと緊張されていたんだと思うんです。それで、もうちょっとで外に出られると分かったら、ホッとされたんでしょうね」

この話は以前にも聞いたことがある。激しい緊張の為に入り口で過呼吸になる場合と、緊張から解放されてなる場合があるのだそうだ。高篠の場合は明らかに前者だった。だから緊張を緩める行動を取った。

「レスキュー現場でもそういうことが起こるそうですね」

馴染みのない声がした。この日、初めて今川が口を開いた。

「転覆船の中に長時間閉じ込められている要救助者がレスキュー隊を見た途端、ホッとして気を抜いてしまう。だから、レスキュー隊は要救助者の緊張を解かないように、必ず助かるとは言わない」

「そのドラマ、私、知ってます！」前山の声が空洞に響く。今川は「そう」とも「違う」とも答えず、無視してそのまま話を続ける。

「他にも長い間、瓦礫《がれき》の中に閉じ込められていて、遂にレスキュー隊に救助された途端、ホッとして亡くなってしまうケースもある」

「それはクラッシュ症候群ですね」

「クラッシュ？　なんです？」再び前山が杉崎に聞いた。

「クラッシュ症候群は今までの話とはちょっと違いますね。挫滅した筋肉から発生した毒性物質が長時間の圧迫から解放されて、全身に回ることで引き起こされます」

杉崎がやんわりと今川の話を否定する。

「それは私も知ってます。でも、精神的な緊張とも関係あるかもしれない」

「確かに。それはあるかもしれませんね。でも、誘因は毒性物質による心臓と腎臓の多臓器不全です」

「しかし――」

「今川さんはそういうこと、よく勉強されてるんですね」

そう言って杉崎が微笑むと、今川は口を噤《つぐ》んだ。沈黙が下りる。というより嫌な空気が流れた。それを変える為に、「杉崎さん、例のあれ、やってみません？」と笑いかけた。

「あれってなんだ？」と田所が尋ねる。杉崎がすっくと立ち上がり、

「私がいるこの場所、ここには穴がありまして……」

言いかけた言葉を途中で止めると、身体がすっと穴の中に吸い込まれた。三十秒ほどしてひょっこり壁際の方から惚《とぼ》けた顔を覗かせる。

「まるでもぐら叩きゲームだな……」田所が苦笑いする。

「皆さんの座ってる岩の下、トンネルで繋がってるんです。どうです？　タイムトライアルをしてみませんか」

「はい！」

「やります！」

真っ先に手を挙げたのはやっぱり女子二人だった。ほんとにこの二人はやる気満々だ。

実里が杉崎に介助されながら穴の中に降り立つ。

「途中で苦しくなったら、無理せず出て来てくださいね」

「わかりました！」笑みを浮かべるとそのまま穴の中に消えた。消えたと思ったら、あっという間に別の穴から現れた。

「実里さん、二十三秒」

杉崎がタイムを読み上げると、泥だらけの顔いっぱいに笑みを湛える。

「めっちゃ楽しかった！」

「今度は私！」前山が同じように介助を受けて穴の中へと潜り込むと、やっぱり笑みを浮かべて別の穴から飛び出してきた。

「男性陣はどうですか？」

「なら俺が」

先陣を切ったのは天河だ。

「中に段差と狭いところがありますから」

晶は穴の中へと潜り込もうとする天河に声をかけた。身体が小さく、柔軟性のある女性なら難なく出来ることが、男性には出来ないことも多々ある。天河は唇を固く結んで頷くと、そのまま奥へと入った。十秒、二十秒、三十秒過ぎてもまだ出て来ない。四十秒経った頃にようやく天河が別の穴から顔を出した。

「天河さん、四十四秒」

「これは……キツいな……」

「おいおい、これくらい、お前ならどうってことないだろう」鷹目が不思議がる。日頃から陸上部顧問として鍛えている天河にすれば、体力的にどうこうということはないだろうと言いたいのだろう。

「いや、そういうんじゃない……」

天河は肩を上下させながら「追い込まれるんだ……」と続けた。

「追い込まれるって?」

「岩の中にな、閉じ込められそうな感じになる……」

「圧迫感が凄いでしょう」

晶の言葉に「そうなんだ……」と天河が頷いた。

岩の下のトンネルには歪みがあり、段差があり、左右が狭まっている。身体を捩りながら段差を登り降りしなければならない。しかも中は暗い。ヘッドライトが辺りを照らしているが、ヘルメットが岩に当たり、すぐにズレる。どんどん心拍数が上がり、胸が苦しくなっていく。自分の中に潜んでいる暗所恐怖症と閉所恐怖症は、このトンネルを潜《くぐ》れば一発で分かる。

「お前は止めといた方がいいぞ」ようやく呼吸が落ち着いてきた天河が鷹目に言った。

「私もそう思います」

「バカ言え。こんなもん――」

晶は鷹目の言葉を遮り、大きく出っ張った腹を指した。

「それ、絶対途中で閊えますから」

「お前も明日からトラックに来てランニングだな」

「くそっ……」鷹目は腹を摩りながら、それ以上意地を張ることはなかった。

タイムトライアルの結果、晶が総合一位の十八秒。鷹目は棄権、男性陣の中で最も早かったのは二十九秒の翼という結果になった。これまた晶にとっては意外な結果となった。

「さぁて、休憩もしたし、そろそろ戻りませんか」

晶はそう言って鷹目を見た。鷹目が小さく頷く。翼に至っては問題ない。ここに来てからもずっと水の中で遊んでいる。杉崎は「んにゃ」と答えた。

「通りゃんせ」という童謡には「行きはよいよい帰りは怖い」という歌詞がある。洞窟は行きも帰りも良くなんてないし、怖い。登山と違って帰りの方がむしろ体力が削られている分、大変なこともある。途中、何度も小休止しながら、入り口に着いたのは約一時間後だった。メンバーの服は泥だらけのずぶ濡れ、靴もたっぷり水を吸って、歩く度にびちゃびちゃと音を立てている。それでも表情は明るかった。すべてを照らし出す太陽の光に感謝しつつ、晶はくるりと振り向いて目白洞に一礼した。

13

仕事を終えると、自転車に飛び乗って地図の資料館に向かった。小会議室にはすでに「MOGURA」のメンバーが勢揃いしていた。

「遅《お》せぇぞ」汗ばんだ上着を脱ぐ背中に鷹目の言葉が刺さる。

「やらなきゃならない仕事が山ほどあるんです。課長みたいに時間が自由なわけないじゃないですか」

「俺だって自由じゃない。捌《さば》けてるんだ」

「私が全然捌けてないみたいじゃないですか」

「違うのか？」

「もういいだろう」間に入った天河が苦笑いを浮かべる。

「よくまぁ飽きもせずに喧嘩《けんか》が出来るもんだ」

「飽きてる。俺はもう飽き飽きしてる」

「私だってそうですよ」

「お前な！　誰に向かって——」

「なんですか！」

声のトーンを上げた時、「ドン！」と音が響いた。桃姉がお茶のペットボトルをテーブルに置いたのだ。「親子喧嘩は他所《よそ》でやって」

「ではまず、ケイビング部長より一回目の報告をしてもらおう」

何事もなかったかのように天河が先に進める。晶はバッグからノートを取り出すと、

「最初に言っておきますが今から話すことは完全に私見です。違うと思ったことがあったら言ってください」

「いいから早くしろ」

鷹目の一言にまた返したくなったがぐっと我慢した。

「えーっとですね、地下に向いていると思った人は、◎が実里さんと前山さん、○は田

所キャップ。以上です」

「その他は?」天河が反対側の席から尋ねた。

「×です」

「三人の内、二人は女かぁ」

ペットボトルの蓋を開けようとする手を止め、鷹目を睨んだ。

「地下に行くのに男も女も関係ないじゃないですか」

「そんなんじゃねぇよ。あいつら二人とも二十代だ」

「私だってそうです」

「お前は……違う」

「はぁ?　なんです、それ」

「ここに来る前に鷹目と話したんだ」

再び言い合いになりそうになった時、天河が切り出した。

「実里と前山にその気があれば『MOGURA』に加えてもいいってな」

「なぁんだ、一緒じゃないですか」

「親の立場になって考えるといろいろと難しい部分もあるって、そういう話だ」

「実里さんと前山さんは成人だし、独り立ちしてます。自分のことは自分で決められる筈です。これはもちろん親の説得も含めてって話ですけど」

「頭で理解するのと心で納得するのは違うんだよ……」

鷹目が仏頂面で腕組みをした。

そうなのだろうか……。ふと、親の顔が脳裏を過った。

「それよりネックになるのは地下でどんな仕事が出来るかじゃない？　あの子達、商品制作部でしょう」

「そうだった……」と天河が呟く。計測に行くのに商品制作はなんの役にも立たない。

「行くとなりゃ一から覚えてもらうしかねぇな。にしても、今更ながら高篠がアウトだったのが痛い……」

「高篠のことは仕方ない。この際、きっぱり諦めよう。それより招き猫、今川はどうしてダメなんだ？　俺が見る限り、ソツなくこなしてるように見えたが」

天河の問いかけに、頭の中で今川の陰気な顔を思い浮かべた。

「逆に聞きますけど、話しかけにくい、とっつきにくい、挨拶しても無視する人ってアリですか」

その問いかけが意外だったのか、天河がすっと目を細めた。

「あと、何度か自分の意見を通そうという感じが見られました。別に意見を言うのはいいんです。でも、押し通そうとするのはマズいです。地下で隊長の言う事を聞かない人は、必ず隊全体を危険にしますから。ちなみにこれ、過去に経験済みです」

「あいつ、仕事は出来るぞ」

「そういうのとは別の話です」

「お前の好き嫌いも入ってんじゃねぇのか」

鷹目が爪の垢《あか》をほじくりながら言った。もちろんそれは否めない部分もある。

「だから私見って最初に言ったじゃないですか。私なら今川さんの下に入りたくありません」

鷹目と天河が目を合わせた。

晶はペットボトルのお茶を一口飲んだ。しばしの沈黙の後、「なら、日向はどうだ?」と天河が問うた。

「それ、本気で聞いてます?」

「もちろん」

翼は体力的に問題はなさそうだった。穴潜りのタイムトライアルも男性陣の中では一位、総合でも三位だ。しかし、注意力散漫はいつものことであり、逸れないように、迷わないようにと気遣って散々疲れた。

「キョロキョロしてるし、返事もしない。人の話も聞いてない。あんなの連れて行ったらお世話が大変ですよ」

「そうかな」と呟きながら、天河は自分のノートパソコンを開いた。

「日向のブログだ」

「ええっ! あいつブログとかやってたんだ。どうせロクなことを——」

「見てみろ」

天河がノートパソコンを向けた。晶は身を乗り出すようにして画面を覗き込んだ。瞬間、息を飲んだ。そこには目白洞で見つけた生物の手描きの画が幾つも並んでいた。トビムシ、ホラヒメグモ、カニムシモドキ、ムカデエビ。名前と注釈までびっしり書き込まれている。

「お前、地下にこんな生き物がいた事に気づいてたか？」

「そんな余裕なんてないですよ。でも、このカニムシモドキもムカデエビも見たことはあります」

「どこで？」

「どこって……。どこだったかな、いろいろ行ったから」

「日向は全部説明出来るみたいだぞ」

「……え」

「確かにダメなところはある。でも、それは注意力がないからじゃない。別の方に注意が向いているからだ。なぁ、招き猫。俺達とは違う視点を持っている人間、そんな奴が一人くらいメンバーにいてもいいとは思わないか」

「それは……」口籠った。全員が同じ方向を向いていれば同じものしか見えない。天河が言いたいのはおそらくそういうことだろう。

「でも……翼をメンバーに加えるのはそれなりのリスクを抱えることになりますよ」

「発見という期待値を加えることにもなる」

「五分五分ってところかな」鷹目が笑った。

果たしてそうだろうか。もっとリスクが高いような気もするが……。

「お二人がそうしたいというのなら私は反対しません。でも、これだけは言っときます。私に翼の面倒を押し付けるのはやめてください」

「そんな気はないさ。なぁ鷹目」

「おう」

まったく信用できない。

「では、田所、実里、前山、日向の四人には今回のプロジェクトの要件を伝えよう。番狂わせもあったが最初の段階で四人が見つかったのは良かった」

「まだ、加わるとは決まってないがな」

天河は鷹目を見て頷きつつ、「引き続きケイビング部はメンバーを募集し、二回目、三回目の体験を実施する」と続けた。

「分かりました」

「四人には俺から説明する。以上」

晶が椅子から立ち上がろうとした時、「招き猫」と天河が呼んだ。

「お前に感謝したい」

「え……?」

「ケイビングな、やって良かった。やる前と今とでは地下に対する心構えや印象がまったく違う。お前もそう思うだろう」

鷹目が椅子の背もたれにかけた上着を摑んで袖を通しながら、

「あれだけ重労働で暗いとなりゃ、俺が考えてた機材は役に立たん。最初っから選び直しだ」と吐き捨てた。

「それって良かったんですかね……」

「事前準備に勝るものなし。当日慌てるよか遥かにマシだ」

そう言うや、鷹目は半分ほど残ったペットボトルの中身を飲み干し、晶のほうにポンと放った。すかさずキャッチする。

「さすが、俺の行動を予測してやがる」

「条件反射です」

そんなやり取りに桃姉が「プッ」と吹き出した。

地図の北

14

社内にケイビング部を立ち上げてから二ヵ月近くが過ぎた。シャツの下に着るインナーは半袖から長袖に替わり、メンバーの服装も秋物へとシフトしている。相変わらず薄着で粘っているのは、汗っかきな自分くらいのものだ。

当初四人でスタートした「ＭＯＧＵＲＡ」も十人を超えた。地図の資料館にある小会議室では手狭になった為、リバーウォーク北九州のビルの中にある広めの会議室に場所を移した。

ふと会議室の時計に目を向けると、すでに九時を回っている。

「今日はここまでにしておこう」

天河は半ば強引に会議を終わらせた。放っておけば、まだまだ会話が続くのは目に見えている。しかし、本業の方に支障が出ては元も子もない。なんせ「ＭＯＧＵＲＡ」はまだ地下に潜ったまま、日の目をみてはいないのだから。

名残惜しそうに会議室を出て行くメンバーを眺めながら、天河は「お前等《ら》、そういう顔は社内会議でもしてくれよな」と本音を口にした。数人が声を立てて笑った。一人会議室に残ると、腕組みをしてホワイトボードを眺めた。そこにはいましがた晶が書いた文字と絵がある。晶はケイビング部のリーダーとして実に上手くやってくれている。ケイビングの楽しさ、心得を伝えるのが上手い。それに乗せられて人が次々と集まってきている。「好きこそものの上手なれ」というが、洞窟が好きだという晶の気持ちが波動のように皆に伝わっているのが分かる。嬉しい誤算というと本人は怒るだろうか。

「でも、絵心はないな」そう呟いた時、「そこ、突っ込みます?」と背後から声がした。

振り返ると晶がふくれっ面で立っている。

「なんだお前、一緒に帰らなかったのか」

「ちょっと相談したいことがあったんで」

天河は椅子に手を掛け、晶に向かいに座るよう目で促した。晶はちょこんとお辞儀をすると、さっきまで鷹目が座っていた席に腰かける。

「うわっ、椅子が熱くなってて気持ち悪い……」

慌てて立ち上がると、別の椅子に取り換えた。普段なら何か一言添えるのだが、それをやるとまた話が長くなる。「なんの相談だ？」と単刀直入に尋ねた。

「これからの事です」

晶が何を言わんとしているのかはすぐにピンときた。

「お前はどう思う？」

「まだ何も言ってませんよ」

「このままケイビング部を続けると人数はどんどん増えていく。元はといえば『ＭＯＧＵＲＡ』にスカウトする為に立ち上げた、いわばダミーのような部だ。このまま人を募り、人を引き抜いていくことを繰り返していればいずれは会社にバレる。そこで、いつ社内に発表するのか、そのタイミングが知りたい」天河は違うかという目で晶を見た。

「なんだもう……。ちゃんと分かってるんじゃないですか」

「そりゃな、お前より遥かに高いところから物事を見てるんだ」

「あー、そうでしたね」

「お前、時々俺や鷹目が上司だってこと、忘れてないか？」

「噂《うわさ》が出てるんですよね～」

晶は突っ込みには付き合わず、困った顔を浮かべた。「ケイビング部ってなんか妙なことやってるみたいだって……」

初耳だった。ただ、気がかりなことは天河にもあった。ここ最近、何人かの視線や言動が妙に気にかかっていた。

「最初は十人が目標でしたよね」

リーダーが一人、カメラやスキャナーを扱う技術が二人、遊軍的な動きをするのが一人と総務的なバックアップがあと一人。それを二チーム揃えて合計十人だと考えていた。

「最近、鷹目は一チーム十五人から二十人くらいは欲しいと言ってる」

「それ、ちょっと多過ぎませんか」

「そうかな。俺も妥当なところだと思うが」

実際にケイビングを体験してみて読みの甘さに気づかされた。持っていくのは計測の道具だけでなく、ロープや懐中電灯、ナイフなどの小物類にテントや水、食料などもいる。とても一チーム五人かそこらの人数でやってはいけない。

「となると、メンバーはまだ全然足りないってことですよね」

「そういうことになるな」

しかもそれだけじゃない。チームは大きく計測、図化、後方支援に分かれる。図化と後方支援は地上となるので、実際に地下に潜るのは計測班となる。現在、選抜しているのは計測に向いていることをメインとしてはいるが、実際には図化や後方支援に振り分けた方が良い者もいる。最終的には百人前後が携わる大プロジェクトになるだろう。

「やっぱりこの際、スパッと公表しませんか」

晶が蓋を開けるような仕草をした。

「軽く言ってくれる……」

「なんか嫌なんですよ、騙してるみたいな感じがして。ケイビング部を作って、興味を持ってくれた人を誘って、でも、こっちには隠している別の目的があって……。これって怪しい宗教の勧誘と一緒じゃないですか」

「変なこと言うな。れっきとした仕事だぞ」

「ほんとのことが分かった時、プロジェクトに選ばれなかった人は傷つくんじゃないかと思って……」

なるほど。本音はどうやらそこら辺にあるようだ。

選ばれなかった者が傷つくというのは、もしそうだとしても天河自身、さほど気にはならない。社内で動かすすべてのプロジェクトがそういうものだからだ。向いていない者、能力の足りない者、準備不足の者は容赦なく外す。仕事は仲良しこよしでやれるほど甘いものじゃない。これは陸上競技にもいえる。

「やっぱり公表しませんか……」

晶が天河を下から仰ぐように見つめた。

「そんな顔して見るな」

「じゃあ！」

「早合点するな。お前の気持ちは分かった。でも今夜はもう遅い。またにしよう」

話し始めて二十分近い時間が過ぎている。晶は壁に掛かった時計にチラリと視線を向けた。

「最近、時間の経つのが早い気がします」

「それだけ集中して生きてるってことだ。いい事じゃないか。いや、そうでもないか。本業をおろそかにはするなよ」

「してません！」

「ならいい」

天河は苦笑いしながら先に席を立った。まだ話し足りないのか、晶は渋々という感じであとに続いた。「気をつけろよ」とひと声かけると、「そういう事言ってくれるの、親と天河課長だけです」とニッと笑った。本当に子猫のようだと思った。

15

翌日は午前中から会議が三本続いた。社長を含めたモーニングミーティング、そのままま各セクションの役職が集まってのミーティング、そして、広報室の部会。本来ならここにランチを兼ねた地元タウン紙の取材が入っていたのだが、桃田がいつの間にか日にちをずらしてくれていた。

「いいのか？　先方はそれで」

「はい。その分、次回の取材時間を十五分長くとりましたから」

キャンセルする代わりにプレゼントも用意する。こういう気の廻し方をどこで身に付けたのかは知らないが、桃田の広報担当としての才覚は文句の付けようがない。

「駒ちゃん、なんだったんですか？」

「ん？」

「昨夜、Mの打ち合わせの後です」

「あぁ。それよりお前だけだぞ、『MOGURA』のことをMって言ってるのは」

「初志貫徹が私のモットーなので」

サーバーから自分専用のマグカップにコーヒーを注ぎ、昨夜の話を聞かせた。

「あの子ってそういうところがあるんです。人の機微に聡《さと》いっていうか……。私もこのままじゃいけないって気がします」

天河は頷くと、ハンガーから上着を外した。

「飯に行ってくる」

「次の会議は一時半スタートですから、五分前までに戻っていただければ」

「了解」

桃田が作ってくれた貴重な時間を無駄にしないよう、小走りで広報室を飛び出した。晶から言われるまでもなく、公表のタイミングが迫ってきているのは感じている。この前も廊下ですれ違い様に同期の藪田《やぶた》から、「お前さ、なんかやってんの？」とあからさまに切り込まれた。他にも数人からの意味ありげな視線を感じている。おそらく「MOGURA」の事が漏れ始めているのだ。仲間が増える以上、こうなることは予想していた。

公表することは即ち、会社の上層部に依頼の内容を伝え説き伏せなければならない事を意味している。地下の地図作りを請け負う。その事に関して今も気持ちに揺るぎはない。かつて鷹目に話したように、この先の十年、メイキョウが目標を持って突き進む為には是が非でもやらなくてはならないことだと信じている。

三六町《さんろくまち》の交差点を突っ切り、天神《てんじん》二丁目の交差点を右折した。そのまま直進すると、通りに面した住宅の一階に白い壁に青いラインのある店が見えてくる。店の前には観葉植物とベンチが置かれ、どこかしらヨーロッパの風情を漂わせている。天河は店の脇に自転車を停《と》めると、木製のドアを押して中に入った。お昼時ということもあり、店内は賑やかな声に包まれていた。

「おひとり様ですか？」

「ええ」と言いかけ、ギョッとした。白い壁際のテーブル席に大柄の男が座っている。

「お連れ様ですか？」視線に気づいて店員が尋ねた。

「……えぇ」

「ではあちらのテーブルにどうぞ」

店員に促され、鷹目の対面に座った。

「なんでお前がいるんだ……」

「いちゃ悪いか」

水を持ってきた店員に天河はメニューも見ずにパスタランチを頼んだ。

「じゃあ、同じのを」

「パスタランチがお二つですね」

店員が注文を繰り返し、店の奥へと歩き去るのをなんとなく目で追った。

「帰社する途中、お前が自転車に乗って出て行くのが見えたんだよ。おそらくここだろうと思って当たりをつけた。案の定だ」

鷹目は腕組みしてこっちを眺めている。

「たかだか昼飯の読みが当たったからって偉そうだな」

「むくれんな。お前が外に出て一人で飯食う時は、考え事をしたい時だ。それくらい知ってる」

「それを知ってて来たって事は、何か話したいことがあるんだろう？」

鷹目は差し出された水を口に運びながら、大きな目を細めた。

「この話をいつ上に上げるつもりなんだ?」

「またそれか」

「また?」

「招き猫からも迫られたよ。桃田からもな。公表のタイミングを決めろって」

「駒木根の奴、ますます偉そうになってんな」

「下は上に似る」

「チッ」吐き捨てるように舌打ちして鷹目は再び水を口にした。

「なんかあったのか?」

「加藤《かとう》がな……」

メイキョウにはまるでトリオのような重役がいる。最年長でリーダー格の吉田《よしだ》専務。無口で理論派の杉尾《すぎお》常務。吉田に追随することに命を懸けている加藤常務。通称三羽烏《さんばがらす》だ。天河はその一角を占める加藤の神経質そうな顔を思い浮かべた。

「具体的に何をしているのかまでは気づいちゃいないと思う。でも、何かをしようとしてることは勘づいてる。そういうツラだった」

小柄で、声が高く、金に煩《うるさ》く、人を使える使えないで判断する。それも仕事のことではなく、自分にとってということで。しかも、強きに媚びへつらい、弱きにはとことん強く出る。天河のもっとも苦手とするタイプだった。

「加藤が騒ぎ出すとロクなことにならん。もう専務の耳にも入っているかもしれん」

「そうだな」

「だったら――」

「待て」

鷹目の勢いを遮るように、天河もコップの水を口にした。

「ここのところずっと悩んでいたことがあるんだ。いや……、もしかするとこの話を知った時からそうだったのかもしれん。今のままじゃ決定的に足りないことがあるってな」

「足りない？　何がだ？」

「地図の北」そう言うと鷹目は大きく目を見開いた。

地図の北とは地図に表示される北の総称であり、地図作製の基準となる。つまりは物事の中心でありリーダーだ。誰も口には出さないが、今のところ、実質的な旗振り役をしているのは天河だった。しかし、天河自身は兼ねてよりこの仕事のリーダーは自分には務まらないと考えていた。もちろん、資質が自分に備わっているのは分かっている。学生時代から自然とそういう役割を担ってきたし、会社に入ってからも幾つものプロジェクトをリードしてきた。しかし、今回に限っては違う。漠然と気がしているというのではなく、ほとんど確信のようなものだ。

「やっぱりお前じゃダメなのか？」

「ダメだな。一度も取引の無いベンチャー企業からの依頼。しかも内容は地下の地図作りだ。これだけでも上は尻込みする」

「その為にチームを強化してるんだろう」

「そりゃな。でもメンバーを思い浮かべてみろ。新米もいれば女子だって多い。奈良岡《ならおか》社長はまだしも、三羽烏が納得すると思うか？」

「だからこそ俺とお前がいるんじゃねぇか」

その通り。だからこそ自分達がいる。社員をまとめる為に、会社との風通しをよくする為に。つまりはパイプ役だ。でもそれは決して地図の北じゃない。

鷹目が何か言いかけたところで店員がパスタランチを運んできた。

「ご注文は以上でよろしいですか」

「食後にコーヒーを――」天河が視線を送ると鷹目が頷く。「二つ」

「畏《かしこ》まりました」

申し合わせたように話を一時中断させ、二人でパスタに向き合った。エビとベーコンにバジルソースがしっかり絡み合い、口の中に濃厚な味が広がる。それを上手く逃がすようなジャガイモの冷製スープが心地好い。天河はバスケットに手を伸ばすと、パンを一切れ摑んだ。このパンがまた美味《うま》い。戸畑にある人気のパン屋から仕入れているということだが、パスタとスープとパンのトライアングルが絶妙な組み合わせとなって一つの形を成している。

「……あ！」

ガツガツと一心不乱に食べていた鷹目が動きを止めた。喋り出す。パスタを頰ばっているから何を言っているのかさっぱり分からない。

「食ってからにしろ」

なのに、鷹目がにんまりと笑う。目じりが垂れ下がり布袋様《ほてい》のようになった。鷹目はコップの水を呷るように飲み干すと、「美味かった」と満足そうに呟いた。

「料理の話か……」

もうちょっと別のことを期待していたから拍子抜けだった。再びパスタをフォークで巻こうとした時、「つまりはパスタランチってことさ」と鷹目が言った。

「料理ってのは素材を組み合わせて作られてる。つまり駒木根達だ。カップやスプーンやフォークは製図道具で、パスタとスープとパンという組み合わせを繫いでるのが俺達。それを全部導いてるのが――」

鷹目が厨房に視線を向けた。天河もつられるように見た。コックコートを着た白髪、六十代くらいのマスターが、馴れた手つきでフライパンを振っている。

「シェフが見つかれば苦労はせん」

「いいや、俺達はそのシェフを知ってる」

素材と道具を存分に使いこなし、中堅のパイプ役をも束ねてしまう。やがて天河の脳裏に一人の男の像が結ばれた。

「気がついたみてぇだな。地図の北がやれんのは、あの人以外にいねぇ」

花崗勝《はなおかまさる》。メイキョウにおいて伝説と呼ばれるほどの職人であり、天河や鷹目の大先輩でもある。残した逸話は数知れないが、中でも花崗を一躍時の人にしたのは新宿の地下街の地図を独自のやり方で形にしてみせたことだろう。GPSなどない時代に複雑な地下街を正確に計測し、すべての店を網羅したのだ。三年前に定年退職して故郷に戻り、今は奥さんと一緒に農業をやっていると聞いている。

「引き受けてくれるかな……」

「知るもんか。地図の北が必要だって言ってるのはお前だろう」

このプロジェクトには絶対にリーダーが必要だった。リーダーとは即ち旗印だ。「強さ」と「慈悲」と「陽気さ」を兼ね備え、実現困難とも思われるミッションに立ち向かう。花崗は判断力、直感力に優れ、自分がこうと信じればテコでも動かない。職人気質であり、コツコツと壁を乗り越えながら進んでいく。仕事での失敗に小言は言わないが、準備をしていなかったり、やるべきことをやらなかったりする相手には烈火の如《ごと》く怒る。そんな人物だ。まさに地図の北、シンボルとなり得る真北のような存在だ。

「絶対に必要だと思うんなら、何がなんでも説得して引き受けてもらうしかねぇだろう」

「何がなんでもか……」

「そうよ」

花崗が加われば中心となるピースが埋まる。その時、本当の意味でプロジェクトは動き出す。

「よし、会いに行こう」

「行こう……？　俺もかよ」

「お前もさ。会いたくないのか」

「そりゃ会いたい。でも……」

「なんだ？」

「ちょっと怖い……」

俗に言う花崗仕込みを真正面から受けたのは、若かりし頃の鷹目だった。当時は飲みながら随分と愚痴を聞かされたものだ。……いや、自分もそうだった。

「間違いなく、その腹はなんか言われるだろうな」

鷹目がハッとしてお腹を引っ込める。天河は思わず苦笑した。

「会社に戻ったら電話して都合を聞いてみる」

「うわぁ、花崗さんかぁ……」鷹目は何かを思い出すように遠い目をした。

16

土曜日、鷹目と小倉駅の新幹線口改札前で待ち合わせし、七時四十三分発の新幹線で博多《はかた》へと向かった。僅か十七分ほどで博多駅に到着し、そこからは地下鉄に乗り換えて二駅で福岡空港だ。北九州市にも空港はあるが、便数も国内路線にも限りがある。花崗が住んでいる高知市には福岡空港からでないと空路が無かった。

鷹目はちょっと大袈裟《おおげさ》過ぎるほどお土産を抱えていて、それでもまだ空港の売店で明太子やめんべいといった地元のものを買い込んだ。天河ももちろんお土産は用意している。物だけでなく、ほとんど徹夜して、今回のプロジェクトの骨子をまとめた。なんとしても花崗が加わってくれるようにと願いを込めて。

定刻より遅れてＪＡＬのエンブラエルは福岡空港の滑走路を離れ、大空へと飛び立った。フライト時間はたった五十分ほどだが、狭い機内で鷹目と隣同士になるのは避けた。「なんせ窮屈だ」と言うと、桃田は苦笑いを浮かべてチケットの予約をしてくれた。

通路を挟んで右と左に分かれ、座ると同時にイヤホンをして機内誌を広げた。昔から飛行機に乗るとこうする。不思議と耳が抜けにくい体質のようで、イヤホンをすると痛みが紛れることを知った。機内誌は必ずすべてのページに目を通す。今、何が流行《はや》っているのか、どんな考えが主流で、新しいものはなんなのか、貪欲に情報を仕入れるように心掛けている。これは機内誌だけでなく、どんな雑誌でも同様だ。広報室という部署がそうさせているのだが、以前から積極的に情報を得ることは嫌いではなかった。

ちょうど半分ほどページをめくったところで肩を小突かれた。鷹目が太い首を横に向けている。イヤホンを片側だけずらすと、「機嫌は良かったんだよな」と聞いてきた。この質問はすでに五回ほど受けている。

あの日、ランチから会社に戻るとすぐに花崗に電話を掛けた。何度目かのコールで出た花崗は天河の声を聞くなり「元気か」と嬉しそうに言った。初めは緊張していた天河も、言葉を交わしていく内に落ち着いていった。花崗の穏やかな声と口振りがそうさせたのは言うまでもない。電話はものの数分で終わった。互いの近況を簡単に伝え合い、出張があるのでそちらにご挨拶に伺いたいという申し出を快く受けてくれた。すぐに携帯メールで鷹目にその事を伝えると広報室まで飛んできた。

「ニュアンスを交えて詳しく聞かせろ」

大きな目を見開いて摑みかからんばかりに迫る鷹目を椅子に座らせ、一部始終を話して聞かせた。

「元気なんだな？」

「そんなに優しい感じだったのか」

「そうか、嬉しそうだったか」

途中、何度も確認するように言葉を挟み込む。あまりのしつこさに「今度はお前も電話しろよ」と言った。

「いや……、いい」

「なんでだ？」

「なんでもだ」

花崗の声が聞きたくて仕方がないくせに、自分で電話するのは嫌だという。こういうところが面倒でもあり、ユニークなところでもあった。ただ、しつこいのが玉にキズだ。

再びイヤホンを付けようとすると、「お前が先に呼び鈴を鳴らせよ」と言う。

「分かったよ」

「挨拶もお前が先だ」

「だろうな」

「お土産を渡すのもな」

ついには返事もせず、片手を挙げて答えると、話は終わりだと言わんばかりにイヤホンを付けた。鷹目はまだ何かを言いたそうにしていたが、無視した。傍目《はため》から見ても滑稽なくらい不安そうだが、帰りには弾《はじ》けんばかりの笑顔で花崗の一挙手一投足を聞かされることになるだろう。天河は腕時計に目を向けた。着陸までもう少し時間がある。それまでに機内誌を終わりまで読むと決めた。


高知龍馬空港には九時四十五分に着陸した。広々とした空には薄っすらと霞《かす》みがかかってはいるが、福岡よりも天気は良いし、何より暖かい。南国土佐というフレーズが思わず頭を過る。空港から高知駅までは電車で移動することにした。花崗の自宅がある春《はる》野町《のちょう》は市内からさらに二十分ほどのところにある。昼前に伺うと伝えてあるので、とりあえず市内のホテルに移動して荷物を置くことに決めた。チェックインには早いが、キャリーバッグを預けるだけなら大丈夫だろう。

ホテルの一階にある喫茶店で軽食を取り、正面玄関横の待機スペースにいたタクシーに乗り込むと、運転手に住所を伝えた。運転手はすかさずナビゲーションマップに情報を打ち込む。即座にルートとおおよその到着時刻が表示された。このナビの地図データはメイキョウ製だ。今や地図は紙からデータに主力が移った。そんな時代が来ることをいち早く唱えていたのも花崗だった。

渋滞にはまることもなく、タクシーは予定よりも早く花崗の自宅前に着いた。

「とうとう来ちまった……」花崗と書かれた表札を見つめ、鷹目が絞り出すように呟いた。

天河は二階建ての一軒家を黙って見つめた。なんとなく想像と違っていた。もっと大きな家を想像していた。目の前にあるのはこぢんまりとしたなんの変哲もない家であり、広い庭もなければ鯉《こい》の泳ぐ池もなかった。あるのは年季の入ったコンクリートの塀と玄関前に置かれた幾つかの鉢植えだった。

天河は胸を張って身なりを整えると玄関の呼び鈴を押した。鷹目は後ろで従者のように控えている。一度目は反応がなく、二度目を押そうとした時に、玄関の鍵が開く音がした。さーっと心が緊張する。扉が開いた。出てきたのは花崗ではなく中年の女性だった。

「あの……」天河の言葉に被せるように「メイキョウさんですよね」と中年の女が言った。

「すみません。父は今、いないんです」

約束は今日だった筈だ。事実、メイキョウだと認識してくれている。軽く混乱した天河に向かって「ちょっと病院に」と中年の女が付け足した。

「どこかお悪いんですか！」

それまで黙っていた鷹目が天河を突き飛ばすようにして前に進み出る。

「いえ、悪いのは母の方です」

「奥さん……」

「母は長患いをしてまして。今朝、急に病院から呼び出されたんです」

花崗の妻とは二度ほど顔を合わせたことがある。小柄で眼鏡をかけていて控えめな印象があった。

「ご病気とは存じませんでした……」

先日、花崗と話した際、そんな事は一言も言わなかった。

「あの、どうぞ」

花崗の娘が扉を大きく開けて中に入るように促した。

「父から待ってもらうようにと言われてますので」

「それは出来ません」と鷹目が即答した。

「もう一度出直してきます」

「……でも」

「これを」鷹目は持ってきた大量のお土産を差し出した。

「重いからこれだけ中に置かせていただきます」

そう言うとスルリと扉の中に入り、玄関に荷物を置いて再び外に出た。

「どうかよろしくお伝えください」

そう言って一礼すると、くるりと踵を返す。

「ちょっと、困ります！」困惑する花崗の娘に天河は名刺を差し出した。

「私達は高知市内のホテルに泊まっております。もし、花崗さんがお戻りになられましたら、こちらにお電話いただけますか」

天河も一礼すると、鷹目の後を追って歩き出した。

ホテルに戻る途中、タクシーの中で鷹目は一言も口を利かなかった。天河もだ。考えている事はおそらく同じだ。花崗をリーダーとして迎えるという案はなくなったということ。高知に来た目的は花崗の妻のお見舞いへと切り替わった。もうすぐホテルに着くという時、天河の携帯が鳴った。表示は花崗勝と出ている。鷹目の視線を受けながら電話に出た。

「もしもし」

「天河か、今どこだ？」

「高知駅の側です」

電話の声は、どうして家で待たなかったのかと咎《とが》めるような感じはなかった。

「なら割と近くだな。娘から聞いただろう。俺は今、嫁の病院にいる。よかったら来ないか？」

「しかし……」

「気にするな。病院の名前、言うぞ」

「はい。……高知総合医療センターですね、分かりました。すぐに伺います」

電話を切るとタクシーの運転手が「医療センターに行くんですか？」と聞いてきた。

「このままお願い出来ますか？」

運転手に告げると、タクシーはホテルの前を走り抜けた。

高知総合医療センターには十分ほどで着いた。一見、マンションかと思えるような茶色いビルが緑の街路樹の向こうにそびえている。総合医療というだけあって大きな病院だった。タクシー代を払ってそのままロビーに向かおうとした時、「おい」と鷹目に呼びかけられた。

「もう、分かってるよな」

「分かってる。お見舞いを伝えるだけだ」

そう、もはやそれだけだ。

玄関を抜けてロビーに入るといきなり「おう」と懐かしい声が響いた。声のする方に顔を向けると花崗勝が立っていた。

「花崗さん！」

天河は声を上げたが、鷹目は感激で声が詰まっているのか、何も言えずに顔を真っ赤にしている。

「元気そうだな、二人とも」

「なんとかやってます」

「鷹目」

「……はいっ」

「なんだその腹は」

「いや、これは……」

予想した通り、いきなり鷹目の腹めがけて先制パンチが下った。しどろもどろの鷹目を見て「カカカ」と特徴のある笑い声を上げる。一見したところ、花崗は三年前とどこも変わらない。白髪交じりの短髪で、肌は健康的に日に焼けて浅黒く、小柄だが筋肉質の締まった身体をポロシャツと短パン、サンダル履きというラフな格好で包んでいる。

「よく来たな、二人とも」

そう言われてもここは花崗の妻が入院している病院だ。天河も鷹目も何と言っていいか分からず頭を下げた。

「上にレストランがある」そう言うや花崗が歩き出す。足が速い。そうだ、思い出した。花崗はやたらと歩く速度が速いのだ。そんなところにも懐かしさを感じつつ、天河は「おい」と鷹目に呼びかけて遅れないように後を付いて行った。

十一階にあるレストランはお昼時ということもあり、かなりのテーブルが埋まっていた。こちらに気づいた店員に「三人です」と告げると、窓際のテーブルへと案内された。壁一面がガラス張りになっていて光が溢れている。外は山並みが広がっており、緑が美しい。

「いい景色ですね」天河は外に目を向けたまま、紫色の椅子に腰を下ろした。

「少しでも気が休まるように設計されているんだろうな」

穏やかな表情で花崗が答えた。

食事は止めにして三人ともアイスコーヒーを注文した。ミルクもシロップも使わず、ストローも無しでダイレクトに口を付けて飲み始める花崗を見て、シロップに手を伸ばしていた鷹目は静かに手を引っ込めた。しかし、花崗はそれを見逃さず「遠慮するな」と笑った。

「いえ……」俯いてもじもじしているこんな鷹目を見たら、メンバー達は、特に晶はどんな顔をするだろう。

「会社はどうだ。順調か？」

「その前に、奥様がご病気だということ、知らずに申し訳ありませんでした」

「謝ることなんかない。知らせてないんだから当然だ。もう、長くてな。それもあって田舎に帰ることにしたんだよ」

「そうでしたか……」

「今はすっかりお百姓だ。ナスもトマトもキャベツも作ってる。捜《と》れたてがあるから持って帰れ」

天河が微笑んで頷いた。

「それで、用はなんだ？」

「何も。近くに行くからお顔が見たいと思っただけです。なぁ」

「そ、そ、そうです」

花崗は天河と鷹目の顔を交互に見つめた。

「天河は広報課長か。機転が利いて弁も立つ。うってつけの役職だな。鷹目はサーベイの課長だったよな。もともとお前は一匹オオカミの技術屋だ。そんな奴が上と下の中間に入るとさぞかしストレスが溜まるだろう」

「いや、それは……」

「分かるんだよ、俺もそうだったからな」

花崗は笑みを浮かべたまま、「タイプは違うがお前達は同期だ。元々馬が合った。口裏を合わせることなんざ造作もない」と続けた。

「口裏なんて……。ほんとにただ顔を見たいと思っただけで――」

「申し訳ありません！」突然、鷹目がテーブルに頭を擦《こす》りつけた。

「隠し事をするつもりじゃなかったんです！　でも、キャップの奥様がご病気だと知って……それで……」

鷹目は昔ながらの呼びかたで、花崗を「キャップ」と呼んだ。

「顔を上げろ、鷹目」

呼びかけられておずおずと鷹目が上体を起こす。

「キャップか……。懐かしいな」

優しい眼差《まなざ》し。それを見た途端、天河の脳裏にも想いが溢れた。

仕事の仕方は誰よりも厳しかった。方角、凹凸、入り口の位置に標識、何度も確認され、何回も怒鳴られた。「たかが住宅地図だろう」と拗《す》ねた事もある。ある時、西日本で数日にわたって大雨が降り、各地で街が水没した。その時、自治体や警察、消防がメイキョウの地図を使って避難誘導や救助を行った。

「メイキョウの地図のおかげで住民の安否が確認できた」

「地元の人間しか知らない細い道まで網羅されているから、応援で出向いた時に役に立った」

「玄関の位置まで書き込まれているから、救助の方向を間違わずに済んだ」

会社に続々と感謝の手紙やメールが舞い込んだ。頭をハンマーで殴られた気がした。地図とは何か。自分達は何の為に足を棒にして地図を作っているのか。その答えがはっきりと分かった瞬間だった。それからは意識がガラリと変わった。目を皿のようにして街を見るようになった。朝から夕方まで歩き回り、真っ黒に日焼けした手でチェックした調査図面を花崗に手渡すと、「よし」という一言と共に優しい眼差しが返ってきた。

「妻のことを心配してくれるのはありがたい。だが、妻のことは俺の問題だ。お前達が気にすることはない」

この人に嘘や誤魔化しは通じないんだった……。

「申し訳ありません……」天河も頭を下げた。

「全部お話しいたします」

いつの間にか、レストランから人の姿が消えていた。自分達を含め、あとは入り口の方の席に座っている老人が一人いるだけだ。

天河は地下の地図作りのことを夢中で話した。リーデンブロックというベンチャー企業、沖縄で見た〈道行〉のこと、社内のメンバー選定などをつぶさにだ。時折、鷹目も話に加わった。花崗は腕を組んだまま、黙って耳を傾け続けた。途中で話の腰を折り、質問をすることは一切なかった。

「日本全国を網羅したメイキョウは今、少しずつ目標……というか活力を失いかけています。住宅地図のアップデートがダメだと言っているのではありません。ただ、花崗さんが指揮を執られていた頃の熱中するような気持ちは、薄らいでいると感じます。私は地下の地図制作で再び社内に熱を取り戻したいと思っています。その為には会社を目標に向かって導いてくれる強力なリーダーが必要だと思いました」

そこまで一気に言うと、天河は向かいの花崗を見つめた。鷹目も膝に手を置いて敬愛する花崗が口を開くのを待っている。

「話は分かった。初めに言っとく。その仕事、絶対にやるべきだ」

天河の目が輝いた。必ず、そう言ってくれると信じていた。思わず隣に座った鷹目の肩をポンと叩いた。

「しかし、俺は行けん。妻はもう長くない。一人にするわけにはいかん」

さっき、景色の話になった時「気が休まるように」と花崗は言った。急に病院から呼び出されたと聞いた時も、なんとなくだがそんな気がしていた。

「地図の北はお前達二人でやれ」

「二人で……ですか……？」

想像もしていない提案に思わず声が上擦った。

「でも、真北が二つあるってのは変じゃないかと……」

鷹目からも動揺が伝わってくる。

「そんなのはただの喩《たと》えだ」

「しかし……」

「しかしもかかしもない。常識に囚《とら》われるな。いいじゃないか、地図の北が二人三脚していても」

花崗が子供のような笑みを浮かべて頷いた。

17

週が明けて月が変わった。十一月になった。出社する天河の鞄の中にはプロジェクトに関する資料が含まれていた。社長や重役達の揃ったモーニングミーティングですべてを明らかにするつもりだった。結局、高知で使うことはなかったが、今思えばこういう流れだったような気もする。

広報室に入ると「おはようございます」と声がした。すでに桃田は出社しており、デスクトップパソコンの前に座ってメールのチェックをしている。「おはよう」と挨拶を返し、鞄を自分の机に置くと、「桃田」と呼んだ。桃田が首を廻してこっちを見る。

「今日、上に報告する」

それを聞いても桃田は眉一つ動かさない。左右対称の完璧な造型である表情を崩すことなく「分かりました」と答えた。

提出用の表資料とは別に裏資料が存在する。様々な個人データや人脈などが盛り込まれたものだ。仕事を優位に進める為にはこういうものも必要となる。作成には桃田が集めたデータをふんだんに盛り込んだ。中でも蛍石個人に関しては目を見張るものがあった。出身地、血液型、身長、体重などは言うに及ばず、ブランド、食べ物から女の好み、使っている食器、よく使う引用やフレーズまで洗いざらい調べ尽くされていた。聞けば蛍石が使っているフェイスブック、ツイッター、インスタグラムなどをすべて遡ってチエックしたのだという。だが、それだけでここまで個人的なことを暴き出すのは不可能だと思えた。おそらく別の方法もあるのだろう。

「用意するものはありますか？」

「コピーを二十部頼む」

天河は鞄の中から「ＭＯＧＵＲＡプロジェクト」と明記した用紙の束を取り出した。桃田が立ち上がってそれを受け取ると、「私からも一つご報告があります」と言った。

「ちょうど今、リーデンブロックの蛍石さんからのメールを読んでました」

「蛍石から？」

「そろそろ返事が欲しいそうです」

約束の期限は秋だった。

「分かったと伝えてくれ」

「はい」

しかし、桃田は用紙の束を机の上に置いた。そのまま近づいてくるや黒いＶネックニットから覗いた白い腕を伸ばした。

「……ん」

突然のことに動揺し、僅かに身を引いた。しかし、桃田は構わず首元に細い指を伸ばすと、ネクタイを締め直した。

「出来ました」

桃田は何事もなかったかのようにその場を離れ、用紙を摑んでコピー機の方へと向かった。ネクタイの曲がりを直すことで大一番に向かう自分の背中を押してくれたのだろう。

「用意が出来たら会議室に持ってきてくれ」

それだけ言うと広報室を後にした。

メイキョウのモーニングミーティングは四年ほど前、奈良岡社長の発案で始まった。人間の脳は朝起きてから午前十時くらいまでが一番活性化し、特に起きてからの二時間は集中力が高まる。テレビで見たのか本で読んだのかは忘れてしまったが、そういう研究結果を知ったからだそうだ。天河は学生時代から夜型ではなかったし、会社に入ってからも陸上部顧問として時折朝練にも参加していた。よって朝はまったく苦痛ではない。

社屋の最上階にあるガラス張りの会議室には、開始五分前であるにもかかわらず常務や各セクションの部長など数人が集まっていた。大きな楕円形《だえんけい》の机が中央に置かれ、常務や部長クラスが座る椅子が向かい合わせに置かれている。課長はその後ろにある控えの椅子に座る。ガラス張りの窓には遮光カーテンが引かれ、電灯の淡い光が部屋の中を照らしている。

実は会議室に入った時から、窓の側に立って外を眺めているひと際大きな背広姿の男に気づいていた。天河が隣に並ぶと、「いよいよだな」と鷹目が言った。

「蛍石からも返事が欲しいと連絡があった」

「秋雨だったのに今日はすこぶるいい天気だ」

天河は朝日に照らされた戸畑区の街並みと、向こうに見える皿倉山《さらくらやま》の山肌を眺めた。

ミーティングが始まる直前、桃田がコピーした用紙を揃えて風のように現れ、再び風のように去っていた。すべてが整った。これでもう後戻りは出来ない。

奈良岡が秘書に伴われて姿を現すと、居並ぶ者達が一斉に立ち上がった。

「おはよう」

「おはようございます！」と一同が唱和する。

「久し振りにいい天気だ」

奈良岡が座ると、全員がそれに倣った。

現社長の奈良岡誠《まこと》は創始者である奈良岡宗八《そうはち》の次男に当たる。長男は二十一歳の若さで病死し、父親から会社を受け継いだ。いや、ただ継いだのではない。メイキョウで下働きを経験し、花崗からもしごかれた経歴を持つ。現在五十七歳。社内のことを社員と同じ目線でも見ることが出来る優秀な社長だ。

ミーティングは粛々と進み、各セクションの現状、地図やそれに付随する製品の売り上げ、出資しているサッカーチームや陸上部員の状況など四十分ほどですべての報告が出揃った。奈良岡は「それはどういうことだ？」とか「こうした方がいいんじゃないか」とか時折短く言葉を挟んだ。これもまたいつもの光景だった。

向かい側に座った鷹目がこっちを見た。天河が小さく頷く。

「では、諸君、今週も――」奈良岡が言いかけた時、「社長」と呼びかけた。席を立つと、「一つ、ご報告したいことがあります」と言った。

「ここはミーティングだぞ。報告ならあとで聞く」

吉田専務が露骨に嫌な顔をした。

「いいじゃないか。まだ時間もある。聞こう」

奈良岡は吉田の意見を制すと、天河に発言を促した。

「ありがとうございます。まずは見ていただきたいものがあります」

桃田が用意してくれた用紙を鷹目と手分けして配った。

加藤は素早く用紙をめくり、眉をひそめた。すぐに吉田に何事かを耳打ちする。天河は気にすることなく概要の説明を始めた。最初はパラパラと用紙をめくっていた一同も、話が進むにつれて手を止めた。その場の誰もが天河の話に耳を傾けた。しかし、話を終えた途端、会議室は一斉にざわめいた。こうなることは当然予想していた。地底の地図を作る。誰が聞いても素直に頷くことなど出来る筈はない。天河は敢《あ》えて何も言わず、その場に立ち続けて成り行きを見守った。

「天河」奈良岡が天河の名前を呼んだ途端、ざわめきが収まった。

「はい」

「これは本当に実現可能なのか？」

「可能です。私だけでなく、鷹目も同様のものを見て、少なくともそう判断しました」

奈良岡や重役達の視線が壁際の席に向けられる。鷹目はその場で立ち上がると、「技術者として〈道行〉を見学しました。私の想像を遥かに超えるものでした。地下に潜り、帰ってくる。理論上の破綻はありません。出来ます」と力強く言った。

奈良岡が腕組みをして用紙を見つめる。天河が言葉をかけようとした僅か一瞬前、「社長、これはあまりにも大掛かりな話です」と吉田専務が声をかけた。

「それに、相手は一度も取引の経験がありません。ここは慎重に見極めることが必要かと思います」

「吉田専務の言われる通りです」

加藤がすかさず擦り寄る。さすが、吉田の腰巾着だ。

「専務のご心配はもっともだと思います。とはいえ、このプロジェクトには大きな期待も寄せられております」

「それはどういう意味だ？」

天河はすかさず背広の内ポケットから封筒を取り出した。

「御社においてはこの度の地底の地図作りというたまさか冒険小説のようなチャレンジに賛同されたく、切に願うところです。ご存知のように我が国は地震大国であり、資源も乏しい。この地底行が活断層を解き明かし、また、新たなる資源の発見に繋がるような事にならんことを。国土交通大臣長谷川宗次《はせがわそうじ》」

「国土交通大臣……」

さすがにこれには吉田を始め三羽烏も息を飲んだ。国が後ろ盾になっているという事実は想像以上に強い意味を為した。天河は会社に打ち明ける事で予想される展開を事前に蛍石に相談していた。スムーズに承諾を得る為、リーデンブロックを調査したことも正直に告げていた。

「当然のことだと思います」

蛍石は怒ることなく納得し、その上で、「私に考えがあります」と言った。それが国土交通大臣からメイキョウへの書簡という形になった。

天河は手紙を封筒に戻すと、重役達の後ろを通って奈良岡に差し出した。

「なぜ、今まで黙っていた？」

「あまりにも事が大き過ぎ、判断に慎重を期しておりました」

「今日、公表しようと思ったのはなぜだ？」

「リーデンブロックへの回答期限が迫っているからです」

「それだけか？」

「それだけとは……？」

「回答期限が迫っている。だから公表した。そんなつまらん理由なのか？」

奈良岡は瞬《まばた》きもせず、射貫《いぬ》くように見つめてくる。

「長雨が止んで、綺麗な朝焼けを見た時、腹を括《くく》りました」

「私もです！」鷹目も声を張り上げた。

「メイキョウの未来を自分一人で背負う事は無理ですが、鷹目と二人でならやれます」

「メイキョウの未来か……」

奈良岡が天河の言葉をゆっくりと繰り返す。

「夕食を取っていると、帰ってきた親父《おやじ》がいきなり日本全国の住宅地図を作ると言い出した。夕陽《ゆうひ》に背中を押されたんだそうだ。そんな親父の大ぼらに息子である俺も家族も、社員も本気で乗っかった。そこから毎日汗水垂らして頑張った。困難も数多くあった。でもな、そんなことはなにも覚えとらん。なぜか？　無我夢中だったからだ」

「私もあの頃は毎日が楽しくて仕方ありませんでしたなぁ」

「私もです。充実していました」

「いい時代だった」

重役達が語り出すのを奈良岡は黙って聞いていた。ただ、社長の言葉に追随しただけではない。それは誰の顔からも明らかだった。嫌味な三羽烏でさえ、夢中になって当時の話をしている。天河はその様子を見つめた。これだと思った。メイキョウの未来を紡ぐ為には旗印が必要なのだと。

奈良岡がおもむろに懐から手紙を取り出した。

「大事はいつも大ぼらから始まります。それがなんと今度は足下ときた。メイキョウの地図に未だかつて地下を記したものはありません。いや、世界中どこを探したってありません。それを成すのは実に痛快です。私からもお願いします。天河と鷹目に地図の北をやらせてやってください」

「それは……」

呆然とする天河と鷹目に向かって奈良岡が告げた。

「花崗さんからバトンを託されたんだ。天河、鷹目、とことんやってみろ」

第III部

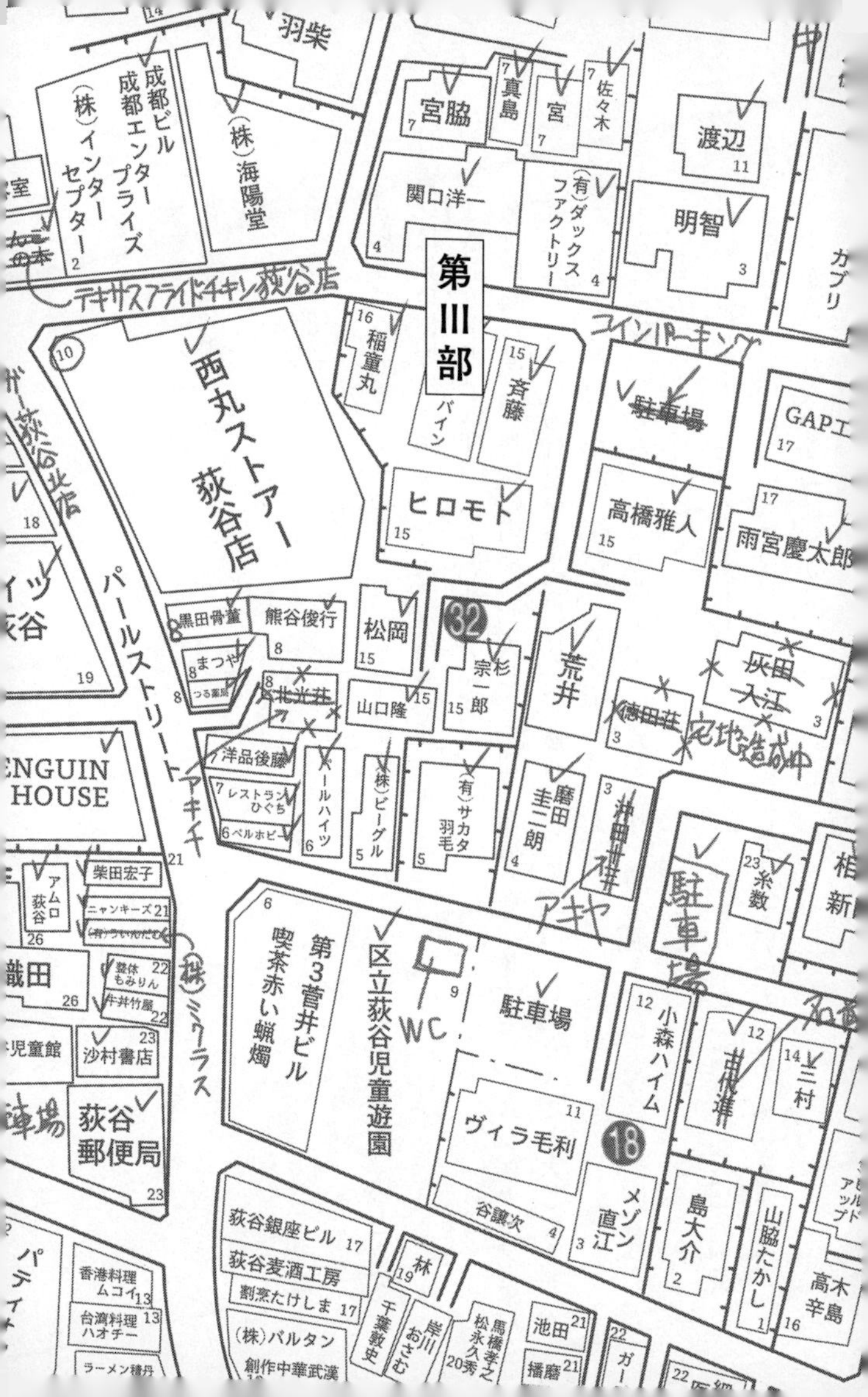
羽柴
成都ビル
成都エンタープライズ
(株)インターセプター
(株)海陽堂
宮脇
真島
宮
佐々木
渡辺
関口洋一
(有)ダックスファクトリー
明智
カプリ
テキサスフライドチキン荻谷店
稲童丸
バイン
斉藤
コインパーキング
西丸ストアー荻谷店
駐車場
GAP
ヒロモト
高橋雅人
雨宮慶太郎
パールストリート
黒田骨董
熊谷俊行
松岡
まつや
つる薬局
北光荘
山口隆
宗杉一郎
荒井
灰田入江
徳田荘
宅地造成中
洋品後藤
レストランひぐち
ベルホビー
パールハイツ
(株)ビーグル
(有)サカタ羽毛
磨田圭二朗
沖田荘
アキヤ
アキヤ
駐車場
糸数
PENGUIN HOUSE
アムロ荻谷
柴田宏子
ニャンキーズ
織田
整体もみりん
牛丼竹風
(株)ミウラス
沙村書店
児童館
駐車場
荻谷郵便局
喫茶赤い蝋燭
第3菅井ビル
区立荻谷児童遊園
WC
駐車場
小森ハイム
田代進
三村
ヴィラ毛利
谷譲次
メゾン直江
島大介
山脇たかし
高木辛島
荻谷銀座ビル
荻谷麦酒工房
割烹たけしま
(株)パルタン
創作中華武漢
香港料理ムコイ
台湾料理ハオチー
ラーメン精丹
林
千葉敦史
岸川おさむ
馬橋孝之
松永久秀
池田
播磨
パティメ

改測

18

三歩下がってじっくりと眺めた。大会議室の真っ白なドア、真ん中よりちょっと上の方には銀色に燦然と輝くプレートがはめ込まれている。

「ＩＮＮＥＲＥＡＲＴＨ《インナーアース》　ＰＲＯＪＥＣＴ《プロジェクト》」

名付け親は晶だ。地球の内部に突入し、未知の領域を地図化する。プロジェクト名はこれ以外には考えられないと思っていた。鷹目からは「『ＭＯＧＵＲＡ』と大して変わらん」とからかわれたが、怯《ひる》むことなく押し通した。

不意に視線を感じた。いつの間にか隣に翼がおり、顔を覗き込むようにしている。

「……何？」

つい、嬉しさのあまりうっとりしていた。おそらく締まりのない蕩《とろ》けた顔だっただろう。見なくてはいけないものは見落とすくせに、見なくていいものはちゃっかり見ている。しかも忘れないから始末が悪い。

「あんたもいいと思うでしょ」

「何が？」

「プロジェクト名よ！」とプレートを指す。

「僕はなんだっていい」

「何よそれ……」

「地下に行けるならなんだっていい」

それだけ地下に興味を持ってくれるのは嬉しいが、それが翼だと不安が先立つ。

「言っとくけど大変なんだからね」

「住宅地図の調査よりマシだよ」そう表情一つ変えずに答える。

プロジェクトに加わるメンバーはそれまでの部署から異動することが発表された。これからは地下の地図制作に向けての業務に専念することになる。目白洞でのケイビング体験、翼は怯《おび》えることも無駄にはしゃぐことも気分を悪くすることもなく、いつものように淡々と存在していた。周囲を眺め、地下水面に手を入れ、石を触ったりしながら黙々と……というか常にマイペースだった。こういうタイプは情報量の多い地上よりも静かな地底の方が向いているのかもしれないと思わせた。とはいえ、ここはブスッと釘を刺して、気持ちを引き締めさせといた方がいい。

「この際だから言っとくけど、今日から筋トレもして」

「なんで？」

「重たい荷物を持って歩く。岩登りする。ロープ下りもする。川底を匍匐前進する。自分のことは自分でやる。これ、鉄則だから」

翼は「やれるよ」とすまし顔で答えた。なにが「やれるよ」だ。靴紐も満足に結べないくせに、よくもまぁさらりと言えるものだ。廊下の奥から賑やかな声が聞こえてきた。商品制作部の実里、前山を筆頭に、新しくメンバー入りした数人の女子軍団がこちらに向かって歩いて来る。

「あー、プレート、出来たんだ！」

「いいねぇ、インナーアース」

「ピカピカ光ってるぅ」

「このロゴ、商品にして売り出そうよ」

キャッキャッと声のトーンを上げ、てんでバラバラに思いついたことを喋って、呆然とする晶達の前を通り過ぎ、そのまま大会議室へとなだれ込んでいった。

「女子ってさ」翼が実里達の方を見ながら口を開く。「集まるとどうしてあんなにテンションが高くなるのかな」

自分も女ではあるけれど、今もってあの感じは分からない。

「女にもいろんなタイプがあんのよ。男だってそうでしょ」

「地下であれやられると疲れるなぁ」

「お前が言うな」翼の腕を拳で叩くと、「筋トレ」と冷たく囁いた。

トイレから戻ると室内はすでに人で埋まっていた。今日はプロジェクト名が変更されてから最初の全体ミーティングだ。計測班・図化班・後方支援班、合わせて四十三名が一堂に会している。だが、その内訳はというと、大半が図化班と後方支援班である。計画では計測班は一チーム十五名体制で、それをＡ・Ｂ二チーム作る予定なのだが、現在は合わせて十二名。まだ一チームすら組めていない状態なのだ。晶は集まった人の中からいがぐり頭を見つけ、「キャップ」と呼びかけた。田所が振り向きざまに「おう」と返事をする。

「見たぞ、プレート。良い感じだな」

「でしょう。やっぱりセンスある人にはちゃんと伝わるんですよね〜」

晶の言葉に何かを感じたのか、田所が苦笑する。

田所は計測班Ａチームのキャップに決まった。嬉しいことに晶が所属するのもＡチームだ。ちなみにＢチームのキャップはＤＢ制作本部の今川が務めることになっている。プロジェクトに今川を加えるのは不安だったが、他に人材が見つからないという後ろ向きの理由で残すことになった。所属が理屈っぽい今川の下じゃなくてほんとに良かったと思っている。これは心底まじっりけなしの本音だ。

鷹目が前方のドアから姿を見せた。いつもならドタドタと足音を響かせ、動きもオーバーなのだが今日に限ってはそれがない。どうしてだろうと不思議に思っていると、鷹目に招き入れられるようにして奈良岡社長が入って来た。ざわついていた室内が急に静かになった。

「おいおい、何が始まるんだ……？」

天河が姿を現した。ドアの側に立ったまま「インナーアース・プロジェクトの皆さん、こんにちは」と挨拶する。

「地下20㎞にある空洞を地図化するという今回の壮大なプロジェクト。とは言ってもそこがどんなところなのか、具体的にイメージ出来る者はいないと思います。そこで、今日は特別に専門家をお招きしました。話をしっかり聞いて、我々がこれから向かう場所のイメージを摑んで欲しいと思います」

再び前方のドアが開き、今度は桃姉が姿を見せた。桃姉に導かれるようにして紺色のスーツを着た初老の男が入って来る。その姿を見た途端、「あ！」っと声が漏れた。初老の男の視線が真っ直ぐにこちらに向けられた。

「猫ちゃん！」

初老の男がパッと顔を輝かせると、晶に向かって両手を丸め、「ゴロゴロニャ〜ゴ」と呪文のようなフレーズを繰り出した。

「なんやぁ、おい。お返しはどないしたんや？」

「……こ、ここでするんですか……」

「当たり前や。早《はよ》う！」と初老の男が両手を広げて激しく急かす。

「ゴロゴロナ〜ゴ」

最大級の恥ずかしさの中で、両手を握り締め、猫がおねだりするポーズをした。

「おーしおーし、ええ子やぁ」そう言って今度は蕩《とろ》けるような笑みを浮かべる。

当然のことながらメンバーはこの光景に一人残らず固まった。晶も恥ずかしさのあまり動けなくなった。専門家として招かれたのは、こともあろうに恩師の日長義之《よしゆき》だった。でも、考えてみれば自明の理だ。リーデンブロックと繋がりがあり、プロジェクトの統括リーダーであり、正真正銘、地質学の権威でもあるのだから。

「あの……、教授、よろしいでしょうか」

突然の展開に呆気にとられていた天河がようやく口を開いた。

「天河はん、あんたも人が悪いな。猫ちゃんがおるんやったら最初から教えてくれたらよかったのに」

「申し訳ありません。リーデンブロックの蛍石氏から、教授はサプライズがお好きだと伺っていたものですから……」

「アハ、アハ、アハハハ」日長の甲高い笑い声が溢れる。

「そうや、サプライズは三度の飯より好きや。なぁ」

再び日長がこっちを見た。

「就職したとは知ってたけど……。そうかぁ、ここにおったんか」

ちゃんと連絡はした。内定を貰った直後、京都の自宅にも手紙を出した。働き始めてからも二度、電話した。でも、日長の頭には全然入っていない。日長は昔から自分の興味のあること以外、まったく覚えていない。半日前の食事、会話の中身、人の顔。病気を疑うくらい記憶がすっぽり抜け落ちる。それでいて十年前に拾った石の欠片《かけら》のことは場所や時間、その時の状況まで克明に記憶しているのだ。

「あらためてご紹介します。こちらは京都大学の日長義之名誉教授です。専門は理学、他にも——」

「そういうのはええよ」日長は手を振って紹介を遮ると、実に愉快そうに室内を見廻した。

「聞いたで。君等、地球の腹の中に行くんやてな」

小柄な身体に似合わず声が太く、よく通る。しかもバリバリの京都弁だ。少し白髪が増えたようだが、しゃんと伸びた背中、よく動く目、悪戯小僧のような雰囲気は昔とまったく変わっていない。

「止めとき」

突然の言葉にメンバーが凍り付いた。数歩下がって椅子に座ろうとしていた天河の顔がギョッとなるのが見えた。

「地下は宇宙と同じや、おいそれと人の行くようなとこやない」

「でも……行けるんですよね？」前の方に座っている男性社員がおずおずと尋ねた。

「〈道行〉《地底潜行車》のことか。あれな、最初はそんなもん、一かけらも信じられへんかった。お伽話の世界やで、そんなもん誰が真に受けるかいな」

「でも、教授」今度は鷹目が勢い込んで立ち上がる。「〈道行〉は……、あれは私の目から見ても本物です」

「あんた、その道の玄人か？」

「違います。ですが森博士の説明では――」

「タングステンカーバイドをベースにした新技術やら、YAG《ヤグ》レーザーやら、なんのことかさっぱり分からん。だから、実際の現象でしか僕は判断せん。〈道行〉はこれまでに三度、試運転して地底に潜った。一回目は１・２３㎞、二回目が４・６㎞、三回目は７・６㎞。おそらく20㎞は行けるやろ」

「行けますか……」

「おそらくな」

放心したように鷹目が椅子に座り込む。

「先生、今日はそういうお話ではなくて……」

天河に呼びかけられ、日長が「ん？」と眉を吊り上げた。とっさにヤバいと思った。人の話の腰を折るのは平気だが、人から折られるのは大嫌いなのだ。

「その……、伺いたいのは行ける行けないではなくて、地下20㎞がどんな感じなのかという――」

「君はどう思うんや」

切り返されて天河は二度、三度と瞬きをした。「分かりません……」

「ええから言うてみなはれ」

思いがけず質問を浴びせられ、天河は一度考え込むように下を向き、再び顔を上げた。

「暗くて、静かで、岩だらけで……」

「想像力ないなぁ。ほんなら君はどんなんやと思う？」

今度は座席に座っているメンバーの一人を指した。

「え、私……？」

「そうや。思ったことを話せばいいんや」

実里がゆっくりと立ち上がる。隣にいる前山の口が「頑張って」と動くのが見えた。

実里は小さく咳《せき》払いすると、「私は子供の頃に絵本や昔話で見た地獄のようなイメージを持っています」

「地獄か、そりゃええな。地下は20㎞地点でおよそ400度から600度の高温、高気圧となる。重力は地上とほぼ同じで太陽が無いから放射線は少ない。というかほとんどない。代わりに地磁気は乱れまくり、岩石からのγ《ガンマ》線も増える」

室内がざわめいた。晶もいつの間にか話に惹き込まれ、両手を握り締めていた。掌がじっとりと汗ばんでいる。

「まだまだ、これくらいで驚いてたらどうにもならんで。ええか、地震波で琵琶湖の半分くらいの空洞が見つかったて言うてるやろ。琵琶湖の総面積はおよそ670平方㎞。テレビでよう言うてる東京ドーム何個分かにしたら……あれ、なんで東京ドームなんやろな。甲子園にせいていっつも思うわ。まぁ、それは置いといて容積で約二万二千個、面積で一万四千個分もある。その半分や。そう考えると、今回見つかった穴がどんだけ大きいか分かるやろ。問題はやな、圧力に屈せず、なんで穴が塞がらんと穴のまま残ってるかということや」

そのことに関しては晶も不思議に思っていた。洞窟は長い年月をかけて水が岩を削って出来たものだ。穴は地上に開いているから空気が入り、圧力はなくなる。だから潰れずに残っている。でも、地底の穴は違う。四方八方からたえず圧力が掛かっている。それなのに潰れないのはなぜなのか？

「巨大な空洞がどうして出来たのか？　そこにはおそらく大量の水が溜まってた。それが地熱で温められて蒸発し、穴だけが残ったと考えられる。潰れずに形を保っているとなると、構造はとても強固な筈や。おそらくハニカム構造に近い。あ〜、あんたらの顔見れば分かる。全然分かってないな。ハニカムいうのは英語で蜂の巣という意味や。蜂の巣は正六角形や六角柱を隙間なく並べた構造をしてるやろ。ダンボールにも応用され、強度は抜群や。至るところに空洞があって、見たこともないようなバカでかい石柱やら壁やらがそびえてる。それが延々と続いてる。しかも真っ暗や。どこまで行っても明かりなんか一つもない。空気は僕等の知ってるもんやなくて成分は有毒。ということは酸素ボンベが要る。熱さを凌《しの》ぐ為には耐熱服がいる。な、だんだんと分かってきたやろ。兎に角、異世界や。さっきの子が言った通り地獄や。そんなところに出かけて行って地図を作りましょう？　僕に言わせれば『アホか』やな。もし、我が子が行く言うたら全力で止める」

口を開いた途端、すべての視線を釘付けにする。データを交えたリアルな話がポンポン飛び出し、容赦なく空想や虚構を暴き出してしまう。そうだ。久しく忘れていた。これが、日長義之という人だ。私の師匠だ。

19

講義を終え、控室でくつろぐ日長に天河と鷹目が「お疲れ様でした」と頭を下げた。晶は机の上に置かれたお茶のペットボトルを摑むと、蓋を開けて手渡した。日長は受け取るやいなや、一気に半分ほどを飲み干した。あれだけ喋り続けたのだ、喉はカラカラだろう。

講義はたっぷり九十分に及んだ。身振り手振りを交え、メンバーに質問し、時には脱線しながら進行した。天河が無理やり遮らなければまだまだ続いていただろう。晶は大会議室の空気がみるみる熱を帯びるのを感じていた。日長劇場だと思った。共にケイビングをしていた誰もが日長のユニークでハイテンションな行動と言動を知っている。たまに言葉は乱暴になるし、めちゃくちゃな喩え話なんかもするが、不思議とそれが嫌味にならない。初対面の人もそうでない人も惹き込まれてしまう。「先生は魂が善だから」とか「傍若無人天真爛漫」とかいろんな表現があるが、どれも当たっていると思う。

同時に、この人の魅力は言葉で言い表せるようなものではないとも感じる。

「先生、お元気そうで」

「猫ちゃんは変わったな」

「……え？　私、変わりました？」

「可愛くなった」

「ほんとですか！」

「暗がりで泥だらけの顔しか知らんからな。カカカ」

しまった。また乗せられた……。

そうは思ったが、全然悪い気はしなかった。

「先生の講義でみんな目が覚めたと思います。もちろん私もですが」

「自分もです。初めてリアルに地下20㎞を感じられました」

天河と鷹目が興奮気味に言った。

「みんなで地下にピクニックにでも行く気やったかな。当然、冒険に高揚感はつきものや。でも――」

「周到な準備をしなければ悲劇に変わる」

晶が後を続けると日長がすっと目を細めて頷いた。

洞窟に潜る際、必ず遺書を書くように促された。最初は大袈裟だと思ったが、そういう心構えをしてこそ慎重になれるのだと教えられた。未知の場所、地図のない場所に行くのはそういうことなのだ。

「先生と一緒だと心強いです」

その途端、日長の顔が曇った。

「どうかしたんですか？」

「う～ん、それがな……、どうもそういうわけではないらしい」

「どういうことですか」と天河が割って入る。

「蛍くんの話では、最初に地図を作り、その後で僕等が入る流れにするそうなんや」

「私は何も聞いていません。それに、我々だけで入るとなると、危険への対処がままなりません」

メイキョウは技術屋だ。地図作りにかけてはプロだが、地底のことはまったく何も知らない。そんなところに自分達だけで向かうのはリスクが格段に大きくなる。というより無謀な話に思える。

「どうしてそういう話になったのか分かりませんが」

鷹目は天河から日長に視線を向けてそう前置きすると、

「先日、南極観測隊のルポを読みました。蛍石氏がチーム編成は南極観測隊を参考にしたと言われていたので」

「言うてたな」

「それによると、設営班と研究班は何かと衝突が多いと書かれていました。片や安全に運営することをメインにしていて、片や研究の為には多少の無理はしたいと思っています。方向性の違いということですね。最近はそんなことは減ったとは書かれていましたけど。そういうことなんでしょうか」

日長は腕組みをして首を傾げ、「それも一理あるとは思う。昔も今も研究者のわがままは変わらんからな。それに振り回されたら地図は出来へん、地下にいる期間も延びる。そうなったらお金も掛かる。もしかしたらそんな風に考えたのかもしれへん」

メイキョウの計測班のみで未知の場所に向かう。入る前に周到な準備はするが、入った後で突発的なことが起きないとも限らない。その時、地質学の専門家がいなくて難事に当たれるのだろうか。

「医者やら調理師やら〈道行〉の運転手やらは行くことになるんやろうけど――」

ドアがノックされた。桃姉が顔を覗かせる。

「タクシーが参りました」

「ホテルはどこですか」晶が尋ねると、「先生は今から京都にお帰りになるんだ」と天河が言った。

「えーっ!」

てっきり小倉に泊まるものだと思っていたし、桃姉がすでに美味しいお店を手配済みだと信じてもいた。日長が椅子から立ち上がりながら、「すまんなぁ、僕も猫ちゃんと久し振りに喋り倒したかったんやけど、明日から大阪で地学の学会があるんや。どうしても来てくれ言われてな」と答えた。

そういうことなら仕方がない。仕方がないがやっぱり残念な気持ちは変わらない。

「今度は泊まりで来てくださいよ」

「そうする」

「ほんとですよ」

「約束や。ゴロゴロニャーゴ」

「ゴロゴロナーゴ」

返事を返しながら猫の前脚にみたてた手をちょこんと合わせた。日長は顔をくしゃくしゃにして微笑んだ。

20

会社の裏手にある警備員室の前を通り過ぎながら「お疲れ様でした！」と声をかける。すかさず警備員のお爺《じい》さんが「お疲れ様」とにこやかに返事をしてくれた。本日の仕事が終わったという儀式だ。一歩外に出るとひんやりとした。空気が変わったと思った。ちょっと前まではまだ秋の名残を感じさせる暖かな空気が残っていたが、これはもう完全に冬だ。季節もこうやって衣替えをしながら次に進む為の準備をする。上着の襟をかき合わせながら、早足で駐輪場に向かった。

日長の講義を聞いてメンバーの目の色が明らかに変わった。自分達が成そうとしていることは、死と隣り合わせの危険な業務なのだとはっきり認識できたのだ。特に計測班に選ばれている者が顕著だった。晶自身も変わった。計測班の一人として、何が必要で何が足りていないのか、そのことを徹底的にノートに書き出した。

まず、会社のある戸畑からアパートのある小倉までは自転車通勤をするようになった。以前から時々はやっていたのだが、早起きが面倒であったり、前夜に飲んだお酒が残っていたりするとついついサボってしまう。今では毎日自転車で通っている。

地圧、地熱、有害な空気のある地下では生身での活動は出来ない。鷹目が言うには宇宙服のようなものを着こんで歩き回ることになるそうだ。今はまだ設計段階でどれくらいいの重さになるのか正確には分からないが、どうやら20kgを下回ることはないという。基礎体力の向上は急務だった。それに付随して食事にも気をつけるようになった。身体は食べ物で作られる。これまでのいい加減な食生活を改め、より効率のよいものを食べることを心掛けた。楽しい外食は極力控え、大好きなお酒もほとんど飲んでいない。桃姉に付き合いが悪くなったと嫌味を言われているが我慢してもらうしかない。

旦過市場《たんがいちば》の側にあるビルの駐輪場に自転車を停め、ライトアップされた建物の中へと入った。ここは北九州に幾つかあるボルダリング専用のジムだ。先日、このジムに入会した。これまでなんとなく自己流でやってきた岩登りだったが、この際、身体の使い方やスキルなど、ちゃんと理論を学ぼうと考えた。

更衣室で長袖のシャツの上にもう一枚Tシャツを重ね着し、ボトムスはレギンスにハーフパンツ、シューズは先端がボロボロに剝げた愛用のクライミングシューズに履き替えた。更衣室を出て廊下を歩いていると、後ろから「今日から級を上げてみましょうよ」と声をかけられた。トレーナーの柿谷《かきたに》だった。柿谷は三十代半ばでいつも笑みを浮かべている。物腰も柔らかくて、年配の女性から若い人まで幅広く人気があるのだそうだ。晶は黒いリュックを肩に担ぎ、「いやぁまだまだですよ」と答えた。

「基礎はもう十分だよ。実力的にはコンペにだって出られるレベルだし」

「コンペ？」意外なことだったので足がつんのめりそうになった。

「そんなにビックリするかなぁ」

まさかそんな風に見られていたとは思わなかった。

「柿谷さん、私がボルダリングをやってるのは別の目的があるんです」

「別って……？」柿谷が首を傾げた。

「私、ケイビングが趣味なんです。知ってます？　ケイビングって」

「なんとなく。確か洞窟に潜るんだよね」

「そうです」

「それって大会とかあるの？」

柿谷はどうあっても大会とかコンペに結びつけたいらしい。

「そういうのはありませんけど」

「ないんだ。へぇ。じゃあなんの為にやってるの？」

「今度、かなり深いところにアタックするんです」

「深いってどれくらい？」

本当の事は言えない。プレスリリースするまでは、プロジェクトの一切は他言無用とされている。

「20ｍくらい？」

「もっと」

「50ｍ」

首を振ると柿谷の顔が曇った。「マジで……」

ここで最後の仕上げとばかり、声のトーンを落とし、顔を近づけて囁く。

「ボルダリングはその為のトレーニングです。切り立った岩場を登れるようなしなやかな筋肉と、ブレない身体の使い方を教えてください」

その瞬間、柿谷の顔から笑みが消えた。真顔で「分かった。任せて」と呟く。

「女のひそひそ話は男に『信頼』『安心』『愛情』という妄想を抱かせるのよ」

桃姉から教えられたことをこんなところで実践することになろうとは思わなかったが、効果は絶大だった。

廊下を抜けて広い空間に出た。目の前には濃いグレーと淡いグレーが組み合わさった壁が三面、垂直やオーバーハング（前傾斜）がついたものまである。初級、中級、上級によってこの壁のどれでトレーニングするかが決まるのだ。壁には色とりどり、形も様々な突起物が付いている。これをホールドと呼ぶ。しかもこのホールド、形によって名前がついている。指を深く掛けてガバッと握れるものは「ガバ」、指が浅くしか掛からない小さなものは「カチ」、大きくて丸いのは「スローパー」、細長くて挟むように摑むのが「ピンチ」、開いている穴に指を掛けられるのは「ポケット」。これを知った時、なるほどと思った。ケイビングをする際、全員が岩の形を把握していれば、指示もしやすくなるし、された方も迷わずに済む。手始めにリュックから厚めの手袋を取り出し、しっかりと両手にはめた。次に持ってきた黒いリュックを背負った。ガシャリと音がするのを柿谷は聞き逃さなかった。

「中身はペットボトルです。これで負荷をかけるんですよ」

リュックの中には水の入った2ℓサイズのペットボトルが四本入っている。一本が約2kgだから合計8kgになる。ただでさえホールドを摑みにくくなる厚手の手袋と、背負ったペットボトル入りのリュック。これを身に着けてトレーニングすることは自分で考えた。

「柿谷さん」名前を呼ぶと、柿谷は我に返ったように顔を上げた。

「三点支持を徹底的に教えてください」

「ほんとにそれでやるの……」

「まだまだ……。こんなもんじゃ全然甘いんです」

「そんなに過酷なチャレンジをするんだね……」

兎に角、時間を無駄にしたくない。限られた中で最高のトレーニングをし、それを出来る限りメンバーに伝える必要がある。

　これから挑む初級の壁には、年配の女性が一人と高校生くらいの女の子が一人いる。懸命に両手と両足を伸ばし、ホールドを摑みながら壁をよじ登っていくが、年配の女性は途中で落ちた。手袋をしてリュックを背負った晶が壁を登り始めると、年配の女性だけでなく高校生くらいの女の子も床に立って眺め出した。ホールドを摑んで登り出すと、すぐに視線は気にならなくなった。いや、気にしてなんかいられなくなったと言った方がいい。手袋をした状態ではガバはまだしも、カチやスローパーは摑めない。指先に力が伝わらない。ポケットなんて指が入らないからなんの役にも立たない。すぐに壁から滑り落ちた。そう、地下に潜って未知の空洞の中を進めば絶対にこういう事になる。ちょっとした段差を乗り越えるのも苦労する。こんな感じでは空洞を地図化するなんてどれだけ時間がかかる事になるのか。しかも辺りは真っ暗で、おそらくは手元と周囲数メートルしか視界が保てないのだ。

「駒木根さん、なまじ力があるから腕力に頼り過ぎてる。もっとムーブとオブザベーションの組み合わせを考えて」

　ボルダリングの「ムーブ」とは動き、「オブザベーション」はコースを読む、予想することだ。壁から突き出したホールドを眺め、最初に手を掛けるもの、次に動きを予測する。そうして再びトライした。今度は手袋をしていてもうまく壁に貼り付いた。次は左上のカチに左足を掛ける。ぐっと足を伸ばす。手袋が滑りそうになって伸ばした足を引っ込めた。

「慎重過ぎる。もっと大胆に」柿谷が声を上げる。

頭の中で動きをイメージする。小さく纏まるのではなく、身体を大きく揺り動かす。イメージ出来れば自然と身体はそう動くものだ。「せいっ」と声を出して、左足をカチに掛け、そのままぐっと身体を引き起こした。起こすと同時に確認していたガバを右手で摑む。身体がそれまでよりも一段高いところに上がった。

「そう、その感じを忘れないで」

柿谷の言葉を聞きながら、更に登っていく。直線距離で真上に行くのではなく、時には右に逸れ、時には左に寄りながら、少しずつ這い上がった。最初は感じなかったリュックの重さだが、時間が経つにつれてはっきりと意識させられる。同時に高いところにいるという恐怖感が心を縛り始め、手足の自由を奪っていく。

「左上に『スローパー』があるよ」

蜘蛛のように壁に貼り付いたまま、左上に視線を向けた。穴の開いた突起がちょこんと突き出している。

「右足に重心をかけて伸びあがると右手で摑める」

右手で摑めるだろうか？　スローパーがやけに遠く感じる。

「迷っちゃダメだ。いけるから！」

　いける……。必ず掴める！　心の中で繰り返し念じる。スローパーを睨みつける。でも右足が踏ん張れない。いこうとしているのに、だ。

「合図するよ。イチ、ニのサン！」

　ガバを掴んだ左手が滑った。右足に集中し過ぎて、まったく意識していなかった。晶の身体は壁から離れ、マットの上に尻餅をついた。柿谷が駆け寄って来る。

「大丈夫？」

「私がいたところは……」

「あそこ」と柿谷が壁を指さした。マットから２ｍくらい上だ。信じられないくらい大した高さじゃない。それなのに恐怖を感じて落ちた。おそらく手袋無し、リュック無しならもっと上までいけただろう。ケイビングでも10ｍ近い壁を登り降りしたことだってある。

「……もしかして笑ってる？」

　気がつくと柿谷が顔を覗き込んでいた。

「笑ってました？」

「そう見えたけど……」

「これ、いいですね」

「え」と柿谷が眉をひそめる。言葉の意味を計りかねているのだと思った。

「すんごい良《い》い経験になります」

あらためて自分のやっていることに確信が持てた。何よりそれが嬉しい。先々に起こることをイメージして訓練を積んでいれば、うろたえることは格段に少なくなる筈だ。冒険に高揚感はつきもの。しかし、周到な準備をしなければ悲劇に変わる。地下の地図を作る。そして必ず地上に帰ってくる。

「もう一度最初からお願いします」

「分かった。今度は別の場所からアプローチしてみよう。どこにする?」

晶はタオルで汗を拭きながら壁を見つめた。ムーブとオブザベーションをイメージしながら、下から上へと視線を這わす。

「ここから」壁の前に立った。「レッツ、トライ!」

再びガバを右手で摑んだ。心なしか身体が軽くなっている気がした。

21

「すみません。ノックしたんですが返事がなかったから」

資料に目を通すことに没頭していて、目の前に人がいることに気がつかなった。

「ああ、すまん」天河は手に持っていた資料をさり気なく裏返しにして机に伏せると、「なんか飲むか」と尋ねた。今川義男は「いえ」と首を振っただけだ。

「好きなところに座ってくれ」

今川は天河の斜め向かいにある椅子を机の側から引き出し、座った。顔を見た瞬間、いい話ではないなと感じた。元々今川は陽気な雰囲気ではないが、今はことさら暗い様子だ。ほとんどこちらに目を向けようともしない。

「Bチームのことなら申し訳ないと思っている。選定を急がせるからもうちょっと待っててくれないか」

計測班はここにきてまだ人数が揃っていない。とはいえ、安易に妥協も出来ない。日長の話を聞いてからは特にそう思っている。

「そのことじゃありません」

今川は一度口を閉じると、何度か開きかけた。

「気にしないで言ってくれ。俺と君の二人しかいない」

プロジェクトルームには誰もいない。半分ほど電灯も消してある。

「プロジェクトから抜けさせて欲しいんです」

今川はそう言って息を吸い、ゆっくりと吐き出した。

「理由を聞こうか」

「妻と話し合いました。私達に子供はいませんが、お互いの両親のことや家のローンのことなどが話題に出ました。止めて欲しいと言われました。そうしなければ離婚も考えると……」

「大袈裟だな」

「そんなことありませんよ」と言いつつ今川がぐいと顔を上げる。

「私にもしもの事があったら、妻はすべてのことを一人で引き受けることになるんですから」

「だから、そうならないように万全の体制を整えるんじゃないか」

「万全なんてあり得ませんよ。僕の嫌いな言葉の一つです」

天河は腕組みをし、しばらく今川を見つめた。

「いいか、君はBチームのリーダーなんだ。リーダーは誰にでも任せられるもんじゃない。君の知識は必ず役に立つと思ったから――」

「妻に心配をかけたくないんです！」

今川の口調が硬くなった。天河は違和感を持った。何か必死さのベクトルが違う気がした。

「心配をかけたくないんじゃなくて、君自身が心配なんじゃないのか？」

「………」

今川は黙ったまま答えない。床の一点を見つめたままだ。

「今川、君に抜けられると痛い」

痛いという言葉に重みを持たせたつもりだが、今川の表情に変化は見えない。

「しばらく預からせてもらうってことでどうだろう」

「妻の心配をするのがいけませんか……」

「いけなくはないさ。むしろいいと思う。でも、このプロジェクトは仕事なんだ。地下へは長期の出張だと思えばいい」

「それが天河さんの口説き文句なんですね。言っておきますが出張とは全然違いますよ。出張するのに死ぬ覚悟なんてしないでしょう。私は地下には行きません。止めさせてもらいます」

「いいのか、そんなに焦って。後悔するかもしれんぞ」

「妻を失う方がよほど後悔しますよ」

今川は表情を変えずに椅子から立ち上がると、そのままプロジェクトルームを出て行った。

「参ったな……」

引き出しから名簿を取り出し今川の名前に二重線を引いた。実は他にも線が幾つか引かれている。日長の講義の後で急に辞退する者が増え始めたのだ。自分と向き合い、怖れをなしたのだろうと思っていた。だが、最近はちょっと様子が違う。家庭や家族、恋人と向き合った結果、止められたというケースが目立つ。

天河自身は家族にはなんとなく話はしてある。特に反対はされていない。妻からはたとえ反対したところでやるだろうと思われているだけかもしれない。地下に行く事が怖いとは思わない。命を落とすことも考えていない。日長の話を聞いてむしろ行きたい気持ちが大きくなった。憧れが怖れを上回る。自分のようなタイプは少数派なのかもしれない。ただもう一つ、別の気がかりな事があった。

一服しようと思った。喫煙所は一階にある警備員室を出た先、駐輪場の側にある。煙草だって健康に悪いから吸わない方がいいのだろうが、気分転換にこれほど便利なものはない。スーツのポケットから煙草を取り出し、プロジェクトルームを出ようとした途端、目の前が真っ暗になった。立っていられないほどの強い眩暈《めまい》がして、ドアにもたれかかった。こんなところを誰かに見られたら一大事だ。治まれと念じ、意志の力で抑え込もうとした。幸い、眩暈はすぐに落ち着いた。顔にはべっとりと脂汗が浮かんでいる。素早くハンカチで拭うと、何食わぬ顔をして明るい廊下を歩き出した。

突き針

22

嘘みたいだけど師走に入った。いつもならクリスマスやお正月休みに思いを馳《は》せたり、街を飾るイルミネーションを眺めているだけでもなんとなくソワソワした気分になるのだが、今年に限ってそれがまったくない。

本社ビルの一階北側、白いドアに「INNEREARTH PROJECT」というプレートが貼られた大会議室に入ると、ざわつきは潮が引くように止んだ。部屋の中には二十人弱のメンバーがおり、こっちに視線を向けている。晶は瞬間的にまた減ったと思った。座席の半分ほどしか埋まっていない。このところ集まりがどんどん悪くなっている。新たに参加する者より辞めていく者が多いという状況に、一向に歯止めが掛からないのだ。

心配事を頭から押し出すと、正面に置かれたホワイトボードの前に立った。

「よろしくお願いします」

軽く頭を下げると方々から「お願いします」という声がした。おそらく学校の先生はこんな感じで授業を始めるのだろう。まさか、会社に入ってそんな気分を味わうことになるとは夢にも思わなかった。

「今日の議題は測量についてです。洞窟探検に測量図は欠かせません。地表に出ている山や川と違って、洞窟は既製の地図でその形を知ることは出来ません。未知の空洞を見つけたら、必ず測量をして、その記録から洞窟地図を作る。これはお約束です。なぜならこうして出来た測量図は後に入る人の道案内になるばかりでなく、地形・鉱物・生物・気象などの研究をする際、元資料として活用されるからです。とはいえ、ここはメイキョウであり、ここにいる皆さんは全員地図作りのプロです。測量の道具や等級、実測データを図にすることなどを細々と説明する必要はないと思います。だから、洞窟内の特徴を示す記号についてのみ説明したいと思います」

晶は持ってきたノートを机の上に広げた。大学時代から洞窟探検の際に趣味でつけていたノートなので、表紙はボロボロ、中身もテープが貼られていたり泥がついていたりと傷みが激しい。こういうのが部屋にはあと何十冊もある。

「測図記号にはいろんな種類がありますよね。皆さんの頭の中にはもちろんしっかり刻まれていると思います」

実里と目が合うと、ペロリと舌を出した。

「あれ、そうでもない人もいるのかな」

室内に小さな笑い声が起こった。

「それはこの際置いといて、洞窟の測図記号となると見慣れていない人が多いんじゃないでしょうか。例えばこれ。ギザギザでミドリムシの尖端《せんたん》みたいですが、これは『落盤《らくばん》礫《ろく》の洞窟』を表します。落盤礫の中を通り抜け可能であるということを示しています。これは『つらら石・石筍《せきじゅん》』を表します。待ち針みたいなのがつらら状の鍾乳石を示し、目玉模様は筍《たけのこ》状の鍾乳石を示します。それからへんてこなエックスやワイみたいな形ですが、これは『グアノや獣骨』です。洞窟の中のグアノ（糞）はほとんどがコウモリのもので、獣骨は小型の哺乳類のものが多いです」

メンバーは時折、「えー」とか「変なの」とか「グアノ……」などと声を出しながらも説明に耳を傾け、ホワイトボードに書いた測量図をノートに書き留めていく。実際のところ、これが地下20㎞でどれほど役に立つものなのかは分からない。おそらく鍾乳石はないだろうし、よもや生物も存在してはいないだろう。現在鷹目が研究を進めているレーザーセンサーによる三次元モデル制作が可能になれば、手描きの地図は必要ないのかもしれない。しかし、レーザーが故障して使えなくなる事があるかもしれない。いざという時の備えは必要なのだ。それに地図はやっぱり自分の手で作りたい。自分がメイキョウの一員ということもあるが、これは本を電子書籍で読むか、紙で読むかという感覚に近いのかもしれない。直《じか》に手に取るという実在感が安心を提供してくれるのだ。

講義は四十分ほどで終了した。質問はほとんどなく、ノートのコピーが欲しいと頼まれた。汚い字で書き殴ってあるからちょっと恥ずかしいが、「分かりました」と答えた。

「あと週末の日曜日、また目白洞です。皆さん、時間厳守でお願いします」

部屋から出て行くメンバーに声をかけた後、ホワイトボードを専用のイレイサーで端から消しにかかった。半分ほど消し終えたところで「駒木根」と呼びかけられた。田所キャップが入り口に立っている。

「ちょっといいか?」田所はこっちの返事も聞かない内にドアを閉め、さっきまで座っていた席に腰を下ろした。顔に笑みはなく、いつもの明るさも影を潜めている。

「なんかいい話じゃなさそうですね」

残り半分をイレイサーで消しながら、「お茶、飲みます?」と尋ねる。

「俺はいい」

「私、飲んでもいいですか」喋り続けていたから喉に渇きを覚えていた。

「気にすんな。どんどん飲め」

「どんどんは飲みませんけどね」

紙コップにお茶を汲《く》んで田所の前に座ると、それを待っていたかのように「また、辞退者が出た」と告げた。「またですか」と言いつつそんなに驚きもしなかった。さっきの人数を見てもそれは明らかだ。

「今度は誰です？」

「川上《かわかみ》」

名前を聞いた瞬間、「えっ……？」と声が上擦った。

「理由はなんですか？」

「病気だ。肺気胸ってたぞ」

晶は首を捻《ひね》った。

「肺に穴が開いていてそこから空気が漏れる。タイヤがパンクしたみたいに肺が萎むから、痛みや咳が出る。本人は無自覚だったそうだが、先日の健康診断でな、ＣＴ写真で見つかったそうだ」

肺に穴が開いているとすれば、地圧の高い地下に潜るのは危険だ。無自覚というから症状は軽いのかもしれないが、医師に相談すればおそらくストップがかかるだろう。

「治んないんですかね……」

「胸腔鏡《きょうくうきょう》手術をすれば術後二、三日で退院出来るらしい」

「じゃあ——」

「こいつの厄介なのは再発の可能性があるってことだ」

だとすれば計測班は任せられない。本人も迷惑を掛けたくないから辞退したのだろう。

「あぁっくそ！　このままじゃ人が減ってくばっかりだ。例の件、天河さん達には？」

「しました。鷹目課長は賛成してくれたんですが……」

「天河さんが反対なのか？」

「反対っていうか、まだそんな話をする時期じゃないって」

「時期じゃないねぇ〜」田所は腕を組み、「俺は十分にその時期が来てると思うけどな」としかめっ面で言った。

「私、もう一度話してみます」

「俺からも話をするよ」

「キャップが言ってくれたら重みが違います」

「普通ならな」

紙コップに伸ばしていた手を止めた。「どういう意味ですか？」

「普通の仕事ならそうだって話。でも、今回のプロジェクトは格段にお前の意見が重い。これ、別に悪い意味で言ってるんじゃないぞ」

「またまたぁ……」

「地底人の先生だしな」

「なんかゾンビみたいでイヤだなぁ……」

その切り返しがツボに入ったのか、田所が声を上げて笑った。

「別にやりたくてやってるわけじゃないですよ」

「分かってる。でもお前さ、教えるの上手くなってるよ。説明の仕方とかな。最初の内は駒木根が先生かよって雰囲気があったけど、今じゃあそんなのは一切感じない。俺も気づいたら普通に話を聞いてるしな、違和感なく」

そんな事、自分ではまったく分からない。

「絶対お前自身の勉強にもなってるぞ。これから先、プレゼンとかに存分に活《い》かせると思う」

「だといいけど……」

田所は笑って頷き、「話を最初に戻すけど、なんとかしなけりゃプロジェクト自体が機能不全になっちまう。それだけは避けたい」

「ですね」

それから田所と今後のスケジュールの話をした。地下に向かうには測図記号を覚えるだけでなく、装備の使い方、タイイング（ロープの結び方）にラダーワーク（手足の巻き込み方）、SRTシステム（一本のロープを昇り降りするやり方）など覚えることが山ほどある。ただでさえ講義のスケジュールはびっしりなのに、肝心の人がいないのではどうにもならない。

23

いつものように仕事帰りにジムでトレーニングをして、夕食とプロテインをしっかりお腹に入れた。お気に入りの猫のクッションを背中に添え、テレビを消音にし、ベッドの定位置にあぐらをかいて電話をかけた。スピーカーモードに設定したスマホから「もしもし」と声が響いた。

「お母さん」

「あんた、元気なの？」

「元気。めちゃくちゃ元気」

「全然連絡もしないで」

「ごめ〜ん。忙しくて」

「なんか用かい？」

「別に、なんも」

「いい事あったんでしょう」

「え……なんで？」

「分かるわよ、あんたの母親やって二十四年だもん」

母親が父親に「晶から」と言っているのが聞こえる。途端、胸がきゅーっとなった。

脳裏に実家のリビングの光景がありありと浮かび上がる。年季の入った薄茶色の四角いテーブル。その上には薄緑色のランチョンマットが敷かれ、父親が大好きな冷ややっこをつつきながらビールを飲んでいる。父親はお酒が強くないから、すでに赤い顔をしているだろう。

「お父さんも元気？」

「元気よ。ちょっと太ったってお腹を気にしてる」

「そんなの運動すればいいんだって」

「そうねぇ」と母親が笑った。

「チュートは？」

「寝てる」

雑種犬のチュートは今年で十四歳になる。犬の年じゃ随分とお爺ちゃんだ。食いしん坊でなんにでもかぶりつく強欲な奴だが、小・中・高とチュートにまつわる思い出は両手から溢れ出るほどある。チュートの顔を思い起こしていると「お兄ちゃんも元気よ」何も聞いてないのに母親が兄のことを付け足した。

「こっちが聞く前に言ったね〜」

「はしっこいでしょう」

「そうだねぇ」

二人で声を上げて笑った。厄介者の兄はとうとう家族の会話で犬の下になったわけだ。

「お正月は帰れるの？」

「多分」

「多分って何よぉ。そんなに忙しいわけ？」

「まぁね。ごめん」

「謝ることなんかないよ。仕事は大事、やれる内にしっかりやっときなさい」

「うん」

「でも、身体にだけは気をつけなさいよ」

「お母さんもね」

「お父さんと替わる？」

「頑張ってダイエットしてって」

「わかった」

「じゃあね」と言うと、赤いボタンをタッチした。

スマホの画面が見慣れた洞窟の風景に変わった。実家に電話をすると、必ずちょっと落ち込む。しばらく帰っていないこと以外は特に悪い事なんてしていないのに……。もし、地下20㎞に行くと告げたらどんな顔をするだろう。洞窟好きなことは知っているから、さほど驚きはしないかもしれない。でも洞窟と地下20㎞はやっぱり違うと思うだろうか。もしも行くなって言われたらその時自分はどうするんだろう。振り切ってまでチャレンジしようとするものだろうか。

「ああっ」と小さく声を上げると、ベッドから下りて洗面台へと向かった。鏡に自分の顔が映る。思っていた以上に不安げに見える。起こってもいないことをあれこれ悩むことはしたくない。時間と体力と精神の無駄だ。蛇口をひねって勢いよく水を出すと、もやもやを洗い流すように顔を洗い始めた。

24

天河は椅子に座ったまま首を後ろに反らした。このところ首から肩にかけての痛みが酷い。歩くとふわふわして真っ直ぐに進んでいるという実感が持てない。飲みの席では一滴の酒も口に入れていないのに、急に眩暈《めまい》がして気分が悪くなったりもする。昔から肩は凝りやすい方だが、こんなに辛《つら》い症状は初めてだった。

自宅の近所にある内科にお世話になり始めてから随分と経つ。下の子が生まれてすぐからだから、かれこれ二十年以上は通っている。言わば家族ぐるみのかかりつけ医といったところだ。医師に症状を説明すると、首の辺りを触診しながら、「随分張ってるな。最近、身体動かしてないでしょう?」と言われた。

「いろいろ忙しくてですね」

「そんなんじゃメイキョウ陸上部顧問の名が泣きますよ」

待合室の壁にはメイキョウ陸上部の一枚物のカレンダーが貼られている。年末にカレンダーを持参して一年の締めくくりをするのがいつしか習わしになっていた。実のところ上京する回数もめっきりと減り、練習にも顔を出していない。副顧問に任せっきりになっている。

「腕に痺《しび》れとかは？　箸が使いにくくなったとか、コップを持つ時手が震えるなんてことはありませんか？」

「特には」

答えつつ、シャツの袖をまくった右腕に視線を向けた。トレードマークの日焼けした腕はいつの間にか色が薄くなり、心なしか細くなっている気がする。

「痺れたらどうなるんですか？」

「頸椎《けいつい》症性脊髄症や頸椎症性神経根症は首だけじゃなくて腕も痺れてきます」

「それはないですね」

「そうですか。天河さんは基礎体力があるし、しっかり身体を動かして筋肉をつければかなり改善すると思いますよ。あと、煙草は止めた方がいい」

「本数は抑えてるんですけどね」

カルテに何事かを書き込みながら、「本数とは関係ないんですよ」と医師が苦笑した。

天河は袖を元に戻しながら「先生」と呼びかけた。

「暗いところとか狭いところで圧迫感を感じるって、やっぱり閉所恐怖症とかですか」

医師がペンを走らせる手を止め、こっちを見た。

「そうですね。ちなみに閉所恐怖症は眩暈や吐き気、手足の痺れなどの症状が表れます。そういう体験をされましたか」

「先日、洞窟に入った時にちょっとそんな感じがして……」

「閉所恐怖症の主な要因は過去のトラウマと言われています。子供の頃、なんか怖い思いをされましたか」

そう言われても、特に記憶に残るような事はなかった。これまで暗いところや狭いところで圧迫感を感じたりしたことは一度もない。トンネルも飛行機もエレベーターも大丈夫だし、電車に乗って脂汗を流したりした経験もない。

医師は何度か頷くと、「通常なら精神科や心療内科を勧めるんですが、もしかすると身体的な事かもしれませんね。どうします？　一度精密検査してみますか」

面倒だった。総合病院に廻されれば確実に半日、検査結果まで入れれば一日は潰れてしまう。だがもし、地下に潜れないとなるとそれこそ取り返しのつかない事になる。

「神経外科の良い先生が医療センターにいるんです」

医療センターは小倉南区にある。自宅からも会社からもさほど離れてはいない。医師は使い古したノートパソコンで神経外科医の当直の日時を調べ、「教授がいるのは火曜日と木曜日の午前中ですね」と言った。

「では明日にでも」

今日は月曜日、やると決めたら善は急げだ。

「紹介状を書きますから受付で待っててください」

天河は医師に一礼すると診察室を出た。不思議と首の痛みが和らいでいる気がしたが、おそらくこれも気分的なものだろう。それから十分ほど待って診察代と紹介状代を支払ってから外に出た。

駐車場に向かおうと歩き出した時、携帯が鳴っているのに気がついた。表示を見ると知らない番号だ。無視していると切れた。履歴を見ると同じ番号から三度着信が入っている。再び携帯が鳴り出した。また同じ番号だった。

「……もしもし」警戒を声に乗せた。すると向こうから「ご無沙汰してます」と軽やかな声がした。蛍石だった。

「何度も電話したんですが」

病院にいるとは言わなかった。パートナーに体調面での不安を覚えさせるのはよくない。これは仕事上の鉄則だ。

「知らない番号には出ないことにしてる」

「すみません。今、カナダにいます。バンクーバー」

「それがカナダでも自分の携帯は使えるだろう」

「それが部屋に置き忘れちゃいまして」と笑った。どこまでが本当でどこまでが嘘なのかわからない。つまり捉えどころがない。

「天河さん、僕に何かご用があるんですよね？」

日長の話の真意を問い質《ただ》す為、蛍石にアポを取ろうと連絡していたのだ。

「ちょうどよかったです。僕の方も用があるんです。再来週、どちらにいらっしゃいますか？」

「最近は君みたいにあっちこっち飛び回ったりはしてない。ずっと北九州の本社に詰めてるよ」

「そうですか。では、そちらに伺います」

来ると聞いて反射的にビクリと身体が震えた。

「契約書はまだ仕上がってないぞ……」

「分かってます。ご挨拶です。社長さんを始め、プロジェクトの皆さんに。年内にやればと思っていたんです。日時はあらためて、秘書を通じて連絡します」

「分かった」

「そうだ、天河さんのご用は？」

「その時でいい」

「そうですか。では」

蛍石はそう言うと電話を切った。

「蛍石が来る、か……」

独り言が漏れ出た。すぐに社長や重役の予定を調整し、契約書を作り、それまでにメンバーを固めておかなければならない。痛みが治まっていた首と肩が再び疼《うず》き出したような気がした。

翌日、小倉総合医療センターで精密検査を受けた。検査結果は拍子抜けするくらい良好だった。心配するような病気も手術が必要なことも見つからなかった。

「自律神経の失調、つまりはストレスです。洞窟に入って圧迫感を感じられたのもそのせいでしょう。極度の疲れと運動不足、姿勢も原因でしょうな」

医師の言葉を聞いてホッとした。薬局で処方された薬を受け取り、車に戻ると携帯が鳴った。また蛍石かと思ったが、表示の相手は違った。

「もしもし」

「何度も電話したんだぞ」相手はいきなり不機嫌そうな声で言った。

「病院だったんだよ」

そう答えながら、病院に行くと不思議と電話がかかってくるもんだなと変なことを思った。

「病院？　お前、どっか悪いのか？」

途端にさっきの口調とは打って変わって、久保太一郎は声を上擦らせた。

「定期健診だよ」

軽く嘘をつく。今回の事は会社やメンバーにはもちろん、家族にも黙っていた。

「なんか急ぎでもあったたか？」

そう言いながら最近の事を頭の中で巡らせた。特段、久保に頼るようなことはしていない。

「リーデンブロックさ」

「お前、まだ嗅ぎまわってんのか？」

「俺の趣味なんでな。天河、いろいろ面白いことが分かったぞ」

今度は久保の声に含み笑いが混じる。天河の方は反対に、折角治まっていた首の痛みがぶり返した。二度、三度と首を横に振りながら、久保に駐車場に着いたことを知らせ、鍵を開けて運転席へと滑り込んだ。

「それで、面白いことってなんだ？」

「さてな」

「勿体つけるな。早く言え」

そうでなくてもこっちは痛みで気分が重い。

「実はリーデンブロックではなくて、代表の蛍石って男の個人口座を調べたんだ。海外のな」

「海外？」

「そんなに驚くようなことじゃないだろ」

そうなのかもしれないが、一企業のサラリーマンが海外に口座を作るという必要性はまずない。これまでもそうだったし、おそらくこれからもそうだろう。蛍石のキャリアと仕事のスケールならそういうことも必要だということなのだろうか。

「しょうがねぇな、海外に個人口座を作る理由を教えてやる。一番の理由がリスクヘッジだ。日本の円は世界的にみても安全通貨だと言われちゃいるが、その実そうでもない。日本は財政赤字が二十年以上続いていて、政府総債務残高《対GDP比》ランキングじゃダントツの一位。なんたって国の借金が一千兆を超えてるからな。万が一、国の財政が破綻した時に、外に使える金があるってのは安心だ」

言われなくてもそんなことは知っている。

「蛍石とは結びつかない感じがするがな」

「そうだよな。俺もそう思う。これは金持ちのジジイの発想だからな」

久保はすんなりと同意した。

「本当はな、隠し財産を目的としてるのが一番多い。日本の相続税や贈与税は世界と比べても高い。つまり、大きな財産を持ってるとその分のリスクも大きくなるってわけだ」

こちらもすんなり「そうですか」とは思えない。蛍石は三十代そこそこだ。税金の申告逃れをしなければならないほど金を持っているとは思えない。

「なぁ、お前の価値観や基準で物事を計るなよ」

久保がまるでこちらの頭の中を覗いたかのように言った。

「世の中にはとんでもない奴がいる。アメリカ、中国、南米にだって若くてうなるほど金を持て余してるのがゴロゴロいるんだ」

「蛍石もその一人だって言うのか？」

「それが違ってた」

「お前、からかってんのか」

学生時代から久保にはなんとなくそういうところがあった。いい奴ではあるんだが、今一つ信用出来ないというか、得体が知れない。

「俺はそんなにヒマじゃあないんだよ。なのに何度も電話したんだぞ」

まるで時間を返せと言わんばかりの口振りだ。

「蛍石の口座にある金は六千万ちょっとだ」

あの歳で貯金額が六千万円もあるなんて十分過ぎるだろう。我が家には掻き集めてもその半分もない。

「大したもんじゃないか」

「だから、お前の価値観は捨てろって。さっき言っただろ、海外に口座を持つ奴は隠し財産目当てが多いって」

「つまり、六千万は少な過ぎるということか？」

「俺は蛍石が海外に口座を開いたのは金を隠す為じゃなくて、別の目的があると踏んだ。だから、金の流れを追いかけた。大きく分けて口座には五か所からの入金があった。これを一つ一つ調べていったら全部繋がった」

「繋がった……？」

「大元は一つなんだ。幾つもペーパーカンパニーやら迂回《うかい》融資やらをしてやがるが、そんなもんは俺には通用せん」

いかにも「凄いな」と言って欲し気だとは気づいたが、「大元はどこだ？」と単刀直入に聞いた。

「UW財団」

UW財団はグーグルやマイクロソフト、IBM、ソフトバンクといったIT関連の超巨大企業の一つだ。IT界の巨人達は食、医療、交通、人工知能、バイオとあらゆる分野に投資している。人類のブレイクスルーを促そうと躍起になっている。

「なんだ、驚かないのか？」

「蛍石がどこに繋がっていようが今更驚かんさ。それはお前が教えてくれたんじゃないか」

リーデンブロックという聞きなれないベンチャー企業の事を確かめる為、天河は久保に調査を依頼した。そして、砂糖に群がる蟻《あり》のように有名企業がこぞってリーデンブロックの事業を後押ししようとしている事を知ったのだ。

「気になるのはUW財団がどうして蛍石の個人口座に金を入れてるのかって事だな」

蛍石は会社ではなく個人で海外の口座を持っている。そこに振り込まれている金はペーパーカンパニーや迂回融資で巧妙に隠されている。これはUW財団との繋がりを知られたくないか、逆にUW財団が知られたくないと思っているかのどちらか、もしくは両方だろう。

「おそらくは自分の会社にもな」久保が付け足した。

これまでに振り込まれた金、もしくはこれから振り込まれる金の流れを徹底的に消したいなんらかの理由。しかも、リーデンブロックにも秘密にしておきたい事とはどんな理由なのか。

「もう一つ気になるのは、相手がなぜUW財団なのかってことだな」

「お前達がやってる仕事とは直接関わりがないのかもな。もしくはこれからやる仕事とか」

「かもな」

そう答えはしたものの、どうにも胸の奥がむずむずする。

「ありがとうな」

「礼なんかいらん。こいつは俺の趣味だって言ったろう」

「なら、趣味を続けてくれるか」

「当然だ。勝手にやらせてもらう」

電話を切った途端、深く息を吐いた。脳裏には蛍石の整った顔が浮かんでいる。蛍石が何を考え、何をやろうとしているのか、契約を交わす前に問い質す必要がありそうだ。

25

土曜日の夜から降り出した雪は、翌朝、目白洞の周りを薄っすらと雪景色に染めていた。晶が心配した雪による交通機関の乱れもなく、ケイビングを予定していたメンバーは全員、平尾台自然の郷に集合した。今回潜るのは十二名となる。最初の頃は実際に地下に潜る計測班をメインに据えていたのだが、図化や総務などの後方支援に携わる者達からも、洞窟というものを一度は体感しておきたいという声が上がった。何事も一丸となって取り組んできたというメイキョウの社風もあり、直ちに実行することになった。

　でも、気の毒なのは毎回ガイドをお願いする杉崎と野田だ。ただでさえスケジュールの無理を聞いてもらっている上に、毎回、経験値ゼロのメンバーが押し掛ける。だが、二人とも嫌な顔をするどころかケイビングを知ってもらえることへの感謝を口にした。二人には天河からプロジェクトの内容が伝えられており、地下での集団行動や持ち物についてなどガイドの見地から貴重なアドバイスを受けている。たまたま平尾台という場所が近くにあり、たまたまこの二人がケイビングガイドをしていたことはラッキーというう他ないと思う。

　予想外だったのは突然天河が現れたことだ。驚いた顔の面々を前に「たまにケイビングしてないと存在を忘れられそうだからな」と軽口を叩いた。

「部長、いきなりで悪いが俺も交ぜてくれ」

「もちろんです」

　杉崎も笑って頷いた。

　天河の肩を鷹目がポンと叩く。天河がジャプのように鷹目の腹を叩く。まるで少年のようなやり取りが微笑ましく、ちょっと羨ましく感じた。

狭い横穴で杉崎を先頭にして長い列が出来ている。晶は真ん中付近からメンバーの変化をチェックした。少しでもおかしいと感じたら声をかけ、全体の息が上がってきたら休憩を入れる。

「案外いいペースだな」

岩壁に背中を預け、水筒のお茶を飲みながら鷹目が言った。

「余裕ですね」

「なんだかんだ言っても若い時の基礎体力は――」

「いや、招き猫が言いたいのはそういうことじゃない」

天河の言葉に鷹目がこっちに視線を向けた。「ほら、言え」という風に天河が顎をしゃくる。

「鷹目課長、全然堪《こた》えてないみたいだから」

「そんなことあるか」

「ありますって。息、全然上がってないでしょう。身体の使い方が上手くなった証拠です。それにしっかり周りも見られてる」

「同感だな」タオルで大量の汗を拭いながら天河が続ける。

「馴れただけだ……」

褒められたのがよほど照れ臭かったのか、鷹目は顔を背けて再び水筒を口にした。

これまで十三回行ったケイビング体験、そのすべてに参加しているのは晶以外では鷹目と翼だけだった。穴潜りのタイムトライアルに参加させてもらえず、ダイエットしろと天河に指摘された鷹目は、帰宅の際、バスや電車を使わずなるだけ歩いて帰っていると聞いている。岩の隙間を抜ける際、引っ掛かりそうになっていたお腹のぜい肉も随分と減り、小休止の際も岩場にへたり込むようなことはなくなった。今では天河とは、呼吸、発汗ともに雲泥の差がつくようになった。プロジェクトが始まるまで、強面《こわもて》で威張り屋で高圧的な上司の面ばかりが見えていた。こんなにも努力する人だなんて思ってもいなかった。そもそも上司が努力するところなんて普通の会社勤めでは見えない部分だろう。

「娘さんもお父さんのお腹を見てびっくりしてるんじゃないですか」

てっきり「やかましい」と怒鳴られると思っていたが、鷹目は意に反して神妙な顔をした。

「どうかしました?」

「それがな、向こうから話しかけられたんだよ。『お父さん、最近痩せたよね』って。あんなに話しかけても返事もしなかったのにな……」

「良かったじゃないですか。娘ってちゃんと見てるし気にしてるんですよ」

「そう……かもな」

ヘッドライトに鷹目の綻んだ表情が浮かび上がる。

「あとはその言い方が優しくなればもっといいんでしょうけどね」

「うるせぇよ」

「ほら、それ」

「お前達、なんの話をしてるんだ……？」と天河が不思議そうな顔をした。

不意に頭上の岩陰から顔が飛び出した。鷹目がびっくりして「ウォッ」と呻く。

「野田さん！」

「やぁ」

殿《しんがり》を務めていた筈の野田が2ｍくらい高いところで微笑んでいる。

「やぁじゃねぇだろう……。何してんだ……？」

「この辺りは岩の隙間が多くあるんです」

「だから……？」

「分岐型の特徴ですね。地面だけでなく途中の空間にも幾つもの隙間があるから、ガイドは趣味と実益を兼ねて様々なルートを探索するんです」

晶が補足すると野田は「そうなんです」と笑い、姿を消した。

「あいつ、忍者みてぇだな……」

鷹目の言葉に晶は笑いながら頷いた。洞窟の面白いところに新しいルートの発見がある。道は一つではなく、幾重にも存在する。しかし、ほんの少し角度が変わってしまうと見えなくなるというリスクもある。見えなくなれば発見は難しい。かくれんぼには絶好の場所だが、誰にも見つけてもらえず、帰り方も分からなくなるという恐るべき場所でもある。でも、ルートをたくさん知っておけば、いざという時、必ず役に立つ。

「出発しまーす」と先頭の方で杉崎の声がした。後ろから「はーい」と声を張り上げ、近くのメンバーに声をかけていく。最後尾の翼に向かって「翼、返事は！」と怒鳴った。

「いるよ」と間の抜けた声が返ってきた。

「お前、列から外れていいぞ」ふいに鷹目が晶に告げた。

「たまには思う存分羽根伸ばしてこい。あの忍者野郎みてぇによ」

「でも……」

「心配すんな。あとのことは俺と天河で面倒みる」

「翼もいますけど」

そう言うと鷹目は口の端を吊り上げて笑った。

どうしよう……。思いもよらない事を思いもよらない人から急に言われると大いに迷う。

「招き猫、折角、親父が娘にそう言ってるんだ。ありがたく受け取っておけ」

天河の一言に、

「誰が親父だ！」

「誰が娘ですか！」

まるでタイミングを計ったように否定した。

「早く行け！　目障りだ」と鷹目《わめ》が喚く。

「はいはい、わかりましたよ！」

「はいは一度でいい！」

痩せた猪《いのしし》に追い立てられるように背を向けると、ルートを往復している最中に目を付けていた岩と岩の隙間に斜めに身体を滑り込ませた。するりと滑るようにして奥の空間に抜ける。思った通り、ここにもルートがあった。誰もいない空間をヘッドライトが照らし出す。高揚と恐怖が全身を包む。久しく忘れていた感覚を思い出しながら隙間を進み始めた。


ここから折り返しの第一ホールまでは距離にして80m弱、地上では一分ほどだ。不動産の広告などで見かける駅から徒歩一分という表示、あれは女性がハイヒールを履いて歩いた時の距離と時間の平均値になっている。しかし、地下ではその何十倍もかかる。おそらくメンバーの足では三十分はかかるだろう。その前に第一ホールに着かなければならない。距離と方向、時間を頭に入れてルートを模索していく。

晶は時折上を見ながら進んだ。上を見ることで洞窟を俯瞰《ふかん》する。つまり、頭の中に上から見ているイメージを作る。白っぽいもの、灰色がかったもの、茶色や黒に近い色のもの、色とりどりの鍾乳石の柱が折り重なり、幻想的な光景を見せている。地上からたった6、7m潜っただけで景観は激変する。地底20㎞の光景はおそらく想像を絶するものになるだろう。地底には巨大な湖があるとか、地底人が文明を築いているとかいろんな話があるけれど、そういうのもひっくるめて確かめてみたい。

中腰のまま二十分ほど進んだ時、足首ほどの深さの地下水の流れにぶつかった。第一ホールにも地下水が流れている。おそらく同じ流れだ。そう見当をつけ、流れに沿って進む。先に斜めになった大きくて平らな岩が見える。この向こうが目的地の筈だった。身体を地面に付けて、這って行けば潜れそうな隙間を見つけ、何の躊躇《ちゅうちょ》もなく実行した。

平べったい岩に腰を下ろし、持ってきたペットボトルやちょっとしたお菓子、飴などを口に入れて一休みする。五分が過ぎた。誰もやって来ない。十分になろうとした時、さすがに変だと感じて岩から立ち上がった。

急いで正規のルートを出口の方に向かって進むとざわめきが聞こえてきた。

「天河！」

「天河課長！」

「天河さん！」

天河の名前を呼ぶ声がする。さーっと血の気が引くような嫌な感じがした。

「どうかしたんですか！」と近くにいた総務課所属の女性に尋ねた。

「天河課長がいなくなったって……」

「いつですか！」

「詳しいことは何も……」

メンバーに「あちこち動き回らないように」と釘を刺すと、岩と岩の間の狭い隙間を通り抜けながら杉崎達を探した。さっきから空洞に天河の名前を呼ぶ声が響いている。落ち着けと自分に言い聞かせつつも、心臓の鼓動が高鳴って仕方ない。

「翼！」

岩の隙間に上半身を突っ込んで覗いている翼を見つけ、駆け寄った。

「状況は！」

その事を聞くのに一番適していない相手だとは分かっているが、鷹目も野田も杉崎の姿も見えない。

「いつから姿が見えなくなったの！」

「途中休憩の後だって」

別れてすぐだ……。もしかすると自分を追ってきたのかもと思ったが、すぐに打ち消した。そんな気配は一切なかった。とすると、別のルートを進んだのだろうか？　晶の思考が伝わったのか、翼は「野田さんも見てないってさ」と続けた。

「じゃあどこに行ったの……」

「鷹目課長が言うには、ちょっと休憩したいから先に行けって言ったそうだよ」

脳裏にさっきまでの天河の様子を思い浮かべた。息が上がり、大量の汗を掻いていた。久し振りのケイビングだったからキツイのだろうくらいにしか思っていなかった。もしかすると具合が悪かったのかもしれない。

「あんた、殿だったよね」

翼は頷きつつ、「俺は見てない」と首を振った。先にもいない。後ろに戻ったわけでもない。となると、狭い範囲で突然姿が見えなくなったという事になる。拳を巻くようにして顎の下に付け、俯くようにして状況を想像した。

「ねぇ、駒」

「ちょっと黙ってて！」

「天河課長さ、今日、なんか変な匂いしてなかった？」

翼が何を言っているのか理解しかね, 「どういう意味？」と顔を上げた。

「なんか酸っぱいっていうか、アンモニア臭っていうか」

「しないわよ」

天河はお洒落《しやれ》に気を使う人であり、普段から香水を使っている。中年男性によくある加齢臭や口臭なんかも一度も感じたことはない。

「そうかなぁ。なんかすごく鼻に残ったんだけど」

「あんたの鼻がおかしいのよ」

「そうかなぁ。絶対したんだけどなぁ」翼はしきりに繰り返した。

暗がりの中に光が現れ、揺れた。顔の前に手を翳して光の方向を見る。ぼんやりと杉崎と鷹目の顔を照らし出した。声をかけようとしたが、その顔が曇っているのがはっきりと分かって口を噤んだ。杉崎が肩に取り付けた無線機を外すと「野田さん」と呼びかける。しばらくして「はい」と声がした。

「そっちはどうですか？」

「第一ホールの先、約70ｍのところにいるんですが、姿は見えません。おそらくこの先に行ってはいないでしょう」

「まるで神隠しみたいだよ……。ほんの数分の間で姿が見えなくなった」と杉崎が言う。

「スマホはどうです？」と鷹目に尋ねた。

「俺のは防水じゃねぇ。車に置いてきた。お前は？」

「私のも」着替えと一緒にバッグの中に入れてある。

「天河のはもしかしたら防水タイプかもしれん」

「かもしれんって……」

「人の持ち物なんてマジマジ見ねえよ。ただあいつならそうしてる事は十分考えられるって話だ」

確かにそれはあり得ると思えた。

「杉崎さん、天河さんって部の訓練以外でも目白洞に来た事ありました？」

杉崎にそう問いかけたのは、知らない間に別のルートを開拓しているのかもしれないと思ったからだ。しかし、杉崎の答えは「んにゃ」だった。厳しい顔で首を振ったから「それはない」と言っているのだと分かった。

「ですよね……」

天河は殺人的に忙しく、このところ訓練にもミーティングにさえ顔を出せない時もある。こうして一緒に洞窟に入るのは随分と久し振りだった。

「いや、一度、一人で来られたって話を管理棟の人がしてましたよ」

野田の言葉に全員が視線を向けた。

「……ほんとですか？」

「確かその時は、他所《よそ》のパーティーに加わられたんじゃなかったかな」

「でも、杉崎さんは――」

「たまにあるんだ。高名なガイドさんと一緒に来るパーティーがね」

目白洞を案内するのは杉崎と野田という決まりになっている。なのに、別のガイドが現れ、パーティーを組んで洞窟に入った。杉崎の言う「高名な」という言葉に苦々しさが滲《にじ》んでいると感じた。もしかすると天河はその時、独自のルートを開発したのかもしれない。

「僕はもう一度出口までのルートを探す。駒木根さん、悪いんだけど――」

「メンバーの事なら心配しないでください。責任を持って外に連れていきます」

その後、スマホを鳴らしてみようと思った。

杉崎、野田、鷹目を残し、晶はメンバーを連れて出口に向かった。殿は翼が務めてくれている。歩きながらも周囲に目を凝らした。どんな小さな痕跡も見逃すまいと目を皿のようにして辺りを見た。どこかの隙間に転落して身動きが取れなくなっていたり、怪我をして声を出せない状況に陥っていることも十分に考えられる。車に着いたらロープや無線機、救急キットなどを揃えてすぐに戻るつもりだった。

突然、翼が「あ！」と大きな声を出した。

「何！　どうしたの！」

「あの匂いがする……。酸っぱい匂い」

晶はメンバーに「このままでいてください」と伝えると、狭い隙間の中で身を捩り、中腰で後ろに戻った。翼がこっちに気づいて「ほら、この匂い」と言った。しきりに鼻をひくつかせている。冗談には見えない。真剣な顔だ。晶も同じように空気の匂いを嗅いだ。しかし、感じるのは土や岩、水の匂いだけだ。

「しないけど……」

「するって！」断言する様子が普段とは明らかに違う。

その時、岩の窪みから声——というか息のような音がした……気がした。

耳を澄ます。しかし、何も聞こえない。

気のせいだったのだろうか……。

翼が怪訝《けげん》そうな顔で「どうかした？」と聞いてきた。晶は唇の前に人差し指を立て注意深く辺りの音を探った。再び息を吐くような音がした。音のする方に動き、岩の隙間に耳を当てた。

──する。

「ヒュー」というか「スー」というか、明らかに呼吸音が聞こえる。

「天河課長！」と呼びかけた。返事はない。怪我をしているのかもしれない。でも息はある。生きてる！

　頭が目まぐるしく回転する。メンバーだけで外に向かわせるわけにはいかない。翼に頼むのも止めた方がいい。だとしたら自分はここに残り、翼に杉崎を呼びに行かせることだ。

「お願いがある」

「何？」

「杉崎さんを呼んできて」

　翼は頷くと、そのまま後方の第一ホールに向かって進み始めた。

「天河課長、すぐに助けます！　しっかりしてくださいね！」

　答えはなくとも聞こえていると信じて何度も呼び掛ける。遭難した時、自分の名前を呼ぶ声が寄り添い、励ましてくれたという体験者の証言をドキュメンタリー番組で聞いたことがある。逸《はや》る気持ちを抑え、杉崎達が戻るのを待った。こちらからではどうする事もできないし、何かをしようと無茶をすればさらに状況を悪化させてしまいかねない。だから天河の名前を呼び、すぐ側にいるということを伝え続けた。それが励ましになると信じて。

しばらくして頭上から音がした。杉崎が岩の間から顔を覗かせた。

「天河さんは！」

「ここです」と隙間を指す。杉崎は天井の方から晶が指した隙間を懐中電灯で照らした。

「見えた。岩の隙間に頭の方から落ちてる」

「引っ張り上げられますか？」

「足にロープを結べると思う」

「私、ロープを取ってきます」

「頼む！」


救出作業が始まった。

天河が落ちた隙間は3ｍほどの深さだが、洞窟の中は暗く、岩は滑り、足場が保てない。晶は鷹目と一緒に精一杯の力でロープを掴み、作業する杉崎と野田の身体を支えた。

「よーし、いいぞ！」

杉崎の号令でロープを引っ張る。いつの間にか翼も側にきて加勢した。穴の隙間から杉崎のお尻が見えた。下に手を伸ばし、天河の身体を引っ張っているのだ。天河を掴んだまま背中から倒れ込む杉崎を鷹目が受け止め、全員がそのまま後ろに倒れ込んだ。晶にはそれがスローモーションのように見えた。

「天河、生きてるか！」

「天河課長！」

二人で呼びかけると、「そんなに怒鳴るなよ……頭が痛いんだ……」と天河が返事をした。

「喋った……」

足の力がすぽんと抜けたようになってその場にしゃがみ込んだ。翼が背中に手を廻して支えてくれた。そうしてくれなかったら見事に尻餅をつくところだった。

救急車が目白洞の入り口に待っていた。天河は救急隊員によってストレッチャーに乗せられ、そのまま救急車に乗せられた。頭からかなり出血している。怪我の程度は分からないが、ともかく、生きていてくれて本当に良かった。鷹目が同乗する事になり、晶は管理棟に置いてある二人の荷物を持って病院に向かう事になった。

サイレンを鳴らしながら救急車が走り出す。杉崎、野田と三人で走り去る白い車体を見送った。

「よく、天河さんの居場所が分かったね」

「私じゃないんです。翼が……。天河課長の匂いが変だって言って……」

「どういうこと？」

「酸っぱいとか。最初はまったく相手にしなかったんですけど、ほんとだったんですね……」

「それは多分ストレス臭ですね」

そう言ったのは野田だ。

「ストレス臭は硫黄化合物系の匂いで、油が酸化したような酸っぱい匂いがします」

「そうなんですか？」

「私、以前治療したことあるから。インストラクターのバイト始めてからはすっかりなくなりましたけど」

野田が屈託のない笑顔を見せる。

「私……なんにも気づきませんでした……」

「立ち眩《くら》みがしてその場にしゃがんだら岩が動いて後ろに落っこちた。こんな事って防ぎようがないし、駒木根さんが気にすることじゃないよ」

「でも――」

「だからさ、そういう時の為に仲間がいるわけでしょう？」

杉崎の言葉に小さく頷く。平尾台の空を数羽ずつ塊になって東に飛んでいくカラスが見えた。ねぐらに帰っていくのだろう。なぜか涙がこみ上げてきそうになって歯を食い縛った。

26

天河は目白洞での滑落後、CTスキャンなど各種精密検査を受けた。その結果、脳に異常はなく、軽い脳震盪《のうしんとう》を起こしただけと診断された。額の傷は五針縫い、大事を取ってしばらく入院する事になった。

だが、それは些細《ささい》な事だった。病気が見つかったのだ。

病名は「線維筋痛症」という。関節や筋肉、腱など全身にわたり激しい痛みが生じるとされている。随伴症状としては口や目の渇き、寝汗、動悸《どうき》や呼吸苦、頭痛、震え、眩暈など多岐にわたる。このところの首や肩の痛み、急な眩暈や吐き気はこれが原因だったのだ。洞窟の中で感じた強い圧迫感もおそらくはそうなのだろう。

「しかし、精密検査では異常はなかった筈ですが……」

「この病気は血液検査や尿検査、画像検査などを行っても、異常所見を指摘することは出来ないといわれています」

医師は静かに言った。つまり、精密検査を行った医師の見落としではなく、たまたま今回、天河を診察した医師がその病気に詳しく、滑落に至る以前の症状をつぶさに調べて分かったことだった。

「治りますか……」

「残念ながらこの病気に対する根本的な治療方法は現在のところ存在していません。患者さんの症状に合わせて適宜投薬ということになります」

天河は頭が真っ白になった。

「あなたは地下に行くことは出来ない」

そう宣告された気がした。

整飾

27

天河の入院はたった二日だった。その後、自宅に一日待機して、すぐに職場復帰した。頭にはまだ大きな絆創膏《ばんそうこう》を貼り付けたままだ。傷は日ごとによくなっているが、首や肩の痛みは取れていない。それ以上に心が晴れない。病気のことは会社にもメンバーにも鷹目にすら話していない。これからも話さないつもりだ。

椅子から立ち上がりかけた時、プロジェクトルームのドアが開いて、勢いよく鷹目が飛び込んできた。

「何かいいことあったの?」桃田が声をかけると、鷹目はニカッと笑った。その笑顔がまたどうしようもなく眩しく、屈託がない。

「羨ましいぞ、その元気」

天河は嫌味で言ったつもりだったが、潑剌《はつらつ》とした今の鷹目には通用しないらしい。

このところ、鷹目と桃田の関係にも変化が訪れている。あれほどまでに冷戦状態だった二人が急に雪解けでもしたかのように会話が増えている。以前は出張先でも会食の席でも二人は決して口を利こうとはしなかったし、目も合わせなかった。ましてや桃田が鷹目に笑いかけることなんてなかった。鷹目に理由を尋ねると、「お前のおかげだ」という答えが返ってきた。

「見舞いの帰り、なんとなく流れで駅まで一緒に歩くことになってな……」

最初は無言だったがぽつぽつと思い出話が口をついて出始め、鷹目の方から先に「あん時は済まなかった」と謝ったそうだ。元々二人の仲は良かったのだし、喧嘩の理由も取るに足らない事であり、意地を張っていただけだ。こうなるのも自然の流れだったと思う。

「グチりたいことなら山ほどある。なんだったら聞かせるぞ」

吼《ほ》えるように喋り出す鷹目に、「その前に要件を話せ」と釘を刺した。

「聞きてぇか？　そんなに聞きてぇのなら仕方ねぇ」

「話す気満々じゃない」桃田が屈託なく笑う。

「まぁいい。ちょうど眠気が廻っていて書類に目を通す集中力がなくなりかけていたところだ。付き合ってやろう」

天河はコーヒーサーバーの方に向かった。

「お前も飲むか？」

「おうっ、くれ」

「桃田は？」

「いただきます」

こういう時、「ありがとうございます」とか「すみません」などと言う者がいるが、これだと「いる」のか「いらない」のか分からない。鷹目や桃田のようにはっきりと意思表示してくれると助かる。こういう些細な事もメンバーには徹底させようと思っている。

メンバーの何人かはいつからかプロジェクトルームに自分専用のマグカップを持ち込み始めた。桃田は紅色のもの、駒木根は青味がかったグラス風のもの、天河は白磁のシンプルなものを使っている。ちなみにひと際目立つ大きな湯飲みは鷹目のものだ。

二人にマグカップを差し出すと、

「ありがとうございます」と桃田。

「モテる上司はこういうところが違うのかねぇ」と鷹目が言った。

実を言えば自宅でも変わらない。自分がコーヒーを飲みたい時は必ず妻に声をかけるし、子供達がいれば子供達にもそうする。ついでのことなので特になんとも思わない。そういう性分なのだ。それで感謝されたり、褒められたりするのはなんとなくむず痒《がゆ》い。

「お前はやっぱり出世するぞ」

「大袈裟だな。俺はただサーバーのボタンを押しただけだ」

「その動作が出来る奴と出来ない奴の差だ。なぁ」

「運命のボタンね」

「何言ってる」

ひとしきり三人で冗談を言い、笑った。

その後、鷹目があらためてという感じで話し始めた。

「レーザー計測の目処《めど》がついた」

「本当か！」

「あぁ、ほんとだ。ＪＡＸＡの研究チームがバックアップしてくれることになった」

「そりゃ凄い！」

これは大ニュースだった。道理で鷹目の機嫌が底抜けに良い筈だ。

「これからは目白洞をベースにして洞窟計測実験を展開させていくつもりだ。天井から吊り下げたレーザーセンサーによる縦穴計測、それから小型のロボットやドローンを使った計測試験、人体にセンサーを装着するウェアラブル方式も準備する。これで人が入れない場所や登れないところもすべて三次元モデルに出来る」

鷹目の鼻息は荒く、実際に鼻の穴も広がっている。真冬なのにシャツに汗染みが出来ているところを見ると毛穴まで広がっているのかもしれない。

「前に話していた温度の問題はどうなの？」

桃田の問いかけに鷹目が笑顔を向けた。

「心配すんな。それもウチとＪＡＸＡと八幡製鉄所の協同プロジェクトで突破することになってる。八幡製鉄所が耐熱用のモデルを作ってくれるそうだ」

「へぇー凄いじゃない。技術部門は一番のネックだったのに」

「一転して今や最先端だな。まとめてクリスマスと正月がきたって感じだ。蛍石が来る前に目処が立って良かったぜ」

鷹目はガハハと声を出して笑いつつ、「ってことは他は上手くいってないのか？」と聞く。

「う〜ん、計測班がな……」

「なんだ、また辞退者か？」

メンバーの一覧表を桃田が差し出す。鷹目はサッと目を走らせながら「ひでぇ、また×が増えてるじゃねぇか」と唸《うな》った。

新規のメンバー募集には勢いに陰りが出て、すでにプロジェクトに加わっているメンバーの脱退には歯止めが掛からない。

「薬の効果が強過ぎたな……」

「そういう言い方すると、また駒ちゃんが怒るわよ」

桃田にたしなめられ「ついな」と呟いた。

「教授が悪いんじゃねぇよ、いつかはこうなる運命だったんだ。むしろこうなって良かったとさえ俺は思ってる」

「こうなって良かった、か……」

「行きたくない奴を無理に行かせると必ず問題が起きる。実際、これまでもそうだったじゃねぇか」

鷹目が何を指しているのかはすぐにピンときた。メイキョウが全国の地図を制覇しようと躍起になっていた頃の事だ。猫の手も借りたいほどの忙しさの中で、能力や性格を無視してどんどん地図の計測班に人を廻した。その結果、街中での無用なトラブルやあり得ない計測ミス、挙句に大量の離職者を生み出してしまったのだ。

「でも、どうするの？　このままじゃ目標人数には届かないけど」

「特に計測班からの辞退が多いってのがネックだよな」

「やっぱり外から人を入れるってのは無理なのか？」

メイキョウからだけでは人材不足になる。そこで、プロジェクトの臨時採用として外部からの参加者を募ったらどうかという意見が駒木根や田所から出されていた。これには珍しく鷹目も賛成している。

「どうなんだ、天河？」

「それについては考えていることがある」

28

蛍石から天河に電話があったのは昨夜、自宅で遅めの夕食を終えた時だった。

「明日、伺います」

蛍石の来社は社長を始め、重役達には周知してある。

「分かった」と答えると、

「では、北九州空港で。十時半に」

「……会社に来るんじゃないのか？」

「それはまた次回にさせてください」

「ちょっと待て！」

慌てた。今になって予定を変えられるなんて思いもしなかった。自分の立場などはどうでもいいが、蛍石の心証が悪くなるとプロジェクトが円滑に進まなくなる怖れがある。三羽烏が騒ぎ出すのが厄介だった。なんとかして顔だけでも出して欲しいと頼んだが、すみませんの一点張りだった。

翌日の午前十時十三分、空港の駐車場に車を滑り込ませた。一人で行く事も考えたが、ここは敢えて桃田を付き添わせようと決めた。内容次第では技術屋に聞かせたくないこともあるので、鷹目は外した。

桃田のスマホにＬＩＮＥの着信があった。

「三階の足湯にいるそうです」

「足湯……？」

展望デッキに隣接する場所に足湯のスペースがあることは知っていたが、これまで行ったことも使ったこともない。

「なんだってそんなところに……」

「それより私が一緒なの、どうして知ってるんでしょうね」

天河は車を降りながら空港の建物を見上げた。

「どっかから見てるんだろう。おそらく足湯に誘ったのはお前の素足が見たいからだな」

「なら、存分に見せつけてやります」

こういうセリフがポンと飛び出すから桃田は頼もしい。得体の知れない相手と向き合うにはまさに最強の味方といっていい。

三階の南側展望デッキに足湯はあった。大人は百円、子供は五十円となっている。桃田の分を一緒に支払うと、暖簾《のれん》を潜って中に入った。すかさず蛍石がこっちに向かって手を挙げるのが見えた。隣に若い女が二人いる。一人は背の高いうりざね顔で、もう一人は小柄で丸顔だ。沖縄で見かけた秘書とは別人のようだった。桃田のリサーチによれば秘書は少なくとも五人以上いるからその誰かなのだろう。

「また北九州《ここ》に戻って来られました」

それが久し振りに会う蛍石の第一声だった。

「今からでも会社に来いよ。細《ささ》やかだがパーティーも準備してある」

「残念ですが遠慮しておきます。メイキョウさんは敷居が高いですからね、いろいろお願い事をすると追い返されかねません」

口調は柔らかだだが、言っていることは辛辣《しんらつ》だった。初めて立食パーティーで出会った時の態度を皮肉っているのはすぐに分かった。だが、天河は臆することなく「うちは世界一の地図屋を目指しているからな」と胸を張った。その返答が気に入ったのかどうか分からない。蛍石は満面の笑みを浮かべ、何度も頷いた。

「早く足を浸けてみてください。気持ちいいですよ。桃田さんも」

天河は靴と靴下を脱いで蛍石の向かい側に座ると湯に足を浸した。寒空の下、冷えた身体に優しい温もりが下から競り上がってくるのを感じる。

「気持ちいいでしょう」

「まぁな」

天河の隣では桃田が素足を湯につけている。ムダ毛などどこにもない真っ白で細くて彫刻のような足がお湯の中で微かに揺れている。

「なにか飲まれますか？」

「いや、話をしよう。どうせ時間がないんだろう？」

「これから羽田に向かって、それからシンガポールです」

「いっそのことプライベートジェットでも買ったらどうだ。それくらいの蓄えはあるんだろう」

軽くかまをかけてみる。

「いいですね。秘書と相談します」

蛍石が答えると二人の女がタイミングを合わせたように笑みを浮かべた。

「アタックの日時が決まりました」

「いつだ？」

「来年の七月二十八日です」

「地名の日か」

「やはりご存知でしたか」

　地名の日は平成二十年に日本地名愛好会によって制定された。読み方が難しい地名、変わった地名、失われた地名、日本には様々な地名があり、その一つ一つには由来がある。特に北海道には数多くあり、これはアイヌ語が由来となっている為である。日付はアイヌ語地名研究家・山田秀三《やまだひでぞう》の命日であり、民俗学者・谷川健一《たにがわけんいち》の誕生日であることから採用された。

「地図と地名は切っても切れない縁があるからな。でも、それがどうしてアタックの日なんだ？」

「地下に潜り、新しい地名を付けてもらいたいからですよ。その名の通り、地名をね」

　天河は眉を寄せると、「およそ半年後か……」と呟いた。

「どうですか？」

「もう決めたんだろう」

「良かった。当初よりスケジュールを早めましたが、天河さんならきっとそう言ってくれると思ってました」

安堵《あんど》したのか、蛍石は子供のように足を軽くばたつかせた。お湯の中にみるみる波紋が広がっていく。こんな無邪気な振る舞いと、権謀術数を駆使する老練な経営者風の像が上手く重ならない。

「どこから潜るのか、場所は決まってるんですか」と桃田が尋ねた。

地下空洞のある場所は下関の沖合、北東約30㎞地点だ。真上に海があるわけだが、まさか海中に穴を開けるというわけにはいかないだろう。そんなことをすれば折角の地下空洞があっという間に水浸しになってしまう。

「日長教授を始め学者の皆さんがアタックポイントの選考を続けています。硬い地層を避けて、なるべく柔らかい地層に絞ったルート設定をするんだそうです。おそらくは小倉東断層か頓田《とんだ》断層のどちらかになるかと――」

「ちょっと待て」天河は強引に話を切った。「その二つは活断層だぞ」

「承知しています」蛍石の顔に動揺はない。

「活断層に突っ込めっていうのか！」

「そうじゃありません。断層が海のプレートに沈み込んでいる狭間《はざま》、そこを潜って斜めに地下空洞に接近するのが一番効率のよいやり方なんだそうです」

硬い地層は掘るのは時間がかかる。柔らかい方がスムーズだし、衝撃や振動も少ないだろう。しかし、活断層からプレートに沿って進むなんて考えもしなかった。本当にそんな事が可能なのかどうか、確かめる術《すべ》はない。それにひどく危険な感じがする。

「これは日長教授が決めた事です。当然、安全にも考慮されています」

「誰が決めたとかそういう問題じゃない」

「では、何が？」

気持ちの問題だと思ったが口には出さなかった。代わりに、「〈道行〉はどうするんだ？　まさか、潜ってここまで来るなんて言わないよな」と聞いた。

「さすがにそれはないです。分解し、台船で運ぶつもりです」

「社長」と小柄で丸顔の秘書が呼びかけた。「そろそろお時間です」

「もう？」蛍石は秘書から視線を戻すと、「なんかお話があったんですよね」と聞いた。

それには答えず「桃田」と呼びかける。

「はい」

「外してくれないか」

桃田は湯船から素早く足を引き抜くと、桶《おけ》の中に入ったタオルで拭った。先に桃田がその場を離れる。蛍石が頷くのを見て二人の秘書も桃田の後を追うように歩き出した。

「人払いなんて穏やかじゃありませんね……」

三人の後ろ姿を見つめる蛍石の横顔にゾッとするほど冷ややかな笑みが浮かんだ。

駐車場に戻ると車の側に桃田が立っていた。先に話しかけるより前に、「良い打ち合わせが出来たみたいですね」と言った。

「ヤクザまがいのな」

「すべては会社の為」

桃田の言葉に思わず苦笑いを浮かべる。

「首、痛むんですか？」

無意識のうちに首の後ろに手を廻していたようだ。

「チクッとしただけだ。虫に刺されたのかも」

車のドアに手を伸ばす。センサーが反応してロックの解除音がした。

29

重く垂れこめた空がついに耐え切れなくなったのか、午後になって雪が降り出した。クリスマスイブに雪が降るなんて何年振りだろう。鷹目は作業の手を止め、シャッターの開いている外を眺めた。

昔は北九州も年に数回、大雪に見舞われていた。子供の頃は運動場や学校帰りに雪合戦をやったし、結婚して娘が生まれてからは毎年雪だるまを作って玄関の前に飾った。だが、それも小学校の三、四年生くらいまでの事だ。娘とはそれから少しずつ距離が開いた。寂しかったが、これも成長の過程だと言い聞かせた。娘が中学に入るとその傾向は一層顕著になり、一つ屋根の下にいながら顔も合わせず、口も利かないといういびつな状態が続いた。だが、それも僅かだが雪解けがみられるようになってきた。実際、これといってやった事はない。なぜ、娘の方から話しかけられるようになったのか分からない。一つ思うのは、晶がきっかけになったのではないかという事だ。相手の事を必要以上に意識することなく、フラットに接する。言いたい事は言うし、おかしいと思ったら指摘もする。当然、口答えもしてくるし時には生意気な態度も取ってくるが、それは受け止めてやれる。晶はプロジェクトの原動力であり、粗削りだがいろんな事を考え、努力もしている。鷹目はその事を知っているからだ。晶と接する内に、だんだんと娘との会話も増えていった。

クリスマスケーキはすでに予約してある。プレゼントも買ってある。ケーキは一緒に食べようと食べまいと構わない。プレゼントも喜ぼうと喜ぶまいと構わない。ただ、自分がそうしたいから用意した。それでいい。

「鷹目」と呼ぶ声がした。振り向くと天河が立っていた。

会社の北側一階には倉庫兼駐車場がある。ここはレーザースキャナーを搭載した高精度計測車両の格納庫であり、メンテナンス場である。現在、その一角で洞窟計測に使用する高感度カメラの実験を繰り返していた。鷹目は机の上に広げたノートパソコンの画面を指した。そこにはマッピングされた三次元の立体画像が映し出されている

「見てみろ。俺の想像以上だからお前の遥か想像以上だろう」

「これ、目白洞のか？」天河は画面を覗き込み、「確かに遥か想像以上だ」と答えた。

「今、ちょっとだけ話せるか」

「話してるだろ」

天河がチラリと周囲に視線を走らせたのが分かった。

「こっちに来い。車の中でみっちりレクチャーしてやる」

鷹目は降りしきる雪を眺めながら、シャッターの外へ出た。

駐車場に一台だけ残っている高精度計測車両の運転席に乗り込むと、天河は助手席に座った。「冷えてんな」キーシリンダーに刺さったキーを捻り、エンジンを掛けて暖気運転を始める。水温計の針の動きを眺めながら、「なんか言いたい事があんだろ」と水を向けた。

天河はフロントガラスに積もり始めた雪を眺めながら、「この前、蛍石に会った」と言った。

「あいつ、会社《ウチ》に来るんじゃなかったのか？」

「すまんな」

「なんでお前が謝るんだ？」

「そうだな」

それから天河はアタックの日時や活断層を利用して地下に潜ること、潜行場所を日長教授等が検討していることなどを話し始めた。

「いいんじゃねぇか」それが鷹目の答えだった。

「まだある」

「お前の顔見りゃ分かるよ。勿体つけて最後まで好きな食いもんを残しておくタイプだからな」

天河が微かに笑った。だが、すぐに笑みは消えた。鷹目はヒーターのスイッチを入れた。すぐに温かい空気がエバポレータから吹き出してくる。

「どっちが先に行くかなんだが……」

なんだ、そんな事かと思った。世界初の偉業、栄えある最初のリーダーをどちらがやるのか。それは自分の中で最初から決まっている。

「お前だよ」

「鷹目……」

「話はそんだけか？　こんなとこ、誰かに見られたらヤバい関係だと疑われんぞ」

キーに手を伸ばした時、「お前にリーダーを託したい」と天河が言った。

「なんでだ？　この前、スッ転んで地下が怖くなったのか？」

天河は答えようとしない。じっと一点を見つめたままだ。

「大丈夫だ。しっかり厄落としたじゃねぇか。お前が先陣を切って——」

「病気が見つかった……」

「病気……？」

「線維筋痛症。最初にケイビングをした時に感じた圧迫感、首や肩の痛み、眩暈や吐き気、全部そのせいだった」

大量の汗を掻いたり呼吸が浅くなっていたりしていたのは気づいていたが、てっきり仕事のストレスからきていると思っていた。天河はスポーツマンであり、同い年の自分よりも遥かに体力も筋力もある。

「治るんだろ、それ」

天河は首を振った。「今のところ、治療方法はない。こうなる運命だったのかもしれんな……」

「そんなバカな事があってたまるか！　俺は運命論者じゃねぇ！　医者なら俺が見つけてやる」

「花崗さん、言ったよな。常識に囚われるなって。地図の北が二人三脚していてもいいって。俺は地上、お前は地下。これはそういう二人三脚だったんだ」

第Ⅳ部

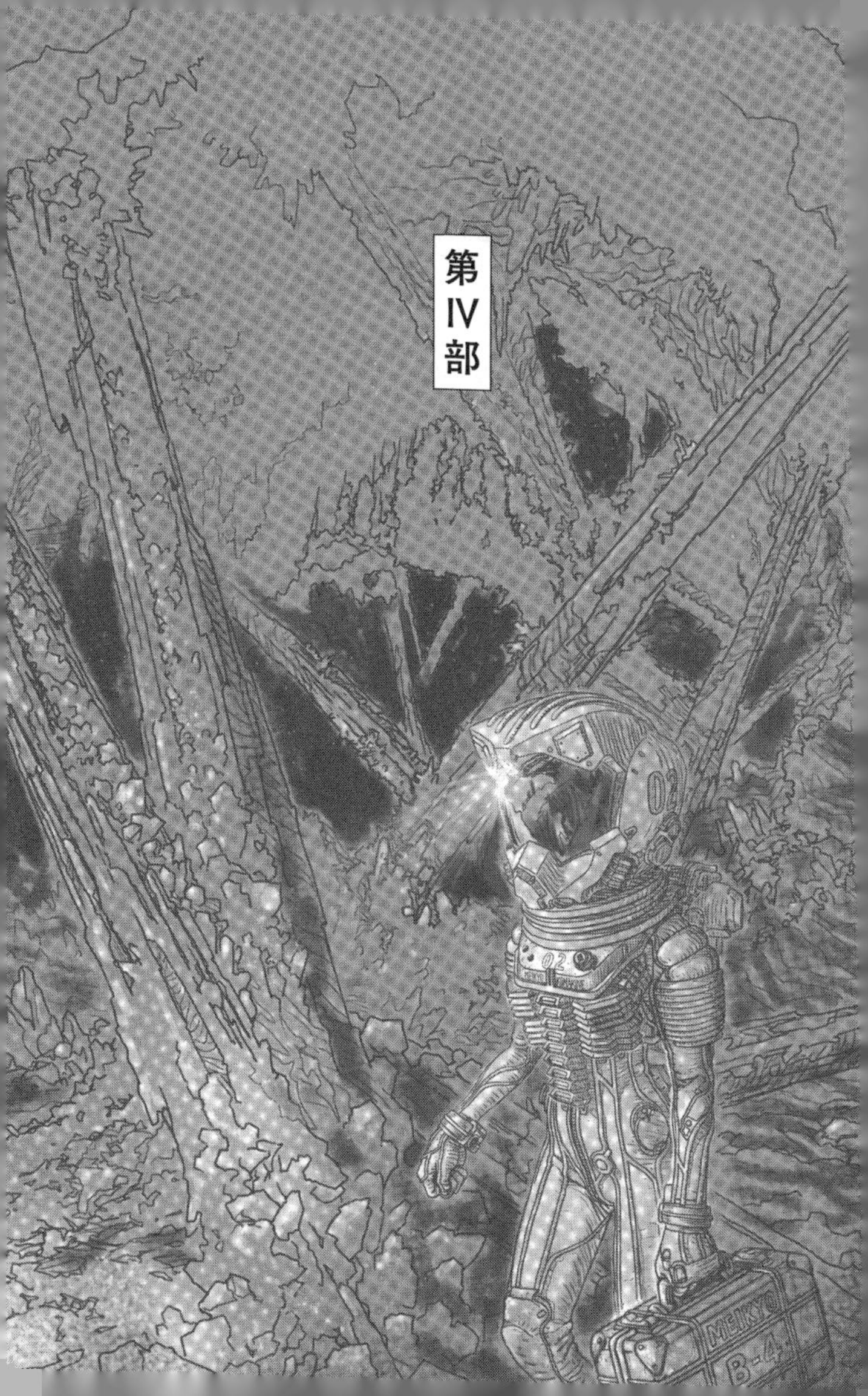

未測地域

30

延々と同じフレーズが頭の中を巡っている。チョコレートのCMの謳《うた》い文句だ。ずっと走っているからなのか、揺れ続けているからか、それとも気が変になったのか、こんなフレーズがエンドレスで流れ続けるなんて絶対に変だ。晶は狭いベッドに身体を横たえ、目の前に迫っている天井から目を背けた。通路を挟んで向かいにある濃い緑色のカーテンの奥からは軽い寝息が聞こえる。羨ましい。

地下へと出発して十八日が経過した。三ヵ月くらい経ったように感じる。地下では兎に角時間の感覚が狂う。似たような景色が続き、太陽の光がなければ人の感覚はこんなにも脆弱《ぜいじゃく》になるのだ。ずっと眠りが浅くて身体が重い。頭もぼんやりしたままだ。日に日にやつれていく顔を見るのが嫌で、なるべく鏡を見ないようにしている。自分がこんなに神経質だと思わなかった。電車だろうと飛行機だろうと釣り船だろうと乗り物に乗ったら確実に睡魔に襲われたし、少々揺れが強くても大概は眠り続けていられた。友達からはよく「肝が据わっていて羨ましい」とも言われてきた。もちろん自分でもそう思っていた。

子供の頃、叔父さんにトラクターに乗せてもらったことがある。新車のトラクターはピカピカで赤いボディをしていて、前後にサイズの違う車輪があった。叔父さんは晶を助手席に乗せ、エンジンを吹かし、自宅の納屋から向かいの道路に向かって走り出した。「ドドドド」と激しい振動がお尻の方から頭の先に伝わってきて、身体が弾むように揺れた。そこで意識が途切れた。気がついた時は田んぼの側だった。運転席と助手席を跨ぐように、仰向《あおむ》けになって眠っていた。目が覚めたことに気づいた叔父さんは、「晶は大物だ」と大笑いした。私の中の大物はどこにいったのか……？　分からない。はっきりしているのは〈道行〉の乗組員の中で一番小物だという事だ。

半年前のクリスマス、天河は第一陣として地下に潜る計測班のメンバーを発表した。人数は当初の予定から大幅に減って六人になっていた。名前を呼ばれたのは高篠、田所、実里、自分と翼で、リーダーは天河ではなく鷹目だった。そこに〈道行〉の設計者である森稲葉が加わるという。期間は往復の移動も含めて二ヵ月間、主目的は観察と調査で計測は二の次とされた。

年が明けると計測班は直ちに沖縄に飛び、〈道行〉を使用しての閉鎖環境適応訓練に入った。実際に〈道行〉で過ごしながら、地下で計測を行う為に開発された新しい装備を試した。生身で入れば地圧と地熱であっという間にぺしゃんこの黒焦げになってしまうので、冷却用のアンダーウェアを着て、その上に「アンダーグラウンドスーツ《地底服》」と名付けられたスーツを装着する。ＪＡＸＡの協力の下で設計・開発されたからか、形状は宇宙服とよく似ている。白を基調にしているのは暗い中でも目立つようにする為だそうだ。宇宙服と決定的に違うのは、地圧に対抗する為に内側から圧力をかけるのでパンパンに膨らむところだ。遠目からだとまるでベイマックスに見える。それに、やたらと分厚くて動きにくい。腕を曲げたり伸ばしたりは困難を極める。とはいえ細かい作業が必要となるので、グローブは一本一本指が入るようになっている。ＪＡＸＡの技術スタッフは丸いグローブにすることを提案したそうだが、「俺が跳ね除《の》けてやった！」と鷹目が何度も豪語していた。確かにこっちの方が使いやすい。背中についたランドセルのようなものは水タンク、主酸素タンクのみならず冷却装置も兼ねている。重さは25kgほどもあり、気を抜くと後ろに重心がかかってひっくり返りそうになる。地熱から身体を守らなければならないし、空気の成分だって地上とはまったく違うから我慢しなければならない。誰が言いだしたのか、今では「命のランドセル」と呼ばれている。

　最後に汗だくになりながらヘルメットを被った。

「全員、通信状態を報告しろ」とイヤホンを通して鷹目の声がする。「クリアー」と晶が答えると、それぞれが後に続く。

「耐圧、冷却装置」

「異常なし」

「ライト」

「正常」

「カメラ」

「正常」

「ラスト、スーツチェック」

　スーツに不備がないか、自分でよく確かめる。それが済んだら隣の者同士でチェックし合う。晶の隣には翼がいる。スーツの前、横、後ろと入念に確認していくと、案の定、腰のベルトが捩れているのを見つけた。バックルを外し、ベルトの捩れを直して再びバックルをはめる。

「何かおかしいと感じたらすぐに言え。地下でやり直しはきかんぞ」

　鷹目の言う通りだ。〈道行〉から一歩外に出れば、そこは見渡す限り岩だらけの世界であり、気温は400度、地圧は50atmに達する。同じ地球ではあっても自分達が知っている場所とはまったく違う。スーツを付けたままでの徒歩、駆け足、用の足し方、地下用に新たに開発されたカメラやドローンの使用など習得すべき事は山のようにある。一日の終わりには必ずメディカルチェックを行う。幸いにして誰一人病気になったりせず、ストレスからくるうつのような症状も出なかった。

　出発の一ヵ月前、響灘《ひびきなだ》地区のひびきコンテナターミナルに〈道行〉が運ばれてきた。

分割され、コンテナ船に積み込まれて沖縄から遥々《はるばる》旅をしてきた。「地下に潜る前に船旅なんてスペシャルな奴だ」と鷹目が冗談を飛ばした。森と助手達はコンテナに泊まり込み、十日間で〈道行〉を元通りに組み立てた。完成後、奈良岡社長を始め、重役達や三羽烏、もちろんプロジェクトメンバー全員が招待された。初めて〈道行〉を目の当りにした時、かつて自分達がそうなったようにポカンと口を開けた。晶はライトアップされた〈道行〉を見上げ、「よろしくね」と声をかけた。

いきなりドスンと大きな衝撃がきた。二段ベッドが大きく弾んで身体が浮き上がり、天井にしたたかおでこをぶつけた。晶はおでこを押さえて痛みに身を捩った。再び何事もなかったかのようにガタガタと通常の振動が始まり、収まっていた実里の寝息が聞こえ始める。

「もうイヤだ……」小さく呻く。途端、目頭がじわっと熱くなった。おそらく痛みだけが理由じゃない。カーテンを乱暴に開けると、半身を乗り出すようにしてベッドの下に手を突っ込んだ。奥から靴を引っ張り出し、重い身体を引きずるようにして通路に立つと、薄暗い女子寝台車の中を前方のドアに向かって歩いた。

食堂兼リビング車の中も薄暗かった。ガランとした空間の中に一人、先客がいた。テーブルに片肘をついてその上に顎を載せ、身体をだらしなく斜めに倒した格好で椅子に座っている。格好は晶と同じ作業着だが色が違う。こちらは灰色であるのに対して向こうは紺色だ。一切、化粧っ気はなく、茶色に染めた毛量の多い髪を後ろの方で一纏《ひとまと》めにしている。ちなみに口癖は「今を生きてる」。

こっちの気配を感じたのか、森は一瞬顔を向け、すぐに視線を戻した。耳にイヤホンをしている。多分、スマホでドラマを観《み》ているのだ。以前、うっかり話しかけて怒鳴られたから今度は邪魔をしないように隣を通り過ぎ、奥のキッチンに向かった。音を立てないように気をつけながら冷蔵庫を開けた瞬間、「水！」と声がした。中からペットボトルを二つ取り出すと、森の向かいの席に座った。森の目は真っ赤に染まり、頬には涙が伝っている。何も言わずペットボトルを差し出すとひったくるように摑み、忙しなく蓋を開け、ゴクゴクと勢いよく飲んだ。視線は画面に向けたままだ。まるで流した涙の水分を取り戻そうとしているように見える。この途轍《とてつ》もない大物感がたまらなく羨ましい。晶は視線を壁の方に向けた。内蔵された50インチのモニターがある。映し出されているのは美しい風景でも歌手のミュージックビデオでもニュースでもない。ゴツゴツした岩肌だ。モニターの右下にはデータが表示されている。「0308」は現時刻、「16・387」は深度を表している。「425・3」は地圧で「228・0」は地熱。〈道行〉は今この時もまっしぐらに地球の内部へと向かっているのだ。

「はぁ……」と森が深い溜息をついた。「やっぱいいわぁ、キム・サギョン」

「主演の人ですか？」

「脚本家よ。『千万回愛してます』の」

「この前と一緒ですね」

「六回目」

「よく飽きないですね……」

「好きなものは何度も何度も観る。観る度に違う発見がある。だから飽きなんてこない」

プリンはこれまで何百個と食べたが飽きたと感じたことは一度もない。口に出すと「プリンと一緒にするな」と言われるのは目に見えているから、矛先を変えることにした。

「さっき、すっごい揺れましたよね」

「火成岩かなんかに当たったのよ。あれ、結構硬いからね〜」

「天井におでこをぶつけました」

手で額を触ると少し出っ張っている感じがする。

「大丈夫よ。大したもん入ってないんだし」

森は最初に沖縄で会った時からそうだった。遠慮なくズケズケと物を言う。でも、そんな振る舞いにはすぐに慣れた。鷹目と同じで悪気はないし、こういう人なのだと思えば別に腹も立たない。でも、今はダメだ。心が弱っていると切り返せない。晶の態度に違和感があったのか、森はスマホを操作する手を止めた。

「どうかした？」

「……え？」

「なんかあったって聞いてんのよ」

ふと、弱音が口をついて出そうになるのを必死で押し留め、「頭の中でずっと同じフレーズが流れてるんですよね～」と惚けた。

「虫ね」と森が即答する。

「あの……、マジで悩んでるんですけど……」

「それ、イヤーワームよ。何かが頭の中にこびりついて離れず、心の中で脅迫的に繰り返される状態。原因は主に三つ、『音楽をよく聴く』『頭の回転が速い』『不安や緊張に駆られている』。あんたの場合、頭の回転は違うだろうから外す。音楽はよく聴いてるの？」

「あんまり……」

「なら決まりね」

「ほとんど眠れてないんです……」

「いつから？」

「出発してからずっと」

「駒木根って意外と繊細なんだね……って言って欲しい？」

「別に……」

「ほらきた。『別に』って言葉はさ、反発心、我慢、あと鬱陶しさからくるんだよ。

で？」

「……で、って？」

「なんのフレーズか聞いてんの」

「チョコレートのＣＭ……」

すると、「ククク」と森が笑い出した。めちゃくちゃ言い返したい。けど、口では絶対に勝てない。笑っている顔を眺めるしか出来ないのがさらに悔しい。「寝ます！」と勢いよく椅子から立ち上がる。森の笑い声を背中に貼り付けたまま女子寝台車に戻った。再び狭い二段ベッドに潜り込む。怒りのせいなのか、いつの間にかＣＭのフレーズは頭の中から消えていた。身体も火照《ほて》ったように熱くなっていた。


……なんか揺れてる……。

地震と思って飛び起きたら実里に肩を揺すられていた。

「あんた今日当番でしょ」

一瞬、なんのことか分からなかった。

「もう七時過ぎてるんだから」

「私……眠ってたんだ……」

「そうよ。寝過ぎ、寝坊、遅刻」

言葉の連打に背中を押されるようにしてベッドから這い出し、靴を履く。何時間くらい眠ったのだろう？　指を折りながら「イチ、ニ、サン」と数えた。三時間半だ。出発して初めて三時間以上眠れた。

「良かったぁ」

「良くないわよ！　早く朝ご飯の用意しないと鷹目さんにどやされるよ」

そうだった。今日の朝食当番は自分だった。

食堂兼リビング車へ駆け込むと、キッチンに向かう。せっせと卵を割り、フライパンに載せて焼く。ベーコンは先に軽く炒《いた》めてある。お皿の上に目玉焼きを載せ、その隣にベーコンを添え、湯掻いたブロッコリーと六つ切りにしたトマトを置いていく。味噌汁《みそしる》には葱《ねぎ》とお豆腐と油揚げ。時にはワカメなんかも加える。

「お待たせしました」

お皿を両手に持って狭いキッチンを出ると、リビング車のテーブルにはすでにメンバー達の姿があった。全員が晶と同じ灰色の作業着を身に着けている。胸にはオレンジ色の刺繍《ししゆう》でメイキョウのシンボルマークが施されている。

「美味そうだ」田所キャップが蠅《はえ》のように両手を擦り合わせ、待ちきれないと言わんばかりにベーコンを素手で摘み上げた。

「キャップ、待って！　お塩、かけてません！」

田所はそのまま口に放り込むと、親指を立ててニッと笑った。晶も苦笑いして親指を立てる。まぁ、本人がいいのならそれで万事オッケーだ。

次に右隅のテーブルに近づいた。薄毛の田所とは対照的に髪がふさふさの男が読書に耽っている。高篠亘だ。高篠は最初のケイビングで過呼吸を起こし、一度は計測班から除外された。その後、図化班としてプロジェクトに在籍していたが、地下に行くことを諦めきれず密《ひそ》かに克服する努力を続けていた。元々本人が持っているポテンシャルの高さと計測班が減ったという背に腹は代えられない実情、問題ないという医師の診断書を鑑みて復帰することになった。

「お待たせしました」

テーブルにお皿を置くと、「ありがとう」と物静かな返事があった。熱心に読んでいる本はなんだろうと首を傾けて表紙を見ると時刻表だ。しかも紙は黄ばんで相当年代物のようである。

「随分古そうですね」

「一九七一年ものだよ」

「その言い方ってワインとかウイスキーみたいですね……」

もともと地図を見るのが大好きで、「地図は読み物」という名言の持ち主だ。様々な場所への旅を空想出来るからなんだそうだが、なんだか分かるような、分からないような……。聞いた話によると、メイキョウに入るのは子供の頃からの夢だったという。高篠にとって地図作りは天職なのだ。

「この頃にはまだデコマルが動いていたんだ」

「デコマルって……？」

「D50形蒸気機関車」

世界初の有人掘削機型車両に乗り込み、遠い昔の蒸気機関車に思いを馳せる。この感覚はちょっと理解しがたい。深みにはまりそうだと思った矢先、実里に名前を呼ばれた。これ幸いと笑みを残してその場を離れる。実はちょっと苦手なタイプでもあったりする。

キッチンに戻ると、「コーヒーがなくなりそう」と実里が顎をしゃくった。コーヒーを準備する傍ら、次々とお皿にヨーグルトを盛り付けていく実里の手際の良さに感謝を覚える。地底を掘り進んでいる間、車窓の景色を眺めることも出来ず、森曰《いわ》く「鋼鉄の棺桶《かんおけ》」の中に閉じ込められているわけだから、必然的に三度の食事が唯一の楽しみになってくる。準備が遅れたり、不味《まず》かったりすれば、その日の士気が下がるのも無理はなかった。

リビングの方が騒がしくなった。特徴のあるダミ声で誰が来たのかすぐに分かる。ちょっとでも遅れると雷が落ちるので、焼きたてのトーストに素早くバターを塗り、目玉焼きのお皿を摑んでキッチンから出て行く。ちょうど鷹目が椅子に座ったところだった。

「おはようございます」まるで来るのを待ってましたといわんばかりにテーブルの上に料理を並べる。

「今日は目玉焼きか」

「それ、お塩、かけてませんからね」

「当然だ。目玉焼きはベーコンの塩っけと脂が混ざるからいいんだ。そんな事も知らねぇのか」

「なぁに、また親子喧嘩？」腫れぼったい目を擦りながら森が現れた。「おはようございます」と声をかけると、目を細めて顔を覗き込んでくる。「虫、出てったみたいね」

「おかげさまで……」

「虫ってなんだ？」鷹目が怪訝な顔をする。それを無視して森の朝食を取りに行こうとすると、「私、要らない。コーヒーだけにしとくわ。別にあんたの料理が嫌だとかじゃないからね」

「そんな事思ってませんよ」

「じゃあ思いなさい」

「……えっ！」

「冗談よ」と言って森が席に着いた。

「後どれくらいで着くんだろう……」

嵐のような朝食が済んだ後、二人で遅めの食事をしていると、モニターを眺めながら実里が呟いた。予定では二週間で20㎞に到達するという話だった。しかし現実はすでに四日オーバーしており、現在の深度は16㎞を少し過ぎたところだ。岩盤の硬さによって進む速度は左右され、時には迂回も余儀なくされる。少なくとも到着まであと数日はかかるのではないかと森は予想している。

「来るんじゃなかったかなぁ……」

相槌《あいづち》は——うたなかった。その気持ちは十分に分かるけれど。これまで何度も洞窟探検をしてきた晶でもこの閉塞感は只事じゃなかった。テレビは観られない。ラジオも聞けない。ネットは基地局から配信されてくる情報のみ閲覧可能でこちらから自由にアクセスは出来ない。目的地に着くまでこれという仕事もなく、ただひたすらじっとしているしかない。何より、時間の感覚が緩慢になっていくのが辛かった。太陽が昇れば目が覚め、日が暮れれば眠くなる。動物としての本能が麻痺《まひ》していく感じがする。計測班のメンバーも口には出さないが、疲れが顔に表れていて一目瞭然だ。

「今頃聡子は彼氏と美味しいもの食べて、ドラマ観て、映画観て、楽しんでるんだろうなぁ」

聡子とは実里と同期の前山聡子のことだ。商品制作部に所属しており、地図型ノートやカレンダーを作って大ヒットを飛ばした有名人でもある。計測班に志願し、席を設けられてもいたのだが、最後の最後になって両親の猛反対に遭い、あえなく断念した。

「寝る」とぼとぼと食堂兼リビング車を後にする実里の背中が小さく見えた。

食器の後片付けをしていて、目玉焼きが載ったお皿が一枚残っていることに気づいた。

「あ……」

そこで初めて翼がいない事に気がついた。どうせ寝ているのだろう。わざわざ起こしに行くのも面倒だ。お昼ご飯と一緒に出せばいいと思い、ラップをしてそのまま冷蔵庫に入れた。

31

出発して二十日目の夜のことだった。

バギバギ！　ガゴー！　ドドドガガゴゴゴン！

これまで聞いたことのない衝撃音が鳴り響き、〈道行〉がバウンドするかのように大きく揺れた。キッチンの冷蔵庫からアイスクリームを取ろうと中腰になった時だったので、バランスを崩して大きくよろけ、肩をしたたか壁にぶつけた。うずくまると同時に目の前が暗くなったので、一瞬、痛みで視界が飛んだのかと思った。だが、違った。電気が消えていた。とすると事故か……。地熱、地圧、空気の成分、人間が生身で外に出られるような場所はとうに過ぎ去っている。つまり、どこにも逃げ場はない。いよいよ「鋼鉄の棺桶」が現実のものとなるのかもしれない。なんて縁起でもない。身体を起こすと同時に天井の照明が点灯した。人の気配がして振り向くと、食堂兼リビング車には森の姿があった。

「森さん……今の」呼びかけたが答えない。眉間に皺を寄せたまま、壁に埋め込まれたモニターを睨んでいる。こんなに厳しい顔はこれまで一度も見たことがない。大変なことが起きたのだ。顔から血の気が引いていく。

　その時だった。森が脱兎のごとく前方の車両へと走り出した。

「森さん！」慌てて後を追いかける。床にじゃがいもや玉ねぎの散らばった食品収納車を駆け抜け、男性用寝台車ではベッドから狭い通路に這い出したキャップを「どいて！」と跳ね飛ばさんばかりに押し退けて先に進んだ。この先は森や鷹目の個室寝台車、先頭の操縦車だ。

　森は三畳ほどのスペースしかない操縦車に飛び込むと、コンソールパネルの左側にある計器灯のスイッチを立て続けに押した。パッと前面のモニター画面が明るくなる。これまで岩肌しか映し出されてこなかった画面に何やら別のものが見えた。晶はモニターを覗き込んだ。縦長で、ゴツゴツとして、上に伸びている立体物がある。柱のようだった。森はモニターを食い入るように見つめたまま右手でギアを動かした。車外カメラが連動し、画面が右に移動していく。そこには見たこともないくらい大きな石の柱があった。その数、数十本……。いや、もっとだ。奥の方まで、〈道行〉のサーチライトが届かない先まで続いている。

「……着いた」ポツリと森が呟いた。しかし、深度計は20㎞まで達していない。

「地震波の調査じゃそこまで正確なデータは出てこないからね」

　そういえば床が傾いている感じがしない。先端のカッターヘッドは回転しているのに、大きな振動が伝わってこない。ガリガリと岩を削る音も聞こえない。

「ほんとに……」

森がモニターを指した。「奥まで光が届いてない。つまり、この先に空間があるって証拠」

もう一度じっくりとモニターを見つめた。確かに光が届いていない。闇に吸い込まれるようにして分散している。

「着いたんですね……」

「だからそう言ってるじゃ――」

座席に座っている森の背後から思いっきりしがみついた。涙が出た。鼻水も出た。声にならない声も出た。

そこへ鷹目が飛び込んできた。「どうした！　今のはなんだ！」

森にしがみついて泣いている晶を見てギョッとする。

「まさか……」

「そのまさかです……！」

晶は呆然としている鷹目の腕を掴むとモニターを見せた。鷹目は「あぁ……」と惚《ほう》けたように呟くと、腰が抜けたみたいに尻餅をついた。

「基地局から〈道行〉、基地局から〈道行〉」

スピーカーから天河の呼ぶ声がする。鷹目の代わりに「こちら〈道行〉」と森が答えた。

「どうしたんです？　さっきから深度がまったく更新されなくなった。トラブルですか？」

「トラブルというより重大なハプニングね」

天河が一瞬言葉に詰まった。「……どういう事ですか？」

「今からこっちのメインカメラの映像を送るわ」

暫《しば》しの沈黙の後、スピーカーが大音量を発した。それは人の叫び声、拍手の音が混ざり合ったものだった。基地局では天河を筆頭にたくさんのメンバーが昼も夜も関係なく詰めていて〈道行〉のサポートに回ってくれている。息詰まるような時間を過ごしていたのは自分達だけではないことをはっきりと感じた。だが、スピーカーの音はすぐに別の音に掻き消された。いつの間にか運転室に集まっていた計測班のメンバーが一斉に喜びを爆発させたからだ。鷹目が腕を振り上げ、雄叫《おたけ》びを上げた。田所と高篠が抱き合い、実里は声を上げて泣いた。晶も歓《よろこ》びを抑え切れずにそこら中を飛び跳ねた。嬉しい、ただそれだけ。他の事は何も考えられなかった。狭い通路はお祭り騒ぎになり、森はその様子を見ながら声を上げて笑った。

八月十六日午後十時十八分。地下空洞に到達。

予想よりも浅く、到達深度は18・067㎞だった。

32

翌日より計測班の責任者である鷹目と計測チームの五人は、最後部に位置する資材車の空きスペースで準備を始めた。アンダーグラウンドスーツに身を包むのだ。ＪＡＸＡでも訓練を重ねたし、メイキョウの倉庫でも〈道行〉の中でも同じことを繰り返しやった。所作は完璧に身体に馴染ませているので、ちょっとでも違うことをすると頭よりも先に身体が違和感を覚えるくらいになっていた。

「計測班全員、準備完了した」

鷹目が森に報告する声を聞いてちょっと変だと思った。僅かに声が震えているように感じた。同じ違和感を持ったのだろう、「ちょっと鷹目ちゃん、大丈夫？」と森が尋ねた。

「問題ねぇよ」

「駒木根、全員の顔を見てくれる？」

「わかりました」

翼は普段と変わりない。田所キャップも大丈夫だ。高篠も実里も緊張はしているが、その目に曇りはない。最後に鷹目の方に近づくと「来んな！」と顔を見ることを拒否された。

「鷹目ちゃんさ、だいぶ心拍数も血圧も上がってんのよ」

計測班の体調はすべてパソコンでリアルタイムチェックが可能になっている。おそらく森は最初から鷹目の異変に気づいていたのだろう。

「鷹目課長、北九州から福岡までの距離って知ってます？」

「なんの話だ？」

「直線で48・9㎞です。今いるところはその半分もないんですよ。たかだか地上から20㎞じゃないですか。どうってことないです」

そんなことはない。どうってことないというのは真っ赤な嘘だ。でも、距離だけを考えれば全然大したことないように思える。

「森さんよ」と鷹目が呼びかけた。「さっさとハッチ開けてくんねぇか。これ以上ぴーちくぱーちく喚かれたらそっちの方が血圧によくねぇ」

森は「そうね」と笑いを含んだ声で答え、「後部ハッチ、オープン」と告げた。ガゴンとロックの外れる音がして、耐熱合金製のハッチがゆっくりと開いていく。途端、滑り込むようにして熱気が侵入してきた。スーツ越しにもそれがはっきりと分かる。外は暗くて何も見えない。僅かに資材車の明かりが手前の足下をぼんやりと照らしている。

「お前から行け」鷹目が背中をポンと押した。

「いいんですか？　だって人類初の一歩ですよ」

「お前にはその価値があるって言ってんだ。とっとと行け」

ちょっとじーんときた。こんな時にとっておきの言葉をかけるなんてズルい……。

息を整え、ゆっくりと足を踏み出す。岩なのか地面なのか分からないが、足の裏に固いものが触れた。と思った矢先、身体がグラリと揺れた。地面が崩れたのだ。しまったと思った瞬間、腕を摑まれた。鷹目だった。

「落ち着いて行け」

「はい……」

大いなる人類の一歩目が転倒から始まる。そうならなかったのは仲間の支えがあったからだ。あらためてゆっくりと、しっかりと、地底の大地を踏みしめた。

田所を先頭にして一塊になって歩いた。すでに〈道行〉からは80mほど離れている。近くにいると眩しくて目も開けられないくらい強力な〈道行〉のサーチライトだが、一歩、また一歩と進むたびに光は闇に吸い取られていくようだ。

「スーツはどんな感じ？」

今のところ異常は感じない。蒸し蒸しはするが、地熱に焼かれたり地圧に圧《お》し潰されることもなくしっかりと耐えられている。高篠が「おい、あれ！」と大声を上げた。指をさす方にはとてつもなく巨大な石の柱が立っているのが薄っすらと見える。おそらく〈道行〉のモニターで見たのと同じものだろう。

「でけぇ……」鷹目が唸った。

「高さは軽く100mはありそうですね」

「いや、そんなもんじゃねぇだろう」

晶も立ち止まって石の柱を見上げた。ヘルメットに取り付けられたヘッドライトの灯りをめいっぱい絞ってみるが、細い光の線は柱の途中で途切れ、柱がどこまで伸びているのかを確認することは出来ない。

「ドローン、飛ばしてみましょうか。試し運転もしたいし」

「そうね。やってみて」実里の進言を森は即座に許可した。

実里が手に持ったケースから小型のドローンを取り出す。もちろんこれも特注だ。ドローンの操縦は実里が自発的に勉強して資格を取った。プロジェクトに参加する前までは一度も触ったことがなかったそうだ。

「手伝いましょうか」

「大丈夫、もう済んだ」

ドローンが四方に光を発し、プロペラが回転してスンと浮き上がる。柱に沿って昇っていく様は昔何かのアニメで見た人魂のようだった。

「実里、近過ぎてよく分からん。もう少しカメラを引けるか」

片膝を立てた田所が地面に置いた小型モニターを覗き込みながら言った。

「これでどうです？」

ややあって田所が「スゲッ！」と短く叫ぶ。モニターを覗き込む全員が言葉を失った。

晶も鷹目の肩越しにモニターを覗き込んだ。そこには巨大な石の柱が縦だけではなく、横にも走っているのが映っていた。ちょうどビルの建設現場で鉄骨が縦横に組み合わさっているみたいに。人工的にきちんと整理されたものではなくすべてがランダムであり、大きい四角もあれば細長いものや丸角をしたものもある。横の柱が斜めになったり、途中で途切れているものもあった。

「ハニカム構造……。日長教授の説はドンピシャだったわね……」

森の声がした。ドローンの電波をキャッチし、小型モニターと同じ映像を〈道行〉のモニターで見ているのだ。

「こんな場所を地図化するなんて……、こいつはもうやり甲斐《がい》しかねぇな」

田所の呟きにコントローラーを抱えた実里が「私はプレッシャーに圧し潰されそうですけどね……」と答えた。鷹目は柱を見上げたまま、「おそらく伊能忠敬だってそうだったろうさ」と言った。

「当たって砕けろって事ですか……」

「そうよ。ごちゃごちゃ考えず、兎に角やってみる。今日は10m、明日は15m。そうすりゃいつかは白い紙の上に地図が描かれる」

「鷹目ちゃん、たまには良い事言うじゃないの。それ、地図屋の矜持《きようじ》？」

「まぁな」照れ隠しからか鷹目の手が頭に伸び、ヘルメットに遮られてツルリと滑った。その様子が滑稽で思わず吹き出すと、その場の全員がつられるように笑った。

「どうしたの?」

森の問いかけに「別にどうもしねぇよ」と鷹目がそっぽを向いた。

初日が終わった。外に出ていた時間は二時間弱、距離にして120mほど歩いただろうか。アンダーグラウンドスーツに異常はみられず、持ってきた資機材の内、小型ドローンとレーザー計測器も動かしたが、どちらも正常に作動した。

世界初の快挙は地上にも届いており、大きなニュースになっていると天河が教えてくれた。明日からいよいよ実地作業に入っていく。それを考えると嬉しさと同時に緊張も増してくる。何しろ相手は未知の場所だ。スーツが使えることも資材が機能することも分かったが、それ以上にどんな事が起こるか予測もつかない。空洞だって内部の形状、サイズ、環境など全体像はまったく分からない。巨大な石の柱がどこまで続いていて、その更に向こうはどうなっているか想像だにできない。兎に角、すべてが手探りの中で、これから三ヵ月という長丁場を過ごさなければならないのだ。

「お先に失礼します」

食堂兼リビング車を後にして、女子寝台車の狭い二段ベッドに潜り込むと、たちまち睡魔が襲ってきた。

測標

33

二度目の踏査は〈道行〉から半径140m四方を巡り、レーザーセンサー搭載ロボット、通称〈ミニ行《ゆき》〉の試運転も兼ねての散策だった。〈ミニ行〉は横350㎜、縦300㎜、高さ125㎝、熱と圧力に強い丸形をした合金製で、水平全方位360度と垂直視野50度のレーザー測域センサーが内蔵されている。コントローラーで信号を送るとキャタピラが回転し、大きな段差も窪みも元気いっぱいに乗り越えていく。ライトを点灯させて人が入り込めないような狭い隙間にだって潜り込んでいく。実に頼もしい相棒だった。

すべての動作が正常に行われ、モニターに送られてきた高解像度の画像を見て、全員が拍手した。その中でひと際喜んだのは高篠だった。なんせ高篠は〈ミニ行〉の開発責任者であり、カメラ、合金、キャタピラと数社にまたがって調整を続けてきたのだ。普段は大人しい高篠が何度も拳を作って「よしっ！」と声を上げる姿は高校球児のようで、晶はちょっとだけ距離が近くなった気がした。

そして三回目の今日はいよいよ本格的な計測を開始する。洞窟の測量のファーストステップは洞窟の最深部、終点を見つけることから始まる。まずは最深部まで直線で進み、出発点に戻りながら計測をする。本洞の計測が終わったら、次は支洞の計測を始める。やり方は本洞と同じ要領で行う。これまで疑似訓練を行ってきた平尾台の洞窟では、計測の手順は手前の入り口から始め、徐々に内部へと移っていくというものだった。だが、地下空洞は完全に閉じた空間であり、明確なスタート地点と終点が立てにくい。昨夜の打ち合わせで鷹目は「〈道行〉を基点にする」と決めた。

〈道行〉は地底をガンガン掘り進むが、空洞の中を自由に動き回ることはしない。いや、出来ない。ＳＦ映画やアニメに出てくるような地底戦車とは違って、基本行動は「進む」と「戻る」の二つに限定される。つまり、掘った穴からバックして外へ出るしかない。道を外れると戻れなくなってしまう。現在、〈道行〉は車体の三分の一が空洞に飛び出している状態で、後の三分の二はすっぽりと穴の中に納まっている。つまり、先端は平坦《へいたん》で後部の三分の二は斜めのまま約17度の斜角になっている。ちょっと想像して欲しい。新幹線の床や飛行機の床がいつまで経っても斜めのままだということを……。これは相当に違和感がある。脳が「床は平らなものだ」という認識を変えない限り、いつまでも空間が歪んでいるように感じて酒に酔ったような具合が続く。森曰く、一週間もすれば慣れるそうだ。医者じゃない人の言う事はあてにならない気もするが、〈道行〉を一番よく知っている森の意見だから皆なんとなく納得している。という事で、動かない〈道行〉を基点にし、ここから周囲を計測していこうという鷹目の案はすんなりと受け入れられた。

鷹目を含む六人はアンダーグラウンドスーツを着ると後部ハッチから外へ出た。暗闇の中でライトに浮かび上がる巨大な石柱群を目の当たりにする度、心の奥底からゾゾゾと興奮の血潮が這い上がってくる。とんでもないところに来たという実感が湧いてくる。晶は導かれるように一番近い石柱に近づくと、そっと柱に手を添えた。表面は大理石のようにつるんとしたものではなく、凸凹でザラザラしている。付着した方解石が四方に伸びてまるで花びらのようだ。初めて見た時はビル工事現場の鉄骨みたいだと思ったが、そうではない。太さも大きさもまちまちですべてに自然の彫刻が施してある。乱雑で無秩序なのに溜息が出るほど見事だ。パキッと音がした。振り向くと日向翼がいつの間にか側にいた。手には方解石を摑んでいる。

「折ったの……」

「あぁ」と何事もなかったかのように返事をする。

「あんたバカなの？　なんで折るのよ！」

「石を持って帰るのも仕事だから」

そんなことは分かっている。地下空洞の石を持ち帰る事は研究の為、リーデンブロックからの依頼に含まれている。

「じゃなくって、なんでここを折るのかって聞いてんの！」

　翼の前にはへし折られた部分が無粋な姿を晒《さら》している。自然の彫刻がバカのせいで傷つけられたように感じて無性に腹が立った。おそらく本人はそんなことは気にもしていない。ただ目の前に摑みやすい突起があったからくらいのものだろう。それが分かるから尚更《なおさら》腹が立つ。

「そこ、何してる！」田所キャップが呼びかけた。晶は「今行きます」と答えると、翼を下から仰ぎ見た。ヘルメットをぶつけて睨みを利かせる。

「もしかして怒ってる？」

「今からここをスキャンするよね。空間だけじゃなくて岩や石柱もデータ化されるよね。そうするとどうなる？」

　翼はしばらく考えたようにしかめっ面になり、「立体的に見える」と答えた。

「角度も自由に変えられるし、ズームだって出来る。そうすると不自然なところとか目立つじゃない。自然が造り出したものをむやみに傷付けたら後々問題になるかもしれないし。この地図、世界中の人が見るんだしさ」

「あぁ、そういうこと」

「だから次からは――」

「むやみに折らない」

「違う！　地面の石を拾うんでしょうが！」

「そうか」翼はなぜか嬉しそうに微笑んだ。

疲れる。コイツの相手はほんとに……。おそらく酸素もかなり消費したと思う。こんなくだらない事で貴重な酸素を使ったのかと思うと泣けてくる。

「ほら」

翼の背中を押して〈道行〉の方へと踵を返した。

3Dレーザー計測器を三脚に取り付け、〈道行〉の正面に設置して鷹目の方を見る。鷹目は頷くと、「じゃあやるぞ」と告げた。もう少しなんかあるのかと思っていたが、なんともありきたりな一声で本格的な計測がスタートした。

計測のやり方はシンプルだ。3Dレーザー計測器のレーザー照射口から正面方向にレーザーを放つ。通常の光は四方八方に拡散する性質を持っているが、レーザーは放出方向に真っ直ぐ飛んでいくという特徴がある。これを指向性が高いという。この特徴を使って角度と距離を割り出す。そしてもう一つ、見えるものすべてを無数の点で表す。これを点群データという。その数は一秒間に約百万点という膨大なもので、まるで写真のような三次元に可視化されたデータを取ることが出来るのだ。とはいえ、あくまでもそれはレーザーの当たる範囲なので、巨大な石柱の正面は見えても側面は分からない。そこで計測器の場所を移し、見えない部分を可視化させる。二つの点群データで補完すると、石柱の見事な画像が浮かび上がる。高いところはドローンを飛ばし、狭いところは〈ミニ行〉を走らせる。こうして空洞全体をくまなくデータ化していく。少しずつ移動しながら全方位のデータを収めていくのは気の遠くなるような作業ではあるが、地図作りを専門とするメイキョウチームはこうしたことに慣れているし、そこに歓びを感じるという奇妙な特性を持っている。

午前中三時間、午後三時間、みっちりと〈道行〉の周囲を巡りながら計測を進めた。今いる場所は比較的起伏も少なく移動が楽なので、計測は効率よく進んでいった。もう少し粘ればあらかたの作業が終わるというところで、森から一斉通信が入った。

「今日の作業は終了。全員速やかに撤収して」

「だとよ」

計測班の方を向いた鷹目の表情には残念の二文字が浮かんでいた。


資材室でスーツを脱ぐと、すぐに食堂兼リビング車に移動する。その奥に小さな小部屋が設えてあり、そこが医務室となっている。汗だくで身体から湯気が立っている状態だが、血液を採取するまでは飲み物を口には出来ない。医務室に入った途端、パソコンに向かっている森が「臭っ」と声を上げた。

「喧嘩売ってます？」

「正直な感想。悪気はない」

晶は喉の渇きを堪えつつ、中指の尖端に採血テープを貼って所定の位置に腕を置いた。採血は自動だ。すべて機械がやってくれる。テープの中央には丸い円が描かれており、その円の中心を目掛けて針が下りてくる。チクッとした後、今度は筒状のチューブが指全体に吸い付き、血を吸引する。その間、約十秒だ。「臭くてすみませんでした～」と言いながら医務室を出ようとした時、「駒木根」と呼び止められた。

「あんたさ、ちょっと血圧高いよ」

健康診断では血圧が高いなんて言われた事は一度もない。

「嘘でしょう？」

「嘘なんかついてどうすんのよ」

空洞に出る時間を設定してあるのは酸素や冷却装置のこともあるが、一番は身体への負担を考慮しての事だ。幸い、誰一人体調を崩している者はいない。計測が始まってむしろ生き生きしているように見える。晶自身もそうだった。

「やっぱり状況が身体に微妙な変化を与えてるんだろうね」

「私、ヤバいんですか……」

「全然」森の顔は平然としたままだ。

「データでは標準値。健康そのもの。地上にいる時より若干高めってだけ。とはいえ油断は禁物ね。今いる場所は未知なんだから絶対に無理はしない。いいね」

そう、これが魔物なのだ。妙にテンションが上がってアドレナリンが出る。冷静なつもりでも冷静になれていない状態。大学時代、洞窟散策駆け出しの頃、何度かこれで痛い目にあった。

「未知っていうんはな、誰も知らんということや。何が起こるかわからへん。せめて自分の体調くらいはしっかり把握しとかんとあかんで」

リーダーを務めていた日長教授に口酸っぱく言われていた事を思い出す。

「分かりました」と答えて医務室を出ようとすると、

「匂いが籠るからドア開けといて」

まるでハエでも追い払うかのように森は手をひらひらさせた。

34

夕食が終わって一時間後、鷹目が全員に食堂兼リビング車に集まるようにと集合をかけた。顔を出すとすでに全員が一か所に集まっている。輪の中心には高篠がいた。「やっときたか」と言う鷹目の口調にはイライラが混じっている。晶はすかさず「シャワー浴びてたんで」とまだ濡れている毛先を指で触った。だが、「そんなもん後にしろ」とけんもほろろだ。こう見えても花も盛りの女子だし、臭いなんて言われて傷つかない筈がない。その時、人の輪の奥に視線を感じた。森がにや～っとした顔でこっちを眺めている。

あんたのせいでしょうが……。心の中で毒づきつつ人の輪に加わった。

「よし、高篠、いいぞ」

鷹目の号令で高篠がノートパソコンのキーボードを弾くと、モニターに無数の青い斜線が浮かび上がった。

「これってもしかして……」

「黙って見てろ」

斜線は少しずつ数を増やし、重なり合うようにして形を現していく。窪みと思わしい凹《へこ》んだ部分、凹凸のある壁面や天井、巨大な石柱が次第に浮かび上がってくる。

「まだ粗いですが、今日計測した三次元モデルです。これに点群データを重ねると」

その場の全員が息を飲んだ。

「こんなに大きいのか……」と田所が声を上擦らせた。

〈道行〉の外はライトを点けなければ真っ暗で何も見えない。ライトを点けたところですべてを見通せるものでもない。大きいとは分かっていたが、どれくらいの空間が目の前に広がっているのかは想像もつかなかった。

「計測値によると、幅は最大で２８３ｍ、高さは最高で２１１ｍあります」と高篠がデータを読み上げる。

「そう言われてもピンとこないんだけど……」

晶も実里の意見と同じだった。数字だけでは上手く頭の中に像が結ばない。もっとこう、的確な喩えがないものか。その矢先に高篠が「東京ドームとほとんど同じくらいの大きさだよ」と答えた。

「えっ……マジ……」

「東京ドームとほとんど同じなのか……。スゲェな……」

実里達の興奮が羨ましい。東京ドームは一度も行った事がないから実感が今一つわかない。でも、テレビでは何度か見ている。白い半球形をしているところからビッグエッグと呼ばれている事も知っている。でも、晶には湯たんぽにしか見えなかった。色は違えど、実家で未だに活躍している湯たんぽにそっくりだ。いや、この際そんなのはどうでもいい。つまり、野球場と同じくらいの空間が広がっているということだ。

「まさに大空洞だな」まるで自分の獲物であるかのように鷹目が誇らしく胸を張るや、

「今日からここを『地下球場』と名付けることにする」と高らかに宣言した。

「鷹目ちゃん、それはちょっとセンス無さ過ぎ」

すかさず入った森の指摘に鷹目が戸惑いの表情を浮かべる。

「俺はこれを見た時、ピッとその言葉が浮かんだんだが」

「失礼ですが僕も『地下球場』は無いんじゃないかと……」おそるおそる田所も後に続く。

「私もちょっとそれは……」と実里も苦笑いを浮かべた。

高篠までもが「まだ大空洞の方が」と言い出したものだから、とうとう鷹目は「もういい！」と声を荒らげた。

「じゃあ何がいいんだ。お前等言ってみろ！」

そこからあーだこーだと命名会議が始まった。

洞窟探検の際もそうなのだが、ポイントの名前は最初に潜ったパーティーに命名権がある。鍾乳石がまるで生け花のように見えるホールは「華道界」、斜めになった鍾乳石のある道は「ピサの斜塔通り」など。これを測量して地図に描き込むと、この名前が後々使われていく。この地下空間も後々にはリゾート開発されると聞いている。そうなれば地図に名前が載り、代々語り継がれる地名となるのだ。それを分かっているからこそ誰もが熱くなる。鷹目のような単刀直入のものから、「アーススペース」というちょっと気取ったもの、「ドワーフの球戯場」なんてメルヘンチックなものまで多種多様、命名には本人の趣味や性格が色濃く反映される。ちなみに晶は「子宮」という言葉が頭に浮かんでいたが、全力で却下されることが分かっていたので口には出さなかった。

「地球」

いきなりの呟きに皆の視線が集中した。言葉を発したのはあろうことか翼だった。

「地球ってお前、そのまんまじゃねぇか」

鷹目がバカにしたように言うが、翼は素知らぬ顔で高篠のパソコン画面を見つめている。

「でもさ、言われてみりゃ確かに地球よね。地の底の丸い空間なんだし」

出た。森の言葉はいつも風向きを変える力がある。

「地球の中の地の球ってわけか……。なるほど」田所が腕を組んで頷いた。

「いいんじゃない、案外」ベストとは言わないところが実里らしい。

お前はどうなんだと言わんばかりに鷹目が視線を向けてきた。

「え？　私……？」

「早く言え！　ぐずぐずすんな」

「記入してみました」答える前に高篠が口を挟んだ。点群データで立体的に浮かび上がった地下空間の一角に「地球」という言葉が赤い文字で表示されている。それを見た瞬間、全身にビビッと電気が走った。

「私もいいと思います！」

35

地下から送られてきたデータは社内を大きく沸かせた。こんなにまで一つの事に社員が湧き立つのを見るのは久し振りだった。天河は喧騒のサーベイ室を出ると、人気《ひとけ》のない廊下を歩き出した。ここに来るまでに紆余曲折《うよきよくせつ》があったが、社員の顔を見たらそれが間違いじゃなかったと思える。インナーアース・プロジェクトはメイキョウにとって必要なものだったのだ。

広報室に戻り、椅子にもたれかかっていると静かにドアが開いた。

「一人で嬉しさを噛み締めてるって感じですか」

桃田は冗談とも本気ともつかぬような物言いをして、天河の顔を見つめた。

「まぁそんなところだな」

「コーヒー飲みます？」

本当ならビールにしたいところだが、退社するまでに片付けておきたい事が山のようにあった。それを察してか、「ほんとならお酒なんでしょうけどね」と桃田が笑い、棚からマグカップを取り出すと、備え付けのコーヒーサーバーにセットした。

「凄いよな、あの地下空洞」

「ほんと。足下にあんな大きい空洞があるなんてびっくりです」

「東京ドームとほとんど同じ大きさなんだそうだ」

「蛍石さんが知ったら球場を造るって言うんじゃないですか」

確かに蛍石ならそれくらいの事は言いだしかねない。マグカップを差し出すと、桃田も気づいて手を伸ばした。コツンと陶器がぶつかる鈍い音がした。桃田はマグカップに口を付けようとして何かを思い出したように留まり、「私ね、地下空洞より名前に感動したんです」と言った。

「あぁ、『地球』か」

「そう。地球の内部にもう一つの『地球』がある……」

「鷹目にしちゃちょっと出来過ぎのネーミングだよな」

桃田はくすりと笑ってようやくコーヒーを口にすると、「これからどんどん地名が増えていくんでしょうね」と思いを馳せるように呟く。

「だろうな。なんせ琵琶湖の半分くらいの広さがある。まだまだいろんな地形があるさ。

もしかして後悔してんのか？」

「まったく」

桃田は地下に行くことを最初から断った。それから一度もブレていない。ロマンの感じ方は人それぞれだ。実際にそこに行って、見て、全身で感じる。自分はそういうタイプだ。病気さえなければ〈道行〉に乗り込んで地下に行くつもりだった。

桃田はコーヒーを飲み終わって立ち上がると、給湯室でカップを洗い始めた。

「もう上がっていいぞ」

「リーデンブロックに本日分のデータの転送を――」

「俺がやっとく」

「分かりました。コーヒーのお代わりは？」

「俺はゆっくり味わって飲むタイプなんだ」

桃田は頷くと「飲み終わったら水につけて置いてくださいね」と言った。以前もこれで何度か小言を頂戴したことがある。

「お先に失礼します」

桃田はバッグを摑むとドアを開けて出て行った。コツコツとヒールの音が遠ざかっていく。天河はパソコンに目を向けた。鷹目達が集めた地下空洞のデータ画像が画面いっぱいに広がっている。想像していた以上に素晴らしいものだ。鷹目や晶はこの光景を目の当たりにしている。そう思うと心のどこかがチリチリした。身体は病気になっても地図屋の心までは蝕《むしば》まれてはいない。幸い、処方された薬で痛みは随分と落ちついている。とはいえ、ちょっとでも気を抜くと悪くなる可能性もあると医師からは告げられていた。廊下の方に目を向け人の気配がない事を確かめると、鞄の中から錠剤の入ったケースを取り出した。


翌日、出社するとすぐに会議室に来るようにと連絡があった。すぐに駆け付けると、会議室には三人の重役がいた。吉田、加藤、杉尾の通称メイキョウ三羽烏だ。この三人が雁首《がんくび》を並べてこちらを向いた時、今日は厄日だと痛感した。「おはようございます」という挨拶もそこそこに、三羽烏の最年長でリーダー格でもある吉田が手招きをした。薄い髪に負けないくらい薄ら笑いを浮かべた吉田へと近づいていく時、まるで地獄へと導かれているような気がした。

「見たぞ、昨日の」

〈道行〉から届いたデータ画像のことだろう。

「実にいいじゃないか」

こういう時は余計なことは口にしないのが鉄則だ。天河は「ありがとうございます」と小さく頭を下げた。

「世界初の試み、地球の内部にもう一つの地球を見た。そんな感じだよな」

そんな感じとはどういう感じなのか。この三人が揃っているのだ。言葉通りに受け取れる筈がない。天河は曖昧に微笑んだ。

「なんだ天河、専務が喜んでるんだぞ、もうちょっと嬉しそうな顔しろよ」

「いやいや、俺なんかどうだっていいんだ。社長だよ。これを見た時の社長の顔が目に浮かぶようだ」

「ですね～」

「おそらくこの喜びを日本中、世界中の人と分かち合いたいと思われる。そういう人なんだ、奈良岡社長は」

「まったくその通りです」

　すると、それまで微動だにしなかった杉尾が動いた。どこからともなくＡ４のファイルを取り出すと、机の上に置いた。チラリと目を走らせる。それはプレスシートの叩き台だった。まったくこの三人のコンビネーションはベテラン芸人のようだ。一分の隙も無く展開されるコントの中に放り込まれているようだった。だが、それに飲まれるわけにはいかない。天河は表情を引き締めると、「これは出来ません」と短く告げた。

「私らが頼んでるんじゃない。会社の為だ」

「そのことに関してはこれまで何度もお話しし、納得いただいた筈です」

　吉田は他の二人と顔を見合わせ、再び天河に視線を戻す。

「だからこうやって頼んでるんだろう。会見用のシートもこちらで準備したんだ」

「契約違反になります」

「天河、専務の言葉が耳に入らなかったのか」少し強めに加藤が言ったが無視して吉田を見つめた。

「リーデンブロックを説き伏せろ」

「ダメです」

「やってみろ。そうすればお前を部長に推してもいい。約束する」

「このプロジェクトが終了するまで一切の報道を控える。この契約を違《たが》えることは出来ず、無理にやろうとすればプロジェクト自体が瓦解します」

「しかし、下には報道していると伝えているだろう」杉尾が眼鏡の奥にある細い目を向けた。

蛍石は〈道行〉に対し、ネットニュースに混ぜて地下探索のフェイクニュースを送り続けている。記事はリーデンブロックが捏造《ねつぞう》したもので、細部にわたって実に手が込んでいる。おそらく鷹目達はこれが嘘だとは気づかないだろう。

「彼等の奮起を促す為です」

「だったら実際の事を公表すればいいじゃないか。そうすれば会社どころか世界中が奮起する事になる。そうだろ」我が意を得たりとばかりに吉田が畳みかけてきた。

「いえ……。出来ません」

「なぜだ！」と加藤が喚いた。「お前はメイキョウの人間だろう。そこまでリーデンブロックに肩入れする必要なんかなかろう」

「肩入れとかそういう問題じゃありません。会社と会社、これは信用の問題です」

どうしても折れないと悟ったのか、吉田はこれ見よがしにチッと舌打ちし、顔を背けた。話はついた。天河は三人に一礼すると会議室を出た。出る間際、「残念だな」という加藤の声がした。その意味は公に出来ない事ではなく、お前の出世が断たれたという事だと理解した。広報室に戻ると、桃田がすぐに席を立ってお茶の準備を始めた。どういう話だったのかなどとは聞かない。桃田は無駄なやり取りを好まない。そういうところは非常にありがたい。桃田が淹《い》れてくれた熱いお茶を啜《すす》りながら、「蛍石から何か連絡は？」と尋ねた。

「さっき、シンガポールから電話がありました」

「また海外か。なんて？」

「データを見たそうです。とても興奮したと言われてました」

「他には？」

「天河課長によろしくと」

ちくりと胸の奥が疼く。それを隠すように「さっき上に呼ばれた事なんだが」と明るい声を出した。

「例の件を三羽烏に蒸し返された。ほんとに諦めの悪い烏だ……」

「烏って意外と臆病なんだそうですよ」

「ずる賢いイメージだけどな」

「知能はチンパンジー並みだって話です。助けられると恩返ししたり、実は人にも懐きやすいんだそうです」

「恩返しか……。ウチの鳥とは大違いだな。——お前、詳しいな」

「最近、鳥の本を読んだところだったんで」

「俺の出世まで持ち出された」

「最悪の鳥ですね。鳥に謝って欲しいくらいです」

桃田の返しにあやうくお茶を噴き出しそうになった。

「まったくだ。ああいうのを害鳥って言うんだろうな」

ひとしきり悪態をついてイライラが収まったところで、時計を見た。八時五十五分、地下ではそろそろ計測準備に入っている頃だ。

「さてと、鷹目におはようの挨拶でもしてくるか」

社内に設置された基地局で朝の挨拶をすることは日課となっている。もちろんそれだけじゃない。テレビもラジオも携帯も使えない彼等に、地上の出来事やニュースなどを伝えることも天河の仕事だ。モチベーションを落とさないようにして、持続する力を与えるのは陸上部の顧問の役割とも通じる部分がある。

「私も後で伺います」

「お前も鷹目と挨拶するのか？」

「まさか」

桃田はあしらうように軽く笑うと「用があるのは駒ちゃんです」と言った。

「一緒に行こうと話してたコンサートのチケットが取れたんで」

「あんまり興奮させるなよ。怪我するかもしれんから」

「気をつけます」

36

森は思わずパソコンの画面を眺めながら「ん〜」と唸り声を出した。考え事をする時の癖だ。地下へと出発して三週間が経つというのに、計測班の健康状態を示すデータにはほとんど変化が見られない。地下空洞という異界にいながらにして、全員が正常なのだ。もっと早くなにがしかの変化が訪れると予測していた。例えば睡眠障害や食欲減退、便秘、軟便、うつの初期症状といった身体的なものから、ストレスに伴う粗暴な振る舞い、攻撃的な言動、それに伴う口論や諍《いさか》いなどだ。駒木根晶には当初、若干の睡眠障害が見られたが、今ではすっかり治まっている。どころか嬉々《きき》として過ごしている。実に不思議だった。普通に考えれば「正常」であることの方が「異常」なのに。

森は唸りながら〈道行〉の中に二つしかない個室をうろつき回った。もう一つ、考えをまとめる時は動くに限る。と言ってもここは六畳ほどの広さしかない。ちょっと歩けばすぐに壁やテーブルやベッドにぶつかる。あらためて設計する際はもうちょっとスペースを広げた方がいいだろう。それに、壁も厚くする必要がある。もう一つある個室は鷹目が使っているのだが、いびきがうるさくてかなわない。そんな事をつらつらと思いつつ、机の上にあるボイスレコーダーを摑んだ。

「計測班の健康状態は良好。特段の変化は見られない。血液中のビタミンDも正常値で推移している。おそらく光療法が効いていると思われる」

昨今、日光に含まれる紫外線はシミ、ソバカス、ガンの元として忌み嫌われる存在になっているが、実は人体にとって重要な役割を持っている。日光を浴びないと体内でビタミンDがつくられない。ビタミンDが不足すると近視やうつ病などの発症リスクが高まる。骨が変形したり湾曲したりする、くる病なんかもそうだ。妊娠時のビタミンD不足が一因だといわれている。光療法というと大袈裟に聞こえるかもしれないが、つまりはライトボックスで一定時間光を浴びるという事だ。病気の予防はもちろんだが、体内時間を保つ為にも全員に朝起きてから十分から十五分程度光を浴びることを義務付けている。

連日、変わり映えのしないことを語った後、少し間をおいて「備考」と付け足した。

「驚くべきはメイキョウのチームワークだ。仲が良く、仕事熱心で、何より地図作りに誇りを持っている。何もないところから地図を描き出すことが本当に好きなのだ。これは忍耐力とは違う。好きだからこそ出来るものだと思う」

傍から見ていてもそう感じる。一日をかけて計測した3Dデータと点描データを見る時の彼等の表情は生き生きと輝いている。毎日毎日同じことの繰り返しなのに、どうしてそんなにも新鮮な表情が生まれるのか実に不可解だった。

そこで思い出したのは昔飼っていた犬だ。名前はチントン。雄の雑種だった。ちょうどその頃趣味で三味線《しゃみせん》を始め、三の糸を押さえて弾く「チン」、二の糸を押さえないで弾く「トン」、二の糸と三の糸を同時に弾く「シャン」が頭から離れなかった。さすがにチントンシャンでは長いので、シャンを取ってチントンにした。チントンは常に真《ま》っ新《さら》な目でこちらを見つめてくる。一時間前に散々遊んだことなど頭からすっぽりなくなっているかのように、まるで初めて出会った時と同じように瞬き一つせず、全力で見つめてくるのだ。犬には記憶というものが無いのかと疑ってしまいたくなるくらいリセットされた眼差しに、多少の鬱陶しさと愛《いと》おしさを感じずにはいられなかった。メイキョウ計測班の雰囲気と表情は、どことなくチントンと重なって見える。一瞬、その事を語ろうかと思った。そうすればより具体的にこちらの状況が把握できるから。

「今回はこんなところ。明日は休みだから――」

不意にドアがノックされて、森は慌ててボイスレコーダーを枕の下に隠した。「誰？」と尋ねるとドア越しに「駒木根です」と返事があった。ドアを開けると晶の視線が森を飛び越えて部屋の中を見廻した。

「何？」

「なんか話し声がしてたみたいだったから、誰かいるのかと思って」

「独り言よ」

途端、晶がニッと笑う。

「気持ち悪いんだけど……」

「アラフォー女の独り言はかなりヤバいらしいですよ。心にも身体にもお肌にも」

「余計なお世話よ。なんか用？」

「鷹目課長が用があるみたいです」

「明日じゃダメなの？」

「どうせ夜中まで韓国ドラマ観て泣いてるんだし」

森は露骨に嫌な顔をした。

「私じゃないです！　鷹目課長が言ったんです！　じゃ、私はこれで」

食堂兼リビング車に向かうと、鷹目が真ん中付近の席に陣取り、分厚い書類をめくっているのが見えた。他には誰もいない。鷹目が森を見て、書類を押し出した。

「あぁ、これね」

鷹目が見ていたのは観測用地底車、通称〈デカ行《ゆき》〉の資料だった。南極観測隊が使用する雪上車や陸上自衛隊の78式雪上車をベースに設計されている。全長4・2m、全高2・6m、最大積載量は700kgで乗員数は七名だ。備え付けの簡易ベッドがあるから食料を積み込めば車中泊も出来る。計測班は先日、〈道行〉の周囲に広がる大空洞「地球」の計測を終えた。つまり、行って帰っての範囲で計測すべき場所はなくなった。ここから先はベース基地である〈道行〉を離れての作業となる。そこで〈デカ行〉の出番なのだ。

「最初の遠出にはあんたにも付き合ってもらいたい」

鷹目の言葉に「私？」と思わず自分を指さした。

「なんで？」

「なんでもだ」

〈デカ行〉の設計は森ではない。雪上車を多く作っている大手の製作所が行った。おそらく鷹目の提案はその不安からきているのだろう。

「〈デカ行〉なら心配ないわよ。製作所の西《にし》ちゃんも東田《ひがしだ》くんもよく知ってるし、試乗だって何回もやった。安全はこの私が保証する」

「それは分かってる。こいつは儀式だ」

「儀式〜？」

「メイキョウでは新しい調査車両が届くと、チーム全員がそれに乗る。ただ乗るだけじゃねぇぞ、すべての動作を実際の現場でやってみる。現場でやると試乗じゃ絶対に分からねぇことが出てくる。それについて何度も話し合いながら改良していく」

「つまり、新車に乗って現場を走ってチームの意識を纏めていくって事よね。そういう事ならいいわ、一緒に行く。でも、ここはどうするの？」と森はテーブルを指で叩いた。

「空にする訳にはいかないわよ」

「それは心配ねぇ。俺が残る」

「鷹目ちゃんが？」

鷹目は資料の下からA4の紙を一枚抜き出した。

「行き先は『地球』から南方面。ドローンを飛ばして分かったが、〈デカ行〉が通れるくらいの横穴がある。もちろん、どこまで続いてるのか入ってみなけりゃ分からん。この横穴を計測しながら進み、一泊二日で〈道行〉に戻る。キャタピラやサスペンション、空調設備から寝心地までを知るには十分だろう」

「問題は血液検査よね」

計測班の血液検査は朝と夜、毎日欠かさず行っている。血液は人間のリトマス試験紙みたいなものだ。健康状態に関する情報が多数含まれる。肝臓系の総タンパクやアルブミン、ASTとALT、腎臓系のクレアチニン、尿酸に脂質、糖代謝に血球系、表面に現れないことが数字で分かる。

「検体キットは簡易用を持っていくからいいとして——」

「操作方法を教えてくれりゃ自分でやる」

「食事はどうすんの？」

「駒木根に作り置きさせとく」

「させとくってねぇ。ちゃんと頼んだ方がいいわよ、チームなんだから」

チームという殺し文句を出すと、思わず鷹目が顔をしかめる。

「なら作り置き……しなくていい。自分でやる！」

「じゃあ、お皿も綺麗に洗って掃除も洗濯もしといてくださいってあの子なら言うでしょうね」

一瞬、鷹目の息が止まる。大きな目を更に大きく見開いて、「仕方ねぇ」と呟く。

「どう仕方ねぇの」

「あいつに……ちゃんと頼む……」

そんな事をこんなに苦しそうな顔で言うのがおかしかった。晶と鷹目は新人とベテラン上司というより父と娘のように見える。それがまかり通るメイキョウという会社のユニークさ。ここが原動力なのかもしれないと思った。

37

潜行して一ヵ月目、資材車のおよそ三分の二を占めていた〈デカ行〉が遂に地下へと降り立った。メンテナンスと食料や資機材の積み込みは休みの一日をかけて準備した。でも、誰も文句は言わなかった。地上と違って地下では何もする事がないから、何かしていた方が気楽なのだ。〈デカ行〉の運転は田所キャップが担当し、助手席には森が乗った。晶はその場所を密かに狙っていたのだが、当然のように乗り込む森を止める手立てはなかった。二列になった後部座席には前方に晶と実里、後方には高篠と翼が乗り込んだ。スーツは着ているが、ヘルメットは外している。車内はがっちりと密閉され、外からの高温は遮断されている。外側は〈道行〉と同じ特殊な合板で覆ってあるから、熱で溶けるような心配はない。車内温度は25度と少々高めの設定にしてあるのだが、アンダーグラウンドスーツをすっぽり着ている状態と比べれば快適さは天と地ほどの差があった。

「鷹目ちゃん、聞こえる？」森が無線で呼びかけると、「感度良好だ」と車内のスピーカーから鷹目のダミ声が響いた。

「留守番、頼むわね」

「そっちこそいい旅をしてきてくれ」

「オーライ」森が無線を切る。

田所が「それじゃ、地底旅行へと出発します」と茶目っ気たっぷりに声を張り上げた。

正面に四つある拡散型のライトを照らし、〈デカ行〉がゆっくりと走り出す。「地球」の周辺は地面も比較的平らなので、衝撃や揺れはほとんどない。右手の方にぼんやりと見える巨大石柱群を分厚い耐熱窓から眺めると、今まで見ていた光景とはまた違ったものに感じる。そうそう、巨大石柱が立ち並ぶ場所は「岩の橋立」と名付けられた。名付け親は晶だ。京都出身の恩師、日長義之にちなみ、「天の橋立」とかけた。名前の候補は他にもたくさん出たが、「これだけは」と頑として譲らなかった。日長からの感想はまだ届いてはいないが、きっと「え〜な〜」と喜んでくれると思う。右手の「岩の橋立」が途切れる頃、正面に穴の輪郭が見えてきた。これからあの穴の中に入っていく。

手順としては行けるところまで〈デカ行〉で進み、降車後は徒歩でさらに奥を目指し、行き止まりから後退しつつ計測をする。もし、行き止まりが見つからない場合は〈デカ行〉に戻れる時間を考慮して、A地点を決め、そこから後退する事になっている。「そろそろ入るぞ〜」ふざけた節回しだが、田所キャップの声音からは緊張が感じられる。洞穴は水の通り道だ。水が通ることによって周りの岩や土が浸食され、やがて穴になる。

「人間に喩えるなら水は血液で、洞穴は血管ということになるな」

ある時、日長がそんな話をしてくれた。つまり、地球は生きている。あまりにも存在が大き過ぎて、地球が生きているなんて考えたこともなかった。自分のことで精いっぱいでそんなことに想像を傾ける余地なんてなかった。でも、洞窟に入ると余計なものは目につかなくなる。見るものも音も光も匂いもすべてが地球と直結しているように感じる。波みたいな凹凸のある岩の壁、膨らんだり盛り上がったり、すべすべのままだったりする石灰柱、縦横無尽、複雑に絡み合いながら広がる穴、その場にいると全身で、五感で、地球の息吹を受ける。おそらく真にケイビングにのめり込んだのはその時からだ。自分でも驚くくらいギアが上がった。

突然、実里が悲鳴を上げた。これまでとは明らかに異なる大きな揺れが〈デカ行〉の車体を試すように襲いかかった。「地球」のなだらかな地面とは異なり、穴の中は剝き出しの岩だらけのようだ。その上をキャタピラが踏み越えている。車体が右に左に上にと大きく弾み、計測班は座席の横にある手摺や天井脇のバーを摑んだ。

「かなりの傾斜だな……」

「縦穴があるかもしれないから、慎重に進んで」ハンドルを握る田所に森の指示が飛ぶ。穴を進むにつれ、揺れはさらに大きくなった。もはやガタンゴトンではなく、ドカンドスンといった具合だ。ただでさえ座り心地の悪い硬いシートが弾み、晶は低い天井に何度も頭を打ち付けた。そうなりながらも視線は窓の外に向けたままだ。巨大な石筍が幾つも見える。つまりこの穴は相当古くからあったという事になる。

「私、酔いそう……」と実里が呟く。

「横になりますか。私の方に身体を倒していいですよ」

「まだ……大丈夫……」口に手を当てて消え入りそうな声で答える。薄暗くてよく見えないが、おそらく顔は蒼《あお》ざめているに違いない。後ろを振り向くと、高篠は手帳を摑んだまま目を閉じている。隣では大きく口を開けて翼が寝ている。よくまぁこんな揺れの中で寝られるもんだと感心する。

「100m通過」と田所が声を上げた。そこから先に進むと揺れは更に大きくなった。乗り越える岩の一つ一つが入り口付近とは比較にならないほど大きいのだろう。ぶつかったり乗り越えたりする時の車体と身体の跳ね上がり方はもはや事故レベルだ。ついに我慢が出来なくなったのか、実里が膝の上に倒れ込んできた。思わず「気持ち悪い？」とタメ口が出る。実里は返事をせず、ぎゅっと固く目を瞑《つむ》り、拳を握り締めている。この状態で戻されると、さすがにキツイものがある。晶が田所に呼びかけようとした時、背後から「ストップ！」と声がかかった。〈デカ行〉に急制動がかかり、晶は慌てて足を踏ん張り、実里の上半身に覆い被さるようにして転がるのを防いだ。

「どうした？」

「ペンがどっかに落ちて」

背後で高篠が座席の下を探る気配がする。実里がいなければ手伝ってあげたいところだが、今はどうしようもない。

しばらくして高篠の「あった！」と嬉しそうな声が車内に響いた。ペンライトを二度、三度と光らせる。おそらくお気に入りの一品なのだろう。

「よーし、出発するぞ」

「キャップ、待って」今度は晶が待ったをかけた。「実里さんが酔ったみたい」

田所がバックミラーで後ろを覗き込む。そこに実里の姿が見えないことに気づくと、自ら振り向き、「実里、大丈夫か」と声をかけた。実里の返事は言葉ではなく挙手だった。

「お前、酔い止め飲まなかったな」

実里は答えない。おそらく飲んではいないのだろう。〈デカ行〉に体験乗車した際は平地を走ったから、これほどまで揺れるとは想像していなかったのかもしれない。

「ちょっと休憩しよう」と森が言った。

サイドレバーを引きながら「十分、休みにします」と田所が返事をした。

「良かったですね、実里さん」

「うん……」

ダメだ。相変わらず死にそうな声だ。十分など焼け石に水だろう。そう思った時、「駒木根、これ」と田所が小箱をこっちに投げ渡した。椅子に落ちた小箱を拾い上げる。

酔い止めの薬だった。

「飲ませてやれ。水無しで飲める」

晶は小箱を開けて、「酔い止めですよ」と錠剤を実里の口に含ませた。

「即効性だからすぐ楽になる。お前は大丈夫か？」

「平気です。乗り物酔いしない性質《たち》なんで」

「そんな気がした」

「それどういう意味ですか？」

「翼はどうだ？」

「寝てます。口開けて」

「そんな気がした」

田所の声には笑いが含まれていた。

それから四時間、突き当たりを探す旅は続いた。途中二か所ほど狭い場所を通り抜けるのに時間を要したが、まさか四時間もぶっ通しで〈デカ行〉で揺られ続けることになるとは思いもしなかった。実里の具合は全快には至っていない。

驚いたことに穴はまだ続いている。走行データはすでに5㎞近くにまで達している。〈デカ行〉が通れるほどの横穴が地圧に潰されもせず存在している。石筍《せきじゅん》の大きさを見る限り数万年レベルだと考えられる。地質学者が見たらこんなことはあり得ないと一様に口を揃えるだろう。でも、現実は見ての通りだ。百聞は一見に如《し》かずであり、事実は小説より奇なり。日長先生は「学者は頭が固い」と言って憚《はばか》らなかった。フィールドワークに出ず、研究室に籠っているタイプが資料とデータでガチガチの学説を唱える。しかもそれをありがたがり、鵜呑《うの》みにする傾向もあるとも。

「誰も地球の内部を見たことがないわけやから、本当のことは潜ってみないと分からへん」

やがて広い空間に出た。どのくらいかは外に出て計測してみないと分からないが、ライトに浮かび上がった周囲の感じだと、メイキョウの倉庫くらいは優にあると思えた。ちなみに倉庫は調査車両が横並びで八台ほど駐車できるスペースがある。街中にある消防署の車両庫三つ分くらいだ。田所はスピードを落とし、「今回はここまでにしませんか」と森に提案した。

「ここまでって？」

「この穴、先はどこまで続くか分かりません。もし、突き当たりに行けたとしても帰りのことを考えたら作業時間が短くなります。それに運転しながらずっと探してたんですけどね、〈デカ行〉をどっかでUターンさせなきゃいけないわけですよ。とすれば、ここは丁度いいスペースがある」

「なるほど」助手席で腕を組んで田所の話を聞いていた森は後部座席の方を見て「みんな、今の話って聞こえてたよね」と聞いた。

「賛成」と真っ先に答えたのは実里だった。

「高篠くんは」

高篠はしばらく考えた後、「今回は慣らしも含めての遠征ですしね。無理しなくてもいいんじゃないかと思います」

森が何か言いかけた時、高篠がそれを遮るように「個人的にはこの先に行きたいという思いはありますけれど」と続けた。

「日向くんは？　何かある？」

「寝てます」と晶が代わりに答える。「ちなみに私もキャップの意見に賛成です」

「へぇ、あんたが一番先に行きたいんじゃないかと思ってた」

「そりゃ行きたいですけど、ケイビングでは無理する事が一番ダメなんです。余力を使い切ったら命取りになりますから」

森がニヤリと笑う。

「私、なんか変なこと言いました？」

「洞窟のことになると全うなこと言うと思って」

「バカにしてます？」

「すっごく褒めてる」

森は無線で鷹目を呼び出し現状の説明を始める。晶はスーツに取り付けられた時計に視線を移した。午後二時をちょっと回ったところだ。これから軽く食事を取り、活動範囲である三時間の計測をすればちょうどいい時間になる。

森が鷹目との交信を終えたのを見計らうように、田所が「遅くなったが飯にしようや」と声を上げた。途端、ぱちっと翼が目を開け、座席にもたれていた上半身を起こした。まるでロボットのような動きに不気味さを覚えつつ、座席の後ろ側にあるハッチを開けて、休息用のスペースへと移った。

変形地

38

地下から送られてくる３Ｄデータと点群データはメイキョウのサーベイ室に送られ、そこで画像処理が施される。最初はただの真っ白だった紙に、今では巨大な空洞が地名入りで描き出され、それは日々更新されている。

先日、計測班は一泊二日の行程で「地球」から伸びる横穴に入った。横穴は想像以上に広く、長く、緩やかに下り坂が続いている。横穴は「龍の食道」と名付けられた。食道にしたのは、大小の岩がそこら中にゴロゴロしており地面も酷く凹凸があったからだそうだ。誰のセンスか分からないがなんとなく不気味な感じがして面白い。「龍の食道」に入って100mくらいから左右に石筍が現れる。「石の花道」は1㎞ほど続く。途中、二か所の狭まった空間があり、そこは「第一弁」と「第二弁」。一行がビバークした大きめの空間は「鬼の寝床」となっている。「鬼の寝床」は行き止まりではなくまだ先がある。それを示すように、地図には点線が記してあった。地図を眺めながら、まだ見ぬ未開の地を想像してみる。そこは目も眩むほどの断崖絶壁、その下を覗き込むと濁流となってマグマが流れ、辺りを白く赤く照らしている。地球の鼓動が目に見える場所。もはや口には出さないが、地図を見ているとそんな光景がありありと浮かんでくる。

「天河課長、お電話です」広報室に移ってまだ日が浅い女子社員が呼んだ。天河は引き剝がすように地図から目を離すと、「どこから？」と尋ねた。

「テレビ福岡です」

嫌な予感がした。「何番だ？」

「3番です」

天河は軽く唇を舐めると電話に出た。「もしもし」と言うのと同時に「おたく、天河さん？」と親し気に呼びかけてくる。

「そうですが」

「私、テレビ福岡の鴻巣《こうのす》って者ですがね、ちょっと聞かせてもらってもよろしいですか」

　天河はさり気なく録音ボタンを押すと、「何をでしょう」と逆に尋ねた。

「例の件ですよ」

「仰ってる意味が分かりかねますが」

「嫌だなぁ、惚けて。聞いてますよ、インナーアース・プロジェクトでしたっけ？　凄い事やってんのに取材拒否とか意味が分からないですよ」

　プロジェクト名はともかくとして、取材拒否というワードが出るのは一社員からのものではない。おそらくあの三人の内の誰かが、もしくは全員が情報を漏らしたのだ。説得しても首を縦に振らない天河に焦《じ》れて、今度は第三者を使ってきたという事だろう。

分かってはいたが、敢えて「その話を誰から」と聞いてみた。

「マスコミを舐めてもらっちゃ困りますね〜」

　受け取り方によっては脅しともとれる。天河はスポーツ記者との付き合いしかなかったが、これがマスコミの常套《じょうとう》手段だと思う。次に相手は怒るなりうろたえるなりする。それを待って二の矢、三の矢を放ち、ペースを握る。だが、そうはさせない。「取材拒否などしてませんよ」と言うと、鴻巣と名乗った男が「ん」と呟くなり間を取った。

「何を聞かれたのか知りませんが、取材拒否など一切してません」

「あれ、おかしいなぁ。そんな話じゃなかった筈だけど……。じゃあ取材させてもらってもいいワケですね？」

「それは出来ません」

「はぁ？　だって今、拒否はしてないって――」

「そうです」

「あのさぁ、もしかしてふざけてるの？」

「いえ」

「だったら――」

「プロジェクト終了まで一切を漏らさない。先方とはそういう契約なので」

「あぁ、なるほど……」

案の定、契約という言葉を発した途端、トーンが下がった。契約の前には情や脅しは一切通じない。

「先方が変更するとなれば、我が社はいつでも対応可能です。しかし、それがない以上はこちらとしてはどうにも対応が出来かねます」

その後、二言三言話して電話を切った。

「今後もテレビや新聞から取材依頼がくると思う。そういう時は俺か桃田に電話を廻してくれ」

「分かりました」

「ちょっと出てくる」椅子に引っ掛けた上着を摑むと、そのまま部屋を出た。

階段を使って屋上に駆け上がると、辺りに誰もいない事を確かめポケットから携帯を取り出す。

「もしもし、俺だ」

「あー、天河さん」相手はすぐに出た。

「今朝届いた最新版、見ましたよ。『龍の食道』って良いネーミングですね～」

スマホの向こうで蛍石の柔らかい声がする。初めて会った時から感じたことだが、蛍石は摑みどころがない。本心なのか嘘なのか、よく分からない。それは表情にも声にも表れている。

「さっき、テレビ局から電話があった。打ち合わせ通り、そっちに廻しておいた」

「分かりました。対処します」

蛍石の返事に動じた様子は一切感じられない。「それだけだ」携帯を切ろうとすると、

「貰った電話で申し訳ないんですけど、僕からも一つお耳に入れておきたい事がありまず」

「なんだ?」

「計測班の皆さんはこちらが想像する以上に健康で頑丈なんですね。しかも地図作りが揃って大好きときてる。それはもう実に素晴らしいことですが――」

スマホを切った後、強い風が吹いて後ろに撫でつけた天河の髪を乱れさせた。直すのも忘れて、ただ鉛色の空を見つめ続けた。

39

調理場でお皿を洗っているとつるりとコップが滑り落ちた。アッと思った時には時すでに遅し。コップは床に当たって砕けた。「なーに、今の?」と食堂兼リビング車の方から森の声がする。「なんでもないです!」手に付いている洗剤を水で洗い流しながら答えた。

当番通りなら今日の食事担当は実里だ。しかし、実里は先日からちょっと体調を崩して寝込んでいる。本人曰く、「生理痛が突然、劇烈に重くなった」のだそうだ。元々、生理は軽い方らしく、それで学校を休んだり会社に行かなかったことはないそうで、もちろん寝込むような経験もほとんどない。だから計測班に選ばれた時もそのことで特段の心配はなかったそうだ。医師免許を持っている森の診立《みた》てでは、やはり疲れが出たんだろうという事だった。実のところ、晶もこのところすっきりしない。生理がどうこうではなく、身体が怠《だる》い。頭も重い感じがしてならない。この前まであれほど熟睡できていたというのに、急に眠りが浅くなった。夜中、何度も目が覚めてしまうのだ。晶だけでなく実里もそうだった。どころか男性陣からも不快な症状が訴えられている。といっても鷹目だけは元気だ。翼はなんとも分からないが、あいつはこの際除外しておいた方がいいだろう。

朝食を取っている時、鷹目は急遽《きゅうきょ》、「今日一日を休みとする」と宣言した。

「兎に角、身体と心を休めろ。ひたすらゴロゴロしてりゃ体調不良は治る」

割れたコップをゴミ箱に入れ、残りの洗い物を終えてリビング車の方に移動すると、森がパソコンと睨めっこしている。朝食の時からそうだった。

「何してるんですか」向かいに座って尋ねると、「血液検査のデータを見てんの」と画面から視線を外さずに答えた。

「不調は二日くらい前からよね？」

「実里さんですか？」

「あんたよ。血糖値が高くなってる」

森がこっちに画面を向け、「レプチンの分泌量が低下してる」と言った。

「それってヤバいんですか……」

「レプチンは食欲抑制ホルモンよ。これが低下してるって事は食べ物をひたすら欲しがる。特に甘い物とか」

森は晶の表情を覗き込むように見つめて「あんたが隠れてチョコ食べてんの、バレてるんだよ」

「えっ……！」と絶句した。誰にも気づかれていないと思っていた。包み紙もティッシュにくるんで、生ごみの下の方に隠してたのに……。

「要するに睡眠不足になるとそういう事になるわけ。そしてデブまっしぐら」

「もう、チョコレートは食べません！」

「眠れれば異常な食欲は収まる。おかしいのはさ、血糖値が高くなってるのはあんただけじゃないってこと。全員がそうなのよ」

「森さんも？」

「私は変化なし」

夜更かししてビールを飲みながら韓流《ハンりゅう》ドラマを観まくっている森の健康状態は、まったく参考にはならないのだろう。

「私の推理では、おそらく睡眠を妨げる何かが起こってる」

「何かって……なんです？」

「それを今から調べようと思う」

森がやった事は実に単純だった。症状の重い実里を個室に移し、自分が女子寝台車で寝る。これだけだ。だが、たったこれだけで森は原因を突き止めた。

「みんなの体調不良は睡眠不足からきてる。それは血液検査のデータを見ても明らかよ」

翌日、食堂兼リビング車に全員を集めた森はよく通る声で説明を始めた。

「おかしいと思ったのはね、症状が出てるのは実里と駒木根、高篠さんと田所さんの四人。共通してるのは寝台車で寝てるってこと」

「こいつも寝台車で寝てますけど」と田所が翼を指した。

「そう、翼くんの存在が悩ましかったのよね～。データにも別に異常はないし。でもさ、よくよく翼くんの行動を思い返してみたら、いろんなところで寝てんのよ。リビング車でもそうだし〈デカ行〉の中でもそうだし。だから除外した」

除外という言葉に全員が笑った。「なんでお前が笑うんだ」と鷹目が怒鳴ると、翼はなおさら笑みを膨らませて頭を掻いた。

「先、行っていい？」

鷹目が腕組みをして頷く。

「実里のベッドで過ごしてみて分かったんだけど――」

「もう分かったのか？」

「だからそれを言おうとしてんのよ」鷹目を諭すように言うと、「原因は低周波音よ」と続けた。

「それって時々、ご近所トラブルに発展するとかいう……」

「そう」と森は高篠の方に頷くと、再び視線を全員の方に向けた。

「〈道行〉に四か所設置されている電気給湯器、そこに内蔵してあるヒートポンプユニットが低周波音を出してた。でもさ、別に音がうるさいってわけじゃないのよ。電気給湯器の騒音はだいたい40dB程度、深夜の街中や図書館、住宅地の昼間がそれくらいだと言われてる。ちなみにクーラーの室外機や換気扇は50dBくらい。どう、今まで気にならなかったでしょ?」

確かに気になった事は一度もない。どんな音がしていたのかさえ定かじゃない。つまりは睡眠を妨げるような音ではなかったという事だ。

「さっき高篠くんが言った通り、これがご近所トラブルになるのはヒートポンプユニットから出る12・5Hzほどの低周波音なのよ。低周波音は読んで字のごとく周波数の低い音のこと。特に20Hz以下になると超が付くものになる。この帯域の音は相当に強い音圧じゃないと人の耳が音として知覚出来ない。でも、人によっては不快に感じたりもする」

「つまり、その低周波音のせいで俺達は睡眠障害を起こしてたって事ですか?」

「程度の差はあるけどね、おそらく間違いないと思う」森は質問した田所に答えた。

「でも、なんでだ?」今度は鷹目が疑問を呈した。

「それまで大丈夫だった電気給湯器がよ、揃いもそろって同じタイミングで低周波音を出しやがる?」

「同じタイミングってところが逆にミソだと思えるのよね。〈道行〉は二十四時間エンジンが動いてる。アイドリング状態が続いているわけ。要するに小刻みな振動が延々と続いている」

「じゃあその振動でユニットが緩んだってのか?」

「さすがにヒートポンプユニットをそんな環境下で実験してはなかった。これは私のミスだわ。本当にごめんなさい」森はそう言うと頭を下げた。

「あんたが謝る事じゃねぇよ」

鷹目が言うと、田所も「そうですよ」と続いた。

「地下20㎞で生活してる人間なんて僕等が初めてなんです。それを考えれば今回のことなんてミスに数えられるようなものじゃない」

「田所の言う通りだ。森さん、頭を上げてくれ」

森が促されて顔を上げた。後ろで一つに纏めた長い髪が馬の尻尾のように揺れた。

「ありがとう、鷹目ちゃん。田所くんも」

「今後はどうすんだ？　ユニットごと取り替えるのか？」

「ユニットの替えはないから、電気給湯器の位置を変えて防振シートを周りに貼ろうと思う。そうすれば今まで以上に気にならなくなる。請け合ってもいい」

晶は小声で「良かったですね」と実里に言った。「ほんと、なんかホッとしたぁ」見るからに安心した様子で実里が呟く。晶も同感だった。このままの状態では食欲抑制ホルモンが利かなくなって暴走してしまう危険があった。その原因を考察し、素早く見抜いた森はやっぱり只者ではない。口は悪いし、態度はデカいし、物言いは横暴だけど、決める時はビシッと決めてくれる。

40

ここのところやたらと空気が重い。太陽の光を一ヵ月以上も浴びていないとか、地下20kmでは空気の成分が地上とは違うとか、そういった科学的な話じゃない。もっと直接的かつ具体的、精神的なものだ。

鷹目と森の仲が急速に悪くなった。顔を合わせるたびに罵り合うようになり、遂《つい》にはぱったりと口を利かなくなった。今ではもう視線すら合わせようとしない。一緒にいようともしない。食事だってそれぞれの個室だ。計測班のトップと〈道行〉の責任者がこじれると、その下にいる者は確実に煽《あお》りを食らう。一日の中で唯一の楽しみでもある食事の時間もいつしか冗談や笑い声は薄れてゆき、笑顔は減り、食べ終わるとそそくさとどこかへ消えていく。憩いの場であるリビング車も今ではひっそりと静まり返り、灯りが点いているのに消えたようになってしまった。

電気給湯器のトラブルは解決したがそれだけでは済まなかった。その後もトイレの詰まりや原因不明の停電が続き、ついには女子更衣室のシャワーが故障した。

「なんだってこう次から次に……。まるで年寄りみてぇだな」と鷹目が不満を口にする。すかさず森が「優秀なメカニックがいるから大丈夫よ」と返す。

この時までは二人とも笑顔で冗談を言い合っていた……。

潜行して三十九日目、いつものように計測班はアンダーグラウンドスーツに着替え、颯爽《さっそう》とはいかないまでも元気に〈デカ行〉に乗り込んだ。向かうのは南側、「龍の食道」だ。ここの計測を始めてから三日が経ったが未だに横穴のマッピングは終えていない。重たい機材を抱え、徒歩で「石の花道」を歩いていく。1㎞ほど歩くと高さ5m、幅15mほどの楕円形をした空間に出る。ここが「鬼の寝床」だ。前回、ここから70mほど先に進んでレーザー計測を行ったところ、正面に崖が立ち塞がった。使用しているレーザー計測器は最長で380mまで計測が可能の優れものだ。ようやく横穴の最深部が見えたと思ったら、それは目の錯覚だった。緩やかな上り坂と正面の崖が重なって行き止まりに見えていた。その僅かなズレを見破ったのは翼だった。翼の進言を受け、坂を登り切ってみると、そこから先は急峻《きゅうしゅん》な下り坂になっていた。レーザー計測をすると下った先には少なくとも二か所に支道があることが分かった。それだけでなく、本道もレーザーが届かない先まで延びていることが分かった。これは到底一泊二日で戻れるような距離ではない。つまりこれからの探索行程を三泊、四泊と延ばせるように様々な軌道修正をする必要があるという事だった。鷹目はその問題が解決するまで「龍の食道」の探索を休止する事に決めた。

帰路について一時間ほどした頃だろうか、田所の着用したスーツが萎み始めた。最初に気づいたのは晶だった。田所が横を向いた時、妙に身体が薄いと感じた。すぐに異変を伝え、田所は走って〈デカ行〉に戻り始めた。幸い〈デカ行〉から300mほどしか距離が離れていなかった為に重大なトラブルには発展しなかった。だがもし「龍の食道」の奥深くにいてすぐには戻れないとしたらどうなっていたか。地熱に炙られ、地圧によってスーツごと圧し潰され、最悪は命を落としていただろう。最初は焦っていた田所だったが、周りを安心させようと「大丈夫」「なんともない」を繰り返し、笑顔を見せた。元々田所にはそういうところがある。自分の事をさておいて周りの空気を大切にするのだ。だからこそ計測班の一人として選抜されたという経緯もある。しかし、鷹目は一切笑おうとしなかった。


「部下が死ぬところだったんだぞ！」

〈道行〉の食堂兼リビング車に怒声が響き渡った。これまで鷹目には何度も叱られたが、今回の様子はまったく違っていた。剝き出しの目は赤く染まり、小刻みに身体を震わせている。激しい怒りの矛先は森だった。

「あんたのせいだ！」

「私は知らない！」

言い合いを続ける内にお互いへの思いやりや尊敬の念は薄れていき、ついには言ってはいけない言葉が鷹目の口を突いて出た。

「無能」

森の表情は凍り付き、以来言葉を封印した。

それにしても、なぜ急にトラブルが増えたのだろう。そのことを不思議に感じていた。これまでまったく何事もなかったのに、まるで堰《せき》を切ったかのようにトラブルが溢れ出している。

「これって変じゃないですか?」

そう言う晶に実里は「そういうタイミングだったんじゃない」と答え、高篠は「悪いことは連鎖するものだ」と答えた。田所は「整備ミス、それだけ」と短く呟き、翼は「変かな?」と逆に尋ねてきたから会話を打ち切った。鷹目が責任の所在を森に求めるのは理解できる。計測班を預かる立場だから。地下に向かう前、家族を集めた説明会の席で「私がすべての責任を持ちます」と言った。もちろん本心からだと思う。ただ、森もああいう性格だから簡単にごめんなさいなんて謝りはしない。「悪いのはあんた達の使い方だ」と突《つ》っ撥《ぱ》ねたいのも分かる。でも、自分は知っている。みんなが寝静まった真夜中、森が〈道行〉の中をあちこち点検して回っている事を。トイレに立った時に偶然見かけたのだ。

「機械は使い方を誤らなければ裏切ることはない」

以前、そんな話をしてくれた。兎に角、そういう信念の人だから頻発するトラブルには人知れず心身を悩ませていたのは間違いない。

「明日は北西方向に向かう。出発は八時半だ」狭い個室の中、椅子の上であぐらをかいた状態で鷹目が言う。何か書きものをしていたのか、机の上にノートを広げ、こっちを見ようともしない。晶は同じ事を復唱するとドアを閉め、狭い廊下を隔てた向かいにあるドアを叩いた。返事はない。しかし、物音がするから中に森がいるのは間違いない。

「明日は北西方面、出発は八時半です」

「そう」と短く声が返ってくる。

晶は突然、両手で頬を叩いた。パンと大きな音がした。夢想が弾けた。大好きな洞窟が、世界初の試みが、人類史上の転換点が、こんなにツマらなくていい筈がない。「アーッ！」と一声喚くと、そのままドンドンと鷹目のドアを勢いよく叩いた。

「話があります！」

「うるせぇぞ！　今、忙しい！」

怒声を無視して今度は反対側の森のドアを叩く。

「森さん！　用があります！」

「私には無い」

「こっちはあるんです！」

振り向きざま、再び鷹目のドアを叩く。

「鷹目課長――っ！」

一瞬の間があってドアが勢い良く開き、目を剝いた鷹目が現れた。ドアの隙間に腕を挟み込む。鷹目が何か言いかけた矢先、向かいのドアが開いて森が顔を覗かせた。ギョッとした二人の視線が交錯する。森がドアを閉めようとする。そうはさせまいとドアの隙間に足を突っ込んだ。それでも森はドアを閉めようとする。鷹目も腕を引き剝がそうとする。痛みに耐えた。ここで手を、足を引いてしまうと何もかも終わってしまいそうな気がした。

「お前、どういうつもりだ！」

「どうもこうもありません！」

薄暗いリビング車のテーブルを挟んで、久し振りに鷹目と森が向き合っている。晶は二人からリクエストを聞かずにコーヒーを用意した。酒など飲ませたらまたややこしくなるのは目に見えている。「どうぞ」と言いつつ二人の前にコーヒーを置いたが、「ありがとう」もなければカップを取る事もしない。鷹目は腕組みをしたまま壁に背中を押しつけ、何も映っていないモニターを眺めている。森はというと隣の椅子に足を載せ、鷹目と向き合わないように身体を横向きに捻っている。晶は空いている椅子をずらして二人の間、いわゆる議長席についた。それを見て森が唇の端をクイッと吊り上げた。

「何です……？」

「なるほどと思ったのよ」

「分かりましたか」

「分かるわよ、それくらい」

私は中立、どちら側にもつかない。真ん中に座ったのはその意思表示だ。

「二人がちゃんと向き合って話してくれないと、空気が重くって重くって息するのも大変なんですから」

「だったらそうなるようにすりゃいいだろう」鷹目が森の方を見ながら顎をしゃくった。

「何それ、こっちだけの問題?」

「そりゃそうだろう。トラブルが起きなかったらなんの問題もない」

「一緒に解決しようとは思わないワケ?」

「思ったさ。でも、あんたは自分のせいじゃないと言った」

「そうね、確かに言ったわ」

「ほらみろ」

「だからいろいろと原因を考えてみた。まず、最初の電気給湯器」

「あれは位置の問題だって言ってたよな」

「だから設計図を調べてみた。据え付けられた位置は寸分違わずその通りだった。つまり、完璧だった」

「出た出た」鷹目が呆れたように口元を歪ませる。「完璧じゃねぇからあんな風になったんだろうが」

鷹目の言葉に森がはっきりと首を振った。

「いい、テーブルの色とかシャワー室のタイルの模様とか持ち込む食材の中身とか、そういう事は私の範疇《はんちゅう》外。つまりリーデンブロック側がやった事。でも、〈道行〉の設計に関しては違う。あらゆる角度から私が検討を重ね、ベストと思える配置をした」

「話にならんな」

「でも、実際に低周波で影響が出ましたよね。私だって体調悪くなりましたもん」

晶が堪《たま》りかねて口を挟んだ。

「そこがおかしいのよ。だってそれまで一度も影響は出なかったんだから。〈道行〉には何度も泊まり込んだ。私だけじゃなく他の整備員達も。でも、ただの一度もそんな事にはならなかったのよ」

「地下を掘り進む段階で位置がズレたり、ネジが緩んだりしたのかもって言ってましたよね」

「最初はそこを疑った。でも、そういう事はまったく起こっていなかった」

「でも、収まったのは位置をズラしたからですよね」

実際、晶はその作業を手伝わされたのだ。

「違う。位置はズラしてない。一度やってまた元に戻した」

「やってねぇのかよ!」と鷹目が吐き捨てる。さすがに晶も驚いて「……なんで」と声を詰まらせた。

「やる意味が見出《みいだ》せなかった。なぜなら電気給湯器の位置はあそこで完璧だから」

「ハッ!」話にならんとでもいうように鷹目が両手を広げた。

「じゃあなんで収まったんですか……？」こっちの問いかけに森は答えなかった。コーヒーに手を伸ばし、鷹目と自分を交互に見ながら中身を飲む。やがてカップを口から離すと「それから停電が頻繁に起き始めた」と意外なことを言った。

「あの時もそう。配線も調べたし、断線してないか、ショートしてないか、あちこち見て回った」

「まさかそれも修理してないとか言うんじゃねぇだろうな」

「してないわよ」

「嘘だろ！」

「どこにも問題は起きていなかった。それをどうして修理する必要があるワケ？」

「問題があるから停電が頻発したんだろうが！」

再びイライラが募り出した鷹目を押し退けるようにして、

「じゃあ女子更衣室のシャワーも……」

「あぁ、あれは実里がシャワーを床に落としてシャワーヘッドの中のプラスチックが欠けたのよ。分解してすぐに分かった。実里に詰め寄ったらすぐに吐いたわ」

「全然知らなかった……。実里さんも一言言ってくれたらいいのに……」

「ちょっと黙ってろ」鷹目はぐいっと晶を押し退けると、「アンダーグラウンドスーツも故障じゃねぇとか言うつもりはねぇよな」と問い詰めた。

真っ直ぐに森を見据える。二人が口を利かなくなったのはこれまでの流れが伏線にあったのも事実だが、決定的になったのは間違いなくこの一件だ。晶も森を見つめた。森の口からどんな言葉が出るのか緊張しながら待った。森は二度、三度と小さく頷くと、はっきりした口調で「故障じゃない」と答えた。

「じゃあなんだ？」鷹目が押し殺した声で尋ねる。「誰かが穴でも開けたとか言うのかよ」

「穴なんかどこにも開いてない」

「俺はずっとあんたに謝ろうと思ってた。天下の天才工学博士に向かってとんでもねぇ事を言っちまったってな。でも止めた。止めて正解だ。今の話できっぱり無しだと分かった。むしろ俺が悩んでた時間を返して欲しいくらいだ」

「私の話が信用できない？」

「出来るワケねぇだろう！　結果には原因ってもんが必ずあるんだ！　あんたの話は結果があって原因がねぇ。つまり、そんな事はありっこねぇ！」

「へぇ、メイキョウじゃそんな風に教えるんだ」森の視線が晶の方に向けられた。

「森さん、ほんとの事言ってください」

「言ってるわ。私はずーっとほんとの事だけを言ってる。受け止められるかどうかはそっちの問題」

「どこも故障してなかったらどうしてトラブルが起きるんですか？」

「そんなもん小学生だって分かる話だ！」

「今は私が聞いてるんです！」鷹目の言葉を制すと、再び森を見つめた。

「地底人の仕業とか、そんな事は言わないですよね？」

「だとしたらどうする？」

「どうするって……」

鷹目が椅子から立ち上がる。

「いったん、ミッションは中止だ。天河にそう伝える。あんたは一度、病院で診てもらった方がいい」

「鷹目ちゃん」と森が久し振りに名前を呼びかけた。

「理系なら理系らしく想像力を働かせてみてよ。今、この子が言ったじゃない。地底人の仕業だって。もちろん、地底人はここにはいない。私達しかいない。でも、私達以外の誰かの可能性を考えた場合、別の答えが見えてくる」

「何っ……？」

「〈道行〉の基本は自動運転システム。情報収集、分析・認識、行動決定、機構制御の四つで成り立っている。私達が使えば使うほど〈道行〉は賢くなり、判断も決定も早くなる。しかし、コントロールという名の生殺与奪は外部にも渡されている。もちろん万が一のトラブルに備えてのものではあるけど、私達以外の可能性もそこにはある」

「まさか……」と鷹目が大きく目を見開く。森は周囲を気にし、誰もいない事を確認して顔を寄せるよう手招きした。

「私の結論はこう。これは外から仕組まれたトラブルってこと」

確かに違和感はあった。何か堰を切ったようにトラブルが連続する事に。〈道行〉は向こうからもコントロールできるのだから、低周波を出したり停電をさせたりする事は可能ということになる。

「でも、スーツはどうなんです？」

「あれも遠隔操作が可能なのよ。ちなみに設定だって変えられる。あんたのスーツがダメになった時、鷹目ちゃんのスーツを縮めてあんた仕様に変えることだって出来る。ここにあるものはみんなそう。ドローンも冷蔵庫も〈ミニ行〉まですべて。コントロールから外れている部品は人間くらいのものよ。いや、そうでもないわね。毎日採血されてるし、頭髪や皮膚はシャワールームで採取されてる。排尿排便もチェックされてる。就寝中の体温や寝返りの回数も――」

「えーっ！」全然知らなかった。そこまで徹底的にチェックされていたなんて。

「まさか、トイレに隠しカメラとかシャワールーム覗かれたりとか……」

「それはない」

「なんで言ってくれねぇんだ」と鷹目が言った。さっきよりも声のトーンが落ち着いている。

「何度も言おうとしたわよ。何度も何度も何度も。でも全然人の話なんか聞こうとしなかったじゃないの」

「ついさっきまで話にならんとか言ってなかったっけ？」

「そんな事は……」

「確かに言ってました」

「そんな相手に相談なんかできる筈ないっての」

「だと思います。鷹目課長ってほんとそういうとこあるから」

苦虫を嚙み潰したような顔をして、「あんたの言う事が正しいと仮定してだ」

「なに？　謝るんじゃないの？　私が言うことが正しいに決まってるじゃん」

「じゃあなんでそんなことをする必要があるんだ？　誰が、何の為に？」

「それをずーっと考えてたのよ。『誰が』と『なんの為に』を。『なんの為に』はおそらくはプレッシャーよね」

「プレッシャーって……？」

多少の軋《きし》みはあるけれど人間関係は円滑に回っている。仕事だってそうだ。予定よりも遅れてはいるが、確実に地図化は進んでいる。誰も潜ったことのない場所というプレッシャーに耐えながら、みんなは本当によく頑張っている。一連の出来事が起きた後も、不満や苦痛を募らせながらも仕事をしない日は一日とてなかった。

「なんの為にプレッシャーをかけたのか？　その理由は分からない。想像したけどどれもしっくりこない」

「すぐに天河に連絡を――」

「ダメよ」と森が制した。「さっき言った『誰が』の中には天河さんの可能性も含まれる」

「そんな事ある筈ない。俺が断言する！」

「鷹目ちゃん、あんたが断言しても始まらない。これは可能性の問題。地上側はすべて疑ってかかった方がいい」

「あっ！」と晶は口を押さえた。「さっき、すべてチェックされてるって言いましたよね。じゃあここの会話とかは……」

「リビング車のカメラはあそことここととそこの三か所。すべて別の映像を流してるからこの会話は地上には流れてない」

「いつそんな細工をしたんですか……」

「個室を出るってなった時」

森もいつかはきちんと鷹目と向き合って話をすることは想定していたのだ。それが晶の爆発で今日になった。

「なんか私達、閉じ込められて監視されて、モルモットみたいですね」

森が視線を上げた。鷹目も目を見開いてこっちを見た。

「……なんです？」

森の目がギラギラといった方がいいくらい輝いている。

「鷹目ちゃん、おそらく私達——」

「モルモットとして地下に送り込まれた……」

モニターのデジタル時計が昨日から今日へと変わった。

第V部

縮尺誤差

41

羽田空港第二ターミナルに着いたのは午前九時より十分ほど前だった。朝だからか、普通の日であるがゆえか人はそれほど多くなく、目に付くのはほとんどがスーツを脱いで汗を拭うサラリーマンだった。早足でバス乗り場やモノレール、電車の乗り場へと歩いて行く。さっきから一体何人に追い抜かれただろう。天河は人波から逸れ、壁の方へと移動した。蛍石とは渋谷にあるホテルでお昼過ぎにアポイントを取っている。いや、正確に表現すれば「取っている」のではなく「強引に捻《ね》じ込んだ」というのが正しい。蛍石の秘書をほとんど脅すようにして強引にスケジュールを空けさせたのだ。

さて、これからどうするか……。このまま都心に移動してもいいが、どこかで時間を潰さなければならない。神田神保町《かんだじんぼうちょう》にはメイキョウの東京本社があるが、そこに顔を出すつもりは端《はな》からなかった。上京した事を誰にも知られたくはない。喫煙所で一服でもするかと思った矢先、カフェの店員と目が合った。すかさず年若い店員が良く通る声で「いらっしゃいませー」と言った。

ほとんど人のいない店内でモーニングセットのサンドイッチを片手で摑み、もう片方の手でスマホの画面をスクロールさせていく。読んでいるのは計測班の日誌だった。日誌は毎日送られてくる。書くのは当番制であり、森を除いた全員が担当している。「こういう事をした」「こういう事があった」「その時の対処」や「自分の考え」「気づいたこと」「指摘したいこと」。地下に行ったからやっているわけではなく、日誌はメイキョウの伝統であり、時に伝言板として、時に相談窓口として活用されてきた。

【シャワーヘッドを壊したのは私です。今までならそう言えた。でも、この重たい空気の中では口に出せない。火に油を注ぐようなものだから。落ち着いたら謝ろう。ほんとに落ち着いたらだけど】

【いい加減にして欲しい。イライラを周りに見せびらかすなんて大人のやることか？　せめて食事時くらい楽しく過ごしたいもんだ】

【トップがぎくしゃくしているせいで我々も会話が減っている。忘れ物や確認のし忘れなどが増えているのはそのせいだと思う】

【二人が個室に籠っているから一々確認しに行くのが面倒】

【このままだと破裂する。ガス抜きが必要。一度地上に戻るのもアリかも。はぁ～】

何度も読み返しているから中身は頭には入っている。それでも読むたびに心が音を立てて軋んだ。雰囲気が悪くなったのは彼等のせいじゃない。空気が重くなったのも自然の成り行きではない。ギクシャクしているのはそうなるように仕向けたからだ。すべては蛍石が仕組んだ事だが、自分も容認している。だから同罪だ。言い訳など出来ない。ただ、百歩譲っても田所のスーツの件だけは受け入れられなかった。一歩間違えれば死の危険すらあった。今後、データを集める為に何をするつもりなのか、直接蛍石に会って問い質す。そして、二度と仲間の命を危険に晒すような事はさせない。何があろうと絶対にだ。それだけは自分の責任において果たさなければならない。

渋谷駅の西側にひと際背の高いビルがそびえている。蛍石の秘書が指定してきたのはこのホテルの二階にある日本料理屋だった。茶の枠に白い壁、奥には大きな花が活けられており、落ち着いた和の様式に溢れている。一見して高級だと分かる佇《たたず》まい。何もこんなところを指定しなくてもと思う。下手をすれば怒鳴り合う事になるかもしれないのだ。女将《おかみ》に名前を告げると「こちらへ」と案内された。先導されながら細い通路を進むと、ふわりと柔らかい花の匂いがした。食べ物を扱う商売では香水を使わないと聞いたことがある。おそらくは川を模した床を流れる水の中に仕掛けがあるのだろう。そのまま最奥まで進み、突き当たりの和室に通された。部屋の広さは十五畳ほど、中央には大きな黒いテーブルが置かれている。テーブルの下は掘り炬燵《ごたつ》になっていて足が投げ出せる造りだ。さすがにこの部屋は広過ぎると思った。女将に「ほんとにここですか」と確認すると、「はい、こちらです」と慣れた手つきでお茶を淹れながら微笑んだ。

部屋を出て行く女将に会釈し、広い和室に一人取り残された。淹れてもらったお茶に所在無げに手を伸ばし、蛍石が現れるのを待つ。落ち着けと思いながらもこの展開に気を飲まれている自分を感じる。一瞬、ここに桃田がいたら……と思った。どんな場面でも桃田はまったく動じない。いや、動じたような気配を出さない。淡々として、ただそこにある。まるで活け花のようだと思うことがある。だからなのか、一緒にいるとこっちまで落ち着いていられる。だが、今ここに桃田はいない。蛍石との密約は誰にも明かしていないのだ。

五分が過ぎ、十分が過ぎた。とうの昔にお茶は飲み干した。これも蛍石の作戦なのだとしたら間違いだ。ただ自分を怒らせただけだから。

唐突に襖が開いて若い男が姿を現した。一瞬、それが蛍石だと気づかなかった。上下グレイのスウェットという出で立ち、髪はぼさぼさで寝ぐせだらけ、肌は白いを通り越して青白く血の気が無い。まるで死人のように見える。

「すみません……。戻ってきたのが今朝方だったんで……」

蛍石はぼりぼりと腕を掻き、欠伸《あくび》まじりに遅れたことを謝った。声がやけにしゃがれている。

「風邪か？」

「乾燥だと思います。飛行機もホテルも湿気ないですからね。ビールとか飲みますか？」

要らないと断ると「そうですか」と言いながらテーブルの上にあるブザーを押す。すぐに女将の声がして、蛍石は「始めて」と伝えた。それから髪を掻き上げ、まだ赤く染まった目をこちらに向けた。

「何かありましたか？　秘書が随分慌ててました。あんまりイジメないでくださいね。最近の子、打たれ弱いんですから」

「どういうつもりなんだ」

「何がですか？」

「惚けるな……」

「天河さん、なんか怒ってますか？」

「当然だろう！」

声のトーンが上がりかけた時、襖が開いて再び女将が顔を見せた。

「お話し中、失礼いたします」

蛍石の前に瓶ビールとグラスを置き、天河の方にも同じものを置いた。

「お食事は？」

「いつでもいいよ。あれもつけといて」

再び女将が襖の奥へと下がっていく。蛍石は瓶ビールを掴むと天河の側にあるグラスに注いだ。続いて自分の方にもなみなみと注ぐ。グラスを握る蛍石に対し、天河は何もしない代わりに言葉を続けた。

「社員が一人死にかけたんだぞ。俺は命に関わるような事まで許した覚えはない」

「あぁ、田所さんのことですか？」

答える代わりに目で訴えた。

「大袈裟だなぁ。あれは命に関わるような事ではありませんよ。命に関わるように見える状況を作り出したということです」

計測中、突然、田所のスーツが萎み始める。本人は焦る。それを見た周りも焦る。まるで電気が流れるように焦りが伝染し増幅していく。閉鎖空間においての精神の連鎖は命に関わるような重大事であればあるほど強くなる。その後はぶつかり合い、疑心暗鬼、チームワークの絆《きずな》が揺らいだ。

「あの状況以降ね、とても変化の大きいデータが取れています」

その言葉に胸が締め付けられそうになった。今、この瞬間も地下にいる連中がどんな思いをしながら過ごしているのか、それを想像したらいたたまれなくなる。

「俺には社員を守る義務がある」

「分かってます」

「いや、お前は分かってない！　もう一度あんな事を仕掛けたらこのプロジェクトを破棄する」

「誓約書にサインをいただいてます」

「あれが演出だとしても、６００度もある地熱の中でスーツを萎ませたら不測の事態が起きかねん！」

「そうしなければ有効なデータは取れません」

「惑星移住の為か」

そう言った時、蛍石の穏やかな顔から表情が消えた。初めて見せた能面のような顔だった。

「十五年ほど前、UW財団は将来的なビジョンを宇宙に向けた。多くが月や火星を話題にする中、UW財団だけは金星への移住を唱えた。金星の表面温度は約460度、気圧は90。今回発見された地下空洞と驚くほど環境が似ている。……これは偶然か?」

「困りましたね〜。やっぱりそれもご存知だったんですね。日本人の女が嗅ぎまわっているって注意されていたんですが、それって桃田さんですよね?」

天河は何も答えなかった。同時に久保の方はバレていないのだと思った。あの男のことだ、よほど巧妙に動いているのだろう。

「やっぱりそうなんだな……」

「天河さんも人が悪い。そこまでご存知ならもっといろいろと相談出来たのに」

蛍石はティッシュで鼻をかむと、「将来の目的の為、人体を使った模擬試験を行い、あらゆるデータを集める。それが財団から私への依頼でした」と、まるで他人事《ひとごと》のようにあっさりと認めた。

「……その為に地下に空洞を掘ったのか?」

「まさか、そんなことはしません。というか不可能です。偶然に地下空洞が見つかったからこそ、今回の件は動き始めたんです。リーデンブロックの設立、〈道行〉の開発、メイキョウとの合同事業、これらは後々、金星での鉱物採取やテラフォーミング、製鉄などあらゆる可能性を広げる為に活かされます。人類の未来を切り開く壮大なプロジェクトというわけです。来るべき近未来、人類が第二の故郷を欲して宇宙に版図を広げた時に必要となるデータが足下にあったなんて皮肉なものだと思いませんか」

女将と仲居が瓶ビールや食事を持って現れた為、一時会話は途切れた。女将と蛍石が笑顔で冗談を交わすのを横目で眺めながら、刺身や煮つけに箸をつけた。だが、何を食べても味はよく分からなかった。天河が突き付けた事を蛍石があまりにもあっさりと認めたことに驚き、更に疑いを深くした。他にもまだ隠していることがあるかもしれない。いつの間にか飲み物はビールからワインに変わった。天河は白い液体をグラスに注がれるたびに一気に飲み干した。

「九州の人はほんとにお酒が強い」

蛍石が笑いながら空になった瓶を振った。「今度は焼酎にしますか」

天河はその問いには答えず、「命に関わるような事は金輪際しないと約束しろ」と声を低くして迫った。

「はい、決して」

「本当だな」

「あくまでも起こすのは疑似ですから」

「言葉遊びはもういい！　止めろと言ってるんだ」

「負荷をかけなければ良質なデータは得られませんよ」

「今のまま負荷をかけ続けると重大事に繋がる！」

蛍石は小さく溜息をつくと、「いいでしょう。天河さんがそれほど心配だと言われるのなら、しばらくは平穏な時を過ごしてもらいます」と言った。

日程は半分が済んだところだ。ただでさえ地下空間での生活はプレッシャーが大きい。そこに次々とトラブルが重なり、計測班や森との間はギクシャクしている。何事もなければ次第に気持ちも落ち着いてくるだろう。

「これからはどんな負荷をかけるか事前に知らせろよ」

「イヤだと言ったら？」

「言わせん」はっきりと目を見て言った。「ふふっ」と蛍石が笑う。

「僕に命令なんてちょっと調子に乗り過ぎですよ。ご自分の立場を忘れてませんよね？天河さんは僕にメンバーを売ったんですよ」

「それは――」思わず言葉に詰まる。すかさず蛍石はテーブル越しに身を乗り出し、箸でこっちを指した。

「違うなんて言わせませんよ。あの時、計測班をモルモットにする事をあなたは了解した。その時点であなたはメンバーからは裏切者です。いくら綺麗ごとを並べてもね。この事実はどうやっても変わらない」

そうだ。会社の未来、進むべき指針の為にそうしたのだと言っても、それは綺麗ごとだ。地下にいる者達に嘘をつき、嘘の情報を流して鼓舞し、過酷な試練を与えている。この事に何一つ言い訳など出来はしない。

「僕は〈道行〉を動かなくする事だって出来ます。そうなればもっと凄いデータを得ることだってできるでしょうねぇ」

「人類の未来を切り開くプロジェクトに傷がつくぞ……」

「そんなこと私には関係ありません。私は求める情報を得、それを売ることを生業《なりわい》としているだけです」

結局は金か……。

久保の推察は当たっていた。蛍石にとってメイキョウの社員がどうなろうと知った事ではないのだ。むしろ死に直面したり、文字通り死んでしまった方がより幅広いデータを取れるとすら思っているかもしれない。計測班の顔が脳裏を過る。鷹目、高篠、田所、実里、駒木根、今もこの足下、地下深くであらゆるプレッシャーに耐えながら懸命に仕事を全うしようとしている。彼等を守れるのは自分しかいない。

「あいつらは本当によくやってる……。なんでか分かるか？　地図屋だからだ。何もないところを地図にする。地図屋の誇りがあいつらを動かしてるんだ」

「ほんとにそう思います」蛍石がグラスを差し出した。「だから僕等もとことん上手くやりましょう」

しかし、天河はグラスを摑まなかった。座布団から身体をずらし、畳の上に正座した。

「頼む。一人も欠けさせることなく、最後まで地図を作らせてやってくれ」

そのまま身体を深々と折った。乾いた藺草《いぐさ》の匂いがした。

「えー、そういうのやめませんか……」

42

森がそのことを知ったのは、〈道行〉の居住スペースを大幅に改装しようとしている時だった。研究班と計測班が揃って地下へと向かう。メイキョウ側からは最終的な人数と男女の割合は出されていないが、四十人前後になると聞かされている。研究班はそれよりも少なくはなるが、それでも二十人ほどにはなる筈だ。それを見越して寝台車の増設に加え、トイレ、シャワー、ベッドもまだまだ増やさなければならない。そんな事で頭を悩ませている時に、天河から突然電話が入ったのだ。

「初回のアタックが計測班のみで行われるという噂がある」

森は一笑に付した。いや、取りつく島さえ与えなかったといっていい。ド素人だけで地下に行かせるなんてそんな馬鹿な事がある訳がない。もし、そういう意見がリーデンブロックから出てきたら、私が木っ端微塵にしてやる。だが、今朝、蛍石の秘書がノートパソコンに送ってきたメールには、【初回のアタックは計測班のみで行うことになりました】と短い一文が記されていた。

午後からの段取りをすべて止めると伝えると、最初は戸惑い気味だった作業員達だがすぐに笑顔を浮かべて薄暗い倉庫を飛び出していった。このところ突貫につぐ突貫でろくに休みも取れていない。たった半日の休息だが、予期しないタイミングだとそれも三倍は嬉しく感じる。誰もいなくなった事務所に入り、机の上にお尻を載せたままスマホを取り出すとリーデンブロックの秘書課に電話を入れた。

「This is Leaden Block Co., Ltd.（こちら株式会社リーデンブロックでございます）」

「It is Mori. May I talk to the president, please?（私よ。社長はいる？）」

「森博士、お世話になっております」

別にこのまま英語でも構わないが、相手は日本語に切り替えた。

「お約束でしょうか？」

「今日、あんた達の誰かが蛍石の名義で送ってきたメールの中身について問い質したいことがあんの」

「あいにく蛍石は外出しております」

「ならすぐに連絡取りなさい。すぐに私と話さないと大変な事になるよって。よろしく」

それだけ言うと通話を切った。着信があったのはそれから一分三十秒ほどしてからだ。つなぎの上半身を脱いで、さぁ、外に一服しに行くぞと立ち上がった時だった。

「最初のアタックが計測班のみってどういうことよ！」

蛍石が話し出す前に鋭く言葉をぶつけた。のらりくらりとかわしながら自分のペースに巻き込んでいくタイプには、先制パンチが極めて効果的なことをこれまでの人生経験で知っている。

「まず、僕の話を聞いてもらえますか？」

「嫌だね」

「メールを出す前にあらかじめ連絡をするべきでした」

「そうね」

「その件については謝ります。申し訳ありません」

「謝罪は受けるわ。でも、それは順番が違ってることについての謝罪だからね」

「分かっています。今からすぐそちらに伺います」

「どこにいんの？」

「ホノルルです」

しまったと思った。どこにいるかなんて聞かなければよかった。ホノルルから那覇に来るのにどれくらい時間がかかるのかは分からない。数時間じゃない事だけは確かだ。蛍石はこっちが焦れて電話で話をしようとする事を見越してこの流れを作ったのだ。時間を稼ぎ、その間に内も外も整える。相変わらず頭だけはよく回る。となるとこの会話を引っ張っても無駄だ。なので、「で？」と先を促した。

「良かった！　話を聞いていただけるんですね」

「私の気が変わらない内にならね」

「初回のアタックを計測班のみにしようと決めたのは最終的に自分です。もちろん明確な理由もあります」

「そりゃそうでしょ。でなきゃブン殴ってやるわ」

煙草に火を点け、事務所のドアを開けて外に出た。そのまま倉庫を突っ切って歩きながらふーっと煙を吐き出し、また煙草を吸う。半開きのシャッターを潜って屋外に出るまでの間、蛍石の話に一言も口を挟まなかった。

「――私の話は以上です」

「つまり何、両方の班を一緒にすると金も時間も倍かかるからってこと？」

「倍ではすみません」

「最初に地図屋さんだけを行かせて、地図を作って、研究はその後の方が効率がいいって」

「その通りです」

「ふざけんじゃないわよ！」

「無理でしょうか？」

「当たり前じゃない！」

勢いのまま煙草を投げ捨て、サンダルで思いっきり踏みつける。

「メイキョウは地図作りの会社だよ。計測班として派遣されてくるのは地図を作る人達なわけ。平たく言えば普通の、どこにでもいるサラリーマン」

怒鳴りつつもそんな事が分からない蛍石でもあるまいと頭の片隅では思う。だから、

「あんた、何考えてんの?」とズバリと切り込んだ。

「回りくどくしないで本音を言いなさい」

「このプロジェクトを計画したスポンサーのことはご存知ですよね」

「もちろん」

「プランナーであるスポンサーとは別に、これから投資を検討しているスポンサーもいます。彼等が見ているのは『効率』、そこから生まれる『費用対効果』です」

「そこに『安全』の二文字が抜けてるけど」

「それは忘れていません。というか、森博士がいらっしゃるからそこは万全だと分かっています」

上手いことをよくもベラベラと喋るもんだ。蛍石と会話をすると時々台本があるんじゃないかとすら思える。

「〈道行〉は完全なオートメーションでしたよね」

「あんたがそうしろって言ったんじゃない」

〈道行〉は地上からの電波を受信して稼働するように設計した。つまり電車と同じと思ってもらえればいい。コース設定、角度、速度、傾度、すべて地上でコントロール可能だ。電車と決定的に違うのは運転手がいらないこと。とはいえ行く先は未知の場所である。もしもの場合を考慮して操縦車は作ってあるし、最先端の電力貯蔵技術で蓄えた電

力を使用して〈道行〉側から自発的に地上へと戻ることは可能だ。

「つまり、スポンサー向けにそれを証明してみせるってこと？」

「簡単に言えばそういうことです。であるならまったくの素人であるメイキョウの方達に乗ってもらうのが一番いい」

「それを言うなら研究班だって同じでしょうよ」

「研究班と計測班では御しやすさが違います」

研究班のメンバーの顔が脳裏をかすめる。

「……そこだけは認めるわ」

「ありがとうございます」

森は再び煙草に火を点けると、「でも、私は反対。いくら〈道行〉がオートメート化されていようとも、安全で快適であろうとも、メイキョウが御しやすかろうとも、彼等だけを地下に行かすのは絶対に無理がある。そこだけは譲らない」

「私はメイキョウだけとは言っていません」

いったん口元に近づけた煙草を止めた。「……え、どういうこと？」

「私が言ったのは計測班のみで、ということです。その中には森博士、あなたも含まれています」

「私に引率の先生をやれっての！」

「その喩えが合っているかどうかは分かりませんが、答えはＹｅｓです」

「イヤよ！　無理！　絶対しない！」

一気にまくしたて、勢いのまま電話を切った。

「アイツ、何考えてんのよ……」

すっかり燃えてしまった煙草を灰皿に捻じ込んだところで再びスマホが鳴った。

「考え、変えたでしょうね」

「残念ながらNoです」

「じゃあ話す事はないわ」再び通話を切ろうとした時、「博士のお母さまは――」という声が聞こえた。

「うちの母親とこの話は何も関係ないでしょうが」

「もちろん何も関係はありません。でも、博士がこの事を引き受けて下さったら、お母さまの治療費を含めた一切は我が社が負担いたします」

母親はアルコール依存症で身体のあちこちをやられ、もう随分前から寝たきりになっている。

森はずっと母親に育てられてきた。父親は知らない。知っているのはいろんな男達だ。日本人もいれば外国人もいたし、若いのもいれば歳を取っているのもいた。母親はいろんな人を家に連れてきては家族ごっこをした。母親の経営するバーで知り合い、そのまましばらく一緒に暮らし、気づけば出て行く。その繰り返し。そんな生活の中で母親の身体は確実に蝕まれていった。

「身内を取引に使うんなら、私はこの仕事から今すぐ降りるよ」

「気に入りませんか」

「気に入らないねぇ、これってヤクザのやり口だよ」

「なんとかなりませんか」

「ならないわね」そう言って通話を切った。

新しい煙草に火を点け、ゆっくりと吸った。その間、蛍石から電話はかかってこなかった。

しばらく待った。かかってこない。チッと舌打ちし、スマホのリダイヤルを押した。

「分かったよ」

「ありがとうございます」

「その代わり、条件はいろいろつけさせてもらうからね」

43

計測班が集った食堂兼リビング車は水を打ったように静まり返っている。田所は腕を組んだまま首を傾けて目を閉じ、高篠は机の一点を見つめ、実里はテーブルに両肘を載せて掌で顔を覆っている。どんな時でもペースを崩さない翼も、ぼんやりとモニターを見つめている。その目はどこか虚ろに見えた。いましがた森が披露した話はそれほどにインパクトがあった。

「〈道行〉で続発するトラブルは『誰か』が、『何かの目的』で仕組んだものである」

それはあまりにも突拍子もない話だ。自分自身、心のどこか、頭の片隅にはまだ本当だろうかという疑いが拭えずにある。だが、さっき森が語った蛍石のやり口とトラブルが外部から引き起こされた可能性がある以上、それに伴う対処と今後の動向を早急に決めなければならなかった。

晶は音を立てないようにそっと椅子を引いて立ち上がった。こういう時、じっとしているよりも動いた方が頭の回転がよくなる。キッチンに入るとコンロにケトルを載せて火を点けた。お湯が沸く間に全員のマグカップを並べてコーヒーの粉を入れる。砂糖の有り無し、ミルクの有り無しは完璧に頭に入っている。リビング車に戻ってコーヒーを差し出すと、メンバーの重い口が少しずつ開き始めた。

「作業を中断して、一度地上へ戻ろうよ」そう言ったのは実里だ。疑念を払拭し、晴れて作業を再開すればいい。実にまっとうな意見だと思う。でも、森は即座に首を振った。

「そうするにしても、最後の最後ね」

森は疑念を徹底的に炙り出すつもりでいる。地上に戻ってしまってはすべてがうやむやになってしまうと考えている。たとえ蛍石を問い詰めたとしても、証拠を見せなければ知らぬ存ぜぬで結局逃げられるだろう。それよりもこのまま地下にいて、相手の尻尾をぎゅっと摑みたい。そう思う森の気持ちもよく分かる。どうしてこんな事をするのか、理由が知りたいのは自分だって同じだ。

「でも、こんな状況では安心して仕事なんか出来ませんって」

「あんたさ、ホームシックをトラブルに乗っけようとしてるだけでしょ」

実里のホームシックはメンバー全員が知るところだ。馴れない環境、閉塞感、汗で蒸れるスーツは多大なストレスを伴う。おそらくそれが原因だと思われる蕁麻疹《じんましん》が、時折全身に発露するのは見ていて気の毒なものがある。

「もうイヤ……。やっぱ来るんじゃなかった……」

唇を震わせる実里の隣に駆け寄ると背中を摩った。森はまだ何か言いたそうだったが、それ以上追及するのは止めた。

高篠が手を挙げた。「いきなり結論に飛ぶのではなく、途中の推察をやりませんか」

一同の視線を受け、高篠は「つまり謎解きですよ。目的の」と続けた。

「お前はどう思うんだ？」鷹目が尋ねると高篠は右手の中指ですっと眼鏡を上げた。

高篠が言うには、リーデンブロックはこの地下空洞を将来的に人が暮らせるスペースにしたいと考えている。しかし、地下は未知の世界だ。光が差さず、空気は有毒で高熱という過酷な環境である。そこで計測班のバイオデータを得ようと考えた。

「コホート研究というものがあります。分析疫学における手法の一つで、特定の要因に曝露《ばくろ》した集団としていない集団を一定期間追跡し、研究対象となる疾病の発生率を比較することで、要因と疾病発生の関連を調べる観察的研究です」

聞いていてなるほどと思った。計測班を二つのグループにこそ分けることは出来ていないが、一定期間追跡し、観察するという部分はその通りなのかもしれない。そして、要因はトラブルだ。仕事をし、食事をし、眠るだけでは単調なので、そこに様々な出来事を仕込んでバイオデータの幅を広げる。

「つまり、宇宙飛行士の訓練みたいに？」田所の言葉に高篠が頷く。

訓練を受けにＪＡＸＡを訪れた際、実際の宇宙飛行士の訓練プログラムにも様々なトラブルが組み込まれているという話を聞かされた。教官の一人は悪条件下のトラブルとどう向き合うかで、自分の性格や仲間の性格、行動パターン、考え方が見えてくるとも言っていた。いつしか地下に大勢の人を迎える。その時に起こるトラブルの予測、人の行動や感情などのデータを得る為と考えれば筋は通る。

「俺達にその事を秘密にしてトラブルを起こす理由は？」

「それは簡単さ。トラブルが起きると知らされているのといないのとでは、心も身体も反応が違う」

「つまり生の反応が知りたいからそうしたと？」

「データとはそういうもんだよ」

「こっちは危うく死にそうになったんだぜ……」田所の声が熱を帯びた。

「僕はただ、そういう可能性もあるかもと……」

「冗談じゃない！　ただでさえ命懸けでこんなところに来てるのに、その上更にモルモットにされるなんざゴメンだ！」

そうなのだ。このなんともいえない居心地の悪さは自分達が知らない内に実験台にされているのかもしれないという事に起因する。食堂兼リビング車の空気が再び重苦しくなった時、「そうか」と翼が声を発した。普段、会議では滅多に口を開かない翼が何を言いだすのかと視線が集まる。しかし、いくら待てどもそれ以上何も言わない翼に痺れを切らし、「何がそうなんだ？」と鷹目が促した。

「気づいたんですけど、最近、トラブル起きてないじゃないですか」

「それがどうした？」

「だからその、トラブルを仕掛けてる人がですね、キャップにしたこと、多分、やべぇ、やり過ぎたと思ったからだと思うんです」

「そんなもんたまたまかもしれねぇだろう」

「データ獲得が目的だとしたら、ヤバいのは最初から織り込み済みよ」

鷹目と森が翼の発言を否定しにかかる。

「いや、もしかするとそうかもしれない……」

晶の口から言葉が漏れ出た。鷹目がこっちに視線を向ける。

「キャップの件以降、トラブルが止んでるのは事実です。仮にですよ、翼が言う通りだとしたら、『誰か』がトラブルを起こすのを止めてくれと頼んだことになりませんか……？」

鷹目の大きな目が細くなった。

「つまり、状況が分かっていて、更にこっち寄りの人ってことよね」森はそう言ってコーヒーを啜った。

二人の頭の中は分からないが、おそらく自分が想像しているのと同じ人物が浮かんでいるのではと思う。

「結局、どうするんですか」と実里が急かすように言った。鷹目は何も答えない。森も黙ったままだ。

「なんとか言ってくださいよ!」

「え〜っとですね」と再び翼が口を開く。

「あんたになんか聞いてないって!」

「聞くだけ聞きましょうよ」慌てて実里をなだめに入り、翼に今の内だと顎をしゃくった。

「つまり、確かめればいいんですよ」

あまりにもストレートであまりにもバカバカしい意見に晶はおろかその場の全員が肩を落とした。

「それが出来ないからみんな困ってるんじゃない……」

「どうしてですか?」

理由を説明するのもアホらしいという風に実里が両手を広げて天を仰ぐ。「だからさ」と説明はこっちで引き継いだ。森の話によれば〈道行〉内の会話からアンダーグラウンドスーツ、〈デカ行〉内での通信まですべて傍受されているという。今はそれを逆手に取って一時的にダミーの映像や音声を流しているにすぎない。送信メールはすべて基地局を通している為、プロジェクトに関わっている者なら誰でも閲覧可能だ。

「要するに、見られたくない人にも見られてしまうってわけよ」

「だから、分からないように地図に暗号を使うんだよ」翼が意外なことを言った。

測定した地図は〈道行〉でデータ圧縮して、地上の基地局に送り出している。データは基地局で解凍され、これまでの地図と繋げられる。保管先はメイキョウ、もう一つはリーデンブロックだ。測定した地図に地図屋にしか分からない暗号を仕掛ければ、リーデンブロックが気づく可能性は限りなく低くなる。

「そうは言ってもウチは地図のプロだぞ」田所が腕組みをした。

「それは大丈夫なんじゃないかな」と高篠が続ける。「地下の風景はここにいる者達だけしか見ることが出来ない。つまり、我々が送る地図にエラーが含まれているのかいないのか、地上にいる者は誰も確かめる術がない」

「誰か」に知られず、こちらが信用に足ると思う人物にだけ通じる暗号を地図に忍ばせる事が出来れば、翼の言う通り、トラブルの理由が密かに確かめられるかもしれない。

「鷹目課長、今回のこと、私に任せてもらえませんか」

「お前にか……」

「絶対バレない地図記号を駆使します」

森がぽんと鷹目の腰を叩いた。晶はニヤリと笑うと食堂兼リビング車を後にした。

44

改札を抜ける前に相手の姿に気がついた。ほとんど同時に黒いポロシャツ姿で短く刈った白髪頭の男がこっちを向いた。すぐに立ち止まり、その場で軽く会釈をする。花崗勝は困ったような顔をして白髪頭を撫でた。挨拶もそこそこに駅構内にあるカフェへと移動する。カフェは事前にネットで検索済み、予約も入れてあった。「お電話しました桃田です」と店員に告げると、すぐに店の奥のテーブルへと案内された。込み入った話をするのでなるべく静かなところでとも伝えておいたのだ。

「本当にここでいいのかな」

向かいに座って確かめるように言う花崗に、「お時間をいただけただけで十分です」と深々と頭を下げた。

高知には電車で来た。飛行機を使うにはいったん福岡まで出る必要があるので最初から却下した。小倉駅から新幹線に乗って岡山駅で降車、そこからJR特急南風《なんぷう》で高知駅へ。乗り換えは一回、四時間半弱の旅である。話が済めば、すぐにUターンするつもりだ。花崗はそれ以上何も言わず、ガラス越しに外を眺めている。買い物客にサラリーマン、誰もが夏の日差しに汗を浮かべている。桃田にとってもこの状況は不思議だった。こんな風に差し向かいで話をするなんて初めての事だ。メイキョウの巨星、伝説の地図職人。退職してしばらく経つが、今も何かにつけて話題に上る。新人の頃、何度か社内で姿を見かけたことがある。印象としては三つ、「背が低い」「日焼けしている」「歩くスピードが異様に速い」だ。地図作りについての具体的なことを教えてもらう前にメイキョウを去ってしまった。

注文したアイスコーヒーを一口飲むと、花崗はポーチから紙片を取り出し、テーブルに置いた。それは桃田が書き送ったメールを印刷したものだった。

「俺にはまだなんのことか理解出来とらん」そう言う目は決して柔らかいものではなく、むしろ威圧感のある鋭さを感じた。無理もない。メールには天河に内緒で〈道行〉から送られてくる地下の地図データを見て欲しいと綴《つづ》っていたのだから。

「これです」

持参した紙袋から印刷した地図の束を取り出した。挟んだクリアファイルがかなり膨らんでいる。

「全部で三十八枚あります。あの、花崗さん、ケイビングの体験は……」

「本格的なものはないな」

「地図には洞窟で使用する測図記号がたくさん使われています」

花崗は指先でこめかみの辺りを指した。頭の中に入っているという事だろう。「失礼しました」そう言ってクリアファイルごと差し出した。花崗はまだ地図を見ない。言葉はなく、こちらの表情を確かめるように見つめてくる。強い眼差しは確かに職人のものだと思った。やがて、老眼鏡をかけるとファイルに手を伸ばし、挟んである地図を取り出した。重大な違反を犯しているのは分かっている。印刷不可の地図を印刷し、それを外部に持ち出し、かつての社員とはいえ部外者に見せている。この事を蛍石が知れば当然ただじゃおかないだろう。会社だってそうだ。内務規定違反で懲戒処分は免れない。下手をすればクビだ。そんなことより一番怖いのは天河だった。天河から受けた信頼をすべて反故《ほご》にしようとしているのだから……。でも、それが分かっても尚、行動せざるを得なかった。それほどの情報がこの地図には隠されている。

コーヒーに口もつけず、身じろぎもせず、向かいの花崗の様子を見つめていると、

「……ん」ふいに地図をめくる手が止まった。再び最初からめくり出す。それが終わると、一枚一枚を光に透かし始めた。「おかしいな」と独り言のように花崗が呟く。

「例えばここだ」腰に巻いたポーチからペンを取り出すと、地図の一か所を指した。そこは色が濃くなり、画素が潰れたようになっている。

「濃淡が不自然だ。３Ｄスキャンはそれほど試した経験はないが、普通に計測すればこんな濃淡は出ない筈だ」

別の地図をこっちに向けると、「ここと、ここ」、更に別の地図を上に載せ、「これもそうだ」と言った。「疑似的に何か別の画像と重ね合わせてあるんじゃないのかな」

桃田はふっと息を吐いた。やはりさすがだと思った。地上のプロジェクトメンバーにはこの状態で異変を感じ取った者はおそらく誰一人いない。自分だってそうだ。気づいたのはまったくの偶然だった。スマホを差し出すと、その部分だけを拡大した写真を見

せた。

「なんだこれは？　こんなものは洞窟の測図記号にないぞ」

「何に見えますか？」

「……これはリンゴ、いや、桃かな」

「私も桃だと思いました」

それからだ。不自然な濃淡のある地図を片っ端から探した。図形が見つかったのは九月八日のものから。それ以前にはなかった。最初に「駒」の形が見つかった。次に「↓」、そして「桃」と続いた。これは晶から自分に宛てられたメッセージだと分かった。同時になんて無茶な事をするのだろうと思った。退屈凌ぎの遊びだと思ったからだ。でも、その思いはすぐに捨てた。晶が遊びで地図に仕掛けをするなど考えられない。

だったらこれは何なのだろう……。晶から自分宛の暗号。つまり、他の人には知られたくないもの。それにしても自分が見過ごしたり、気づかなかったらどうするつもりだったのだろうか。そんなことは晶だって当然予想していた筈だ。それでも敢えてやったのは広報という部署が行う作業を見越して——いや、必ず届くと強く信じて疑わなかったからだろう。しかも現にそうなった。

基地局にいる者、天河にも知られないようにして九月八日以降の地図をくまなく調べた。不自然な濃淡の中に歪んで隠された数字やアルファベット、洞窟の測図記号に含まれないものが示す緯度と経度。どんな微細なものも見逃さないよう目を皿のようにしてチェックした。

「それがこれです」再びスマホの画面を見せた。ノートにびっしりと数字が羅列してある。

「これは……数値化……？」

「私もそう思いました」

メイキョウでは地図を円滑に更新する為に、すべての漢字を数値化して登録してある。日本の苗字《みようじ》や地名は実に多岐に渡る。斎藤《さいとう》の「さい」に当てる漢字だって二十種類以上が存在する。また、常用漢字にはないものも未だ多く使われている。それらすべてを数値変換したシステムの名を「ビギニング」という。花崗は目を細め、「大方、鷹目の知恵だろう」と言った。ただ、ここからが更に大変だった。日付順に文字を抜き出したとはいえ、どんな風に並べ替えていけばいいか分からなかった。まるでアナグラムだ。カタカナの文字を何度も組み合わせ、必死で文章を作り出した。

「それがこれです」

【ハナオカ　ツタエテ
アマカワ　アヤシイ
ワタシタチ　モルモット】

花崗は唇を引き結び、スマホに並んだカナ文字を一つずつ確かめるように見つめた。その様子を見ながら、おそらく自分もこんな顔をして文字を見つめていたのだろうと思った。何せあまりにも衝撃的な暗号の中身だったから。

「何か思い当たる節はあるのか？」

桃田は答えず、ゆっくりと首を振った。それこそ何度も考えたが、この暗号に辿り着くような直接的な事は思い至らなかった。だが、これまでの経緯と出来事を繋げていけば間接的に気になることはある。

「天河さんが計測班から外れた経緯はご存知ですか？」

「訓練の最中、怪我をしたって聞いたが」

天河はケイビング時、岩の隙間に滑落した。大事には至らなかったのだが、その後すぐに計測班のリーダーを鷹目に譲った。

「会社がプロジェクトを承認してから一層天河さんは激務になりました。ぼんやりしたり、肩を廻したりして体調が優れない様子でした。本人は黙っていますが、病院で検査をしたり、薬を飲んでいることも知っています。おそらくハードワークでストレスが溜まっているのだと思っていました。そんな中での怪我でしたので、鷹目さんにバトンタッチするのは至極当然のように思えました。……でも、今思えば少し不自然な気もします」

「というと？」

「上手く言葉には出来ませんが……あまりにもすんなりだったというか」

自分の知っている天河なら、少しくらい体調が優れなくても、ちょっとくらい怪我をしても、それを押して物事に立ち向かおうとする。なんとかしようともがく人だ。それがなかったという事は、その間に別の理由が生まれて身を引いたという事にはならないだろうか。

「確かに天河には強情なところがある。でもな、プロジェクトを成功に導く為なら、自ら下がることだってなんなくやる男だとも思う」

それは分かっている。しかし、今回のプロジェクトは天河の肝煎りだ。人類初の地下潜行。子供のような表情で取り組む姿を間近で見てきたからこそ感じる違和感だった。

「他には？」

「ここのところ、〈道行〉でトラブルが頻発しています」

花崗が首を捻り、「どういうトラブルだ」と聞いた。

「騒音や作業機器の不具合、それに伴う人間関係などです」

「詳しく聞かせてくれ」

自分が知っている限りのトラブルとそれにまつわる状況を伝えていくと、花崗の目が次第に鋭くなっていった。

「地図を作る際、トラブルが起きると作業が止まる。止まる事が増えれば結束していた感じが解けてギスギスする。しかも鷹目達がいるのは閉鎖空間であり未知の場所だ。トラブル一つの重みが地上とはまったく違う。ストレスは計り知れんだろう。それがなんらかの実験の結果を得る為だとしたら尚更だ」

桃田は黙って頷いた。現在はほとんど使用されていないそうだが、かつて動物実験にテンジクネズミ、即ちモルモットが使われていた。その名残でモルモットには実験材料という意味合いがある。

「リーデンブロックの蛍石氏と天河さんとの間に、何らかの取り決めが交わされたのではないかと思います」

花崗は即答せず、アイスコーヒーを口に運んだ。氷が溶け、すでに温《ぬる》くなっている筈だ。「お代わり、頼みますか」と尋ねると、「いる」とも「いらない」とも言わなかった。黙って窓の外を見ている。何かを考えているのだろう、時々、右のこめかみが小さく震えた。

「桃田くん、地図に暗号を忍ばせてこのことを伝えてきたのなら、地下にいるメンバーは相当ナーバスな状態に置かれているということだ。何より苦しいのは置かれている状況でも作業でもない。身内を疑う心情だ。これを早く取り除いてやらなければ大変なことになる」

私も同じだ。その一心で高知までやって来た。花崗にすべてを伝え、見せて、これからのことを話し合う為に。でも、言われて気がついた。苦しいのは自分も同じだからだ。天河を疑っている自分が嫌で仕方がないから動いている。目頭が熱くなるのを、奥歯を噛んで堪えた。「天河と会う」と花崗が言った。

さすがにこれには面食らった。

「まだ早くないでしょうか。確かな事は何も──」

「会って、あいつの目を見て話す。もし、天河がなんらかの密約を交わしていたとしても、それは会社や仲間の事を思っての行動だと俺は信じる」

カフェの支払いを済ませ、店の外に出た。すでに二時間半近くが経っていた。夕方になって構内を吹き抜ける風には幾分涼しさが混じっている感じがしたが、反対に心の中には熱いマグマが煮えたぎっているようだった。

「嫁さんと話してくる。日程はその後伝える。もちろんなるべく早くそっちに行くつもりだ」

「無理を言って申し訳ありません」

「いや」花崗は首を振った。「あいつらを『地図の北』に指名したのは俺だからな」

花崗の小さな身体はすぐに人混みに隠れて見えなくなった。それでももう心細くはなかった。踵を返し、混んできた構内をJR線の改札の方へと歩き出した。

45

　エントランスと外界を仕切るガラス張りの大きな自動扉を一歩出ると、生ぬるい空気が天河の全身を包み込んだ。空には何層もの薄い雲がかかり、月が朧《おぼろ》げに辺りを照らしている。ホラー映画などでよくある光景だ。次に起きるのは美女に襲いかかる戦慄の恐怖という展開なのだが——想像に浸る間もなく赤い車体が現れた。ポルシェ・パナメーラ。ドイツの高級自動車メーカー、ポルシェが製造する２＋２のスポーツセダンだ。流線形の車体にエントランスの照明が反射して、まるで作り込まれたＣＭを見ているような気がした。

「お待たせしました」

　窓が開いて運転席から飛び切りの美女が呼びかけてくる。桃田瑠璃だ。美女は美女だがスポーツカーに乗って颯爽と現れたとなると、ホラーの筋書きは通用しなくなる。

「今来たとこだ」天河はドアを開けると、そのまま後部座席に乗り込もうとした。

「前に」

　別にやましいところは微塵もないが、そうはいっても男と女だ。運転席と助手席に並んでいるのを誰かに見られたらありがたくない煙も立つ。

「いや——」

「どうぞ。遠慮しないでください」

一度は断りかけたが、桃田に押し切られる形で助手席に腰を下ろした。

「我が家のセダンと視界はそんなに変わらんな」

「セダンのほとんどは全高1500㎜以下ですからね。でも」

桃田がアクセルを踏む。クンという加速と共に車は公道へと滑り出した。

北九州都市高速道路2号線の下を走る199号線で小倉方面へ。微かに香る香水と知らない洋楽に身を委ねながら、流れる夜景を窓越しに眺めた。帰宅ラッシュのピークはとうに過ぎている時間だが、それでも車はいつもより多い。おそらく金曜日だからだろう。そんな事をぼんやり考えていたら、ふと視線を感じた。信号待ちで隣に停まったトラックの運転手がこちらを見下ろしている。真っ赤なスポーツカーを運転する若い女と助手席に座った中年男、このシチュエーションは運転手に何を想起させるだろうか。信号が青に変わった。途端、トラックは彼方《かなた》へと置いてけぼりにされてしまった。

ウインカーが点滅し、車は浅野《あさの》三丁目の交差点を右に曲がった。鉄道の高架を潜るとすぐに魚町交差点が見えてくる。家へ帰るにはこの交差点を左折するのだが、桃田はそのままみかげ通りを南に走っていく。

「どこまで行くつもりだ？」と尋ねた。

「ちょっと寄りたいところがあるので」

「寄りたいところ……？」それはどこだと暗に聞いたつもりだったが桃田はそれ以上答えなかった。

北九州モノレールの下を快調に走り続け、香春口北《かわらぐちきた》、黄金《こがね》一丁目の交差点を通り過ぎ、片野《かたの》に迫る。これ以上黙っているわけにもいかなくなり、桃田の横顔に視線を向けた。だが、整った横顔は微動だにせず、唇を結んだままだ。

どういうつもりなんだ……？

今から思えばちょっと妙だった。外で昼飯を終え、プロジェクトルームに戻ってきた時、桃田に今夜の予定を聞かれたのだ。「特に何もない」と答えると、車で来ているから家まで送ると言った。桃田が車で会社に来る事は多くはないが、かといってそう珍しくもない。だが、家まで送られるとなると別だ。数年前に一度あったきりだ。多少の違和感を持ったが、ついでの事なのだろうとそれ以上詮索するのは止めた。

制動が掛かった。桃田が左にウインカーを出し、ブレーキをゆっくりと踏む。窓の外を見た。信号でもなければ、店もない。ただの路肩だ。

「お前の寄りたいところって――」路肩に人影が見えた。桃田は男の前でぴたりと車を停車させた。月は出ているが、雲が隠しているから光は弱い。近くに外灯もないから顔は見えなかった。バケットハットを目深に被り、男にしては小柄だった。男の手が伸び、ドアを開けた。天河はとっさに身を竦《すく》めた。だが、次の瞬間、大きく目を見開いた。

「元気そうだな」花崗勝はそう言いながら後部座席に乗り込んだ。

流れゆく対向車のヘッドライトを見つめながら、天河はこの状況を必死で整理しよう

とした。しかし、心があまりにも乱れて何も考えられない。そんな様子を見透かしたように、

「なぜ、俺がここにいるのかって考えてるんだろう」背後から花崗の太い声がした。

「あ……はぁ……」

「誰にも会わず、知られず、お前と差しで話がしたかった。段取りはすべて桃田くんがやってくれたよ」

「暑い中、お待たせして申し訳ありませんでした」桃田がバックミラー越しに言った。

「あの辺りは結婚して最初に住んだ場所だ。随分と景色は変わったが懐かしかった」

そうだ、思い出した。新人の頃、何度か花崗のアパートに招かれた事がある。タクシーで送っていったら飲み直そうと言われたのだ。

「覚えてます、部屋の間取りも……。玄関に入ると、右に下駄箱があって、その上の壁に娘さんの絵が飾ってありました」

「絵までは覚えてないな。でも、お前がそう言うんだからあったんだな」

送っていくのは毎回夜中だし、大先輩と二人というシチュエーションは酔いを醒《さ》ますには十分だった。奥の部屋から出てきた花崗の妻がビールとつまみを出してくれた。それが更に拍車をかけた。すこぶる緊張していた。なのに嬉しかった。自分を認めてくれたような気になった。何より、花崗の声を聞いていると不思議と心が穏やかになった。

「奥様の体調は……」

「元気だ。というと変か」そう言って笑うと「おかげさまでそれほど変わってない」と続けた。

「それは良かった……。鷹目に伝えます」

「なぁ天河」

「はい」

「人の事ばかりじゃなくて、自分を楽にしたらどうだ」

再び身体が強張った。「どういう意味でしょうか……」

「まだ惚けるんですね……」と桃田が呟く。「あの日、北九州空港で蛍石さんとなんの約束をしたんですか」

「地図屋には仕事に入る前の鉄則があると伝えたんだ。まず、現場を見ること。それなら少人数で出来ると……」

「他には？」

「それだけだ」

桃田が小さく息を吐いた。「グローブボックスを開けてもらえますか」

桃田に言われるままに助手席の前方にあるボックスを開けると、中に茶封筒があった。

「中を見てください」

封筒から中身を取り出した。紙の束がクリアファイルに挟まれている。車内は薄暗いが、それが地下の計測図だという事はすぐに分かった。日付は九月八日になっている。

比較的最近のものだ。計測図はすべて目を通しているから、もちろん、これも見ている。記憶を辿ってみても何もおかしなところはなかった筈だ。それよりも問題なのは、花崗のいる前で計測図を広げる行動だった。厳密に言えば花崗は部外者なのだから。計測図をクリアファイルから取り出さずに、「これがどうかしたのか？」と聞いた。桃田は黙った。代わりに花崗が「俺はすぐにおかしいと感じた」と言った。

「これを見たんですか……」と問いかけつつ、視線を桃田に向けた。

「私がお見せしました」

「一言相談して欲しかったな」

「相談は出来ませんでした」

「何だと……」

桃田の冷静な素振りと口振り、それに加えて不自然なこの状況が心の中に怒りを生んだ。

「仕方なかった。桃田くんを責めるな」

「これは仕方がないとかそういう類の問題では——」

「いや、そういう類なんだよ」

「花崗さん」ふうっと溜息をつくと、身体を捩《ねじ》って後ろを見た。

「自分にはなんのことか意味が分かりません……」

「分からんか。そうか……。だからだな」

「何がですか……」

「その計測図、いつものお前なら変だと気がついただろう」

クリアファイルから計測図を取り出し、室内灯を点けた。最初に全体を見て、それから細部をチェックしていく。左の隅の一か所に違和感を持った。濃淡の乱れが不自然だ。その時、スマホが音を立てた。この着信音は電話ではない。メールだ。「拡大したものを送りました」と桃田が言った。ポケットからスマホを出し、メールを開くと、そこに画像が添付されていた。開いてみてハッと息を飲んだ。それは図形だった。どんぐりのような楕円形をしており、先端がダイヤ形に尖っている。

「これ……駒か……」

「そうです」

「どうしてこんなものを……」

「駒ちゃんが私宛にメッセージを送ってきたんです」

「駒木根が……?」

地下から地上へ、計測図に図形を忍ばせて何を伝えてきたというのか……。心臓の鼓動が速く、強くなるのを感じながらも、「こういう遊びはやめてもらいたいもんだな」と平静を装った。

「駒ちゃん、遊びでこんな事をしてきたと思いますか」

「この地図はウチだけじゃなく、同じものがリーデンブロックにも保管されている。こんな不備があるのがバレたら会社の信用に傷がつく」

「この上、何の信用ですか……」

物言いは淡々としているがナイフのように鋭い言葉だった。前を向いたままハンドルを握る桃田の横顔、白い肌が前を走る車のブレーキランプに照らされ、赤く染まっている。

「天河、知らないと思っているのはお前だけだ」

花崗が静かに、諭すように言った。それでもなお、「なんの事でしょうか……」と答えた。そう答えるしかなかった。自分が言わない限り、蛍石と交わした密約がバレる筈など絶対にないからだ。

「それを読めば桃田くんがお前に相談しなかった理由も、俺が今ここにいる訳も分かる」

「ちょっと待ってください。さっきからお話の内容が自分には——」

再びメールの着信音が鳴った。

「読んでみろ」

花崗に促され、中身を確認した。カナ文字が三行並んでいる。

……あまりの驚きに声が出せなかった。

いつしか車は関門海峡を渡り、山口県に入っていた。渋滞はしていない。スピードは一定のまま、ただ、灯りが後方へと流れ去っていく。

何も気づいていなかった。まさか、鷹目達が自分達はモルモットにされているのかもしれないと疑っていたなんて……。いや、それ以上に衝撃だったのは、自分が蛍石と結託しているのではないかというところまで感じ取っていた事だ。いや、感じ取っていたというより確信があったのだろう。そうでなければ計測図に暗号を仕組んだりする筈がない。

「私が暗号に気づいたのはまったくの偶然でした」それまで黙っていた桃田が口を開いた。

「加藤常務から情報解禁になった際、広報用に地下の計測図を使いたいから、拡大したものを用意して欲しいと頼まれたんです。もし、そういう事がなかったら気づかなかったと思います」

「駒木根という子はそういう事まで計算して動いたんだろう。人は追い込まれるとどんどん鋭くなる」

計測図は基本、実寸でファイルされる。もし、これに変化を加えるとするならば、天河の肩腕であり、広報室所属であり、プロジェクトの立ち上げメンバーである桃田の手で行われる可能性が最も高い。そして、「駒」と「桃」の形を送った。他の誰でもない、駒木根から桃田へ。特定の緯度と経度の数字を拾わせ、「ビギニング」で文字化する。思惑は見事に当たり、暗号は桃田から花崗へと渡った。見事という他ない連携だ。そこに自分の居場所は消えていた。もしかすると随分前から無かったのかもしれない。

もう、自分は信用されていない……。何もかも失ったとはっきり悟った。

「すべてを聞いた上で花崗さんは『天河と会う』と言われました。私はまだ早いと思いました。この件については何の証拠もないし、天河さんがシラを切ればどうにもならないからです。でも、気持ちが決まったのは花崗さんが天河さんを信じると言われたからです。もし、天河さんが先方となんらかの密約を交わしていたとしても、それは会社や仲間の為を思っての事であって、決して自分の為じゃない……。その言葉を聞いた時、私は情けなかったんです……。一番近くにいて、バックアップしてきたのに、自分の中に迷いが生まれてしまった事が……」

「やめてくれないか……」

「私は――」クラクションが鳴った。いつの間にか信号が青に変わっていた。桃田がアクセルを踏み、再び車が動き出した。

「天河、もういっぺん言う。一人で抱えるのはもういい、楽になれ」

返事はしなかった。しない代わりに深く息を吐いた。

「楽にはなれません……」

花崗がなんと言おうと、桃田が寂しそうな目を向けてこようと、なれないものはなれない。自分は会社とプロジェクトチームを騙し、計測班をモルモットにした張本人だ。楽になどなれる筈がない。

「明日、辞表を出します」

「俺はそんな事をさせる為に来たんじゃないぞ」

「ケジメです」

「その前に謝ってください！」桃田の押し殺したような声が車内に広がった。

「今更謝っても……」

「いえ、謝ってください。チームのみんなに……、計測班に……」

「そして桃田くんにもな」花崗が優しく桃田の肩を叩いた。

通り過ぎる車のライトが桃田の潤んだ目を一瞬だけ浮かび上がらせた。

46

今日は皆さんに伝えたい事があって集まってもらいました。

正直に告白します。

自分は今日まで皆さんを騙してきました。インナーアース・プロジェクトの本当の目的です。発見された地下空洞を地図化し、地質学の推進、地震のメカニズムの考察、鉱物資源などの有無、そして、未来に繋がるジオフロント計画などを挙げてきましたが、これらはすべて表向きの理由です。その裏にはまったく別の目的が、いや、真の目的が隠されています。それは――惑星への移住計画です。

地球の地下20㎞の状況と金星の状況は、実はとてもよく似ている事がわかりました。

そこでＵＷ財団は金星への移住という疑似ミッションを行うべくリーデンブロックを設

立し、地下の空洞計測というもっともらしい理由を作り上げてメイキョウに接触してきたのです。〈道行〉の開発は金星での移動、居住、資源調査などを行う万能車としての役割を担うものとして、計測班は金星に移り住んだ場合の人体の変化など、あらゆるデータを得るべき存在として扱われています。つまり、モルモットです。今思えば、この時点でプロジェクトを決裂させる事も出来ました。しかし、自分はそうはしませんでした。

理由はこうです。メイキョウの未来の為。

自分は日本全国を網羅した住宅地図制作のメンバーです。どんなに困難でも、大変であっても、目標を達成したいという一途な思いは決してブレる事はありませんでした。しかし、その偉業を成し遂げた後に見えてきたものは成長ではなく安定でした。住宅地図の情報を更新することは大切な仕事です。一方で敷かれたレールの上を歩く皆さんを見ていると、歯がゆさともどかしさと虚しさがあった事は事実です。

どうにかして次なる目標を作りたい。

自分はそれをずっと探しておりました。そんな時に地下の計測というとんでもない目標が生まれたのです。真の目的を知った後も自分がこのプロジェクトを進めたのは、偏《ひとえ》にこの目標の為です。金星への疑似ミッションがあるにせよ、メイキョウが地下に赴き、地底の姿を計測するという事実は変わりません。自分はそこに未来を賭けようと思ったのです。

結果、蛍石氏からは様々な制約を受ける事になりました。プロジェクトに関する一切の報道規制、マスコミや世間に大きく取り扱われているという偽の情報を〈道行〉に流すなど、真の目的を悟られないようにする為です。それだけでなく、人体における様々なデータを得る為、計測班に大小のハプニングを起こし始めました。自分は何度もそれを止めようとしましたが、密約を結んだ手前、どうしても強く出ることは出来ませんでした。

会社の為、未来の為、そう思ってきたことは事実です。ですが、今思えばそれはすべて自分の為であったような気がします。自分がもう一度目標を持ち、一心不乱に進んでみたかった。

今回の事はすべて、自分の愚かさから生まれた過ちです。プロジェクトメンバー、並びに計測班の皆さんには多大なご心痛をおかけしました。心からお詫《わ》びいたします。

本当に申し訳ありませんでした。

47

屋上から眺める空は青く、真っ白な入道雲が湧いている。上空の風が強いせいか、工場の煙突から立ち上る煙も横になびいてすぐに拡散されている。インスタ映えには絶好ともいえるくらい文句なしの綺麗な空だった。

ある意味、謝罪を終えた天河の心境はこんな感じなのかもしれない。

桃田は鉄柵の上に肘を載せ、ボブの髪を揺らしながらそんなことを思った。

天河には謝って欲しかった。会社を辞めるという責任の取り方ではなく、どうしてこんな事になってしまったのか、自身の口から話して欲しかった。プロジェクトルームは静まり返り、啜り泣く声も聞こえた。桃田は後ろの壁際に立っていた。天河の言葉をスマホで録音し、花崗に送り届けた。

少し強い風が吹いた。片手で髪を押さえた時、スマホが鳴った。

「花崗です。今、聞き終えた」

「音は悪くなかったですか？」

「いや、よく聞こえたよ。ありがとう」花崗はそう言って一息入れると、「正直な謝罪だったと思う」と続けた。

「私もそう思います。メンバーの中には泣いている者もいたし、天河さんの気持ちは少なからず伝わったと思います」

「あとは鷹目達だな」

そう、問題は計測班がどう感じたかだ。蛍石との密約による実害のほぼすべては計測班が受けたといっても過言ではない。「真相はこうでした」と伝えられても、すぐに「はい、そうですか、ならば仕方がないですね」と思ってくれるかどうかは疑問だった。

いや、事はそんなに簡単ではないだろう。

「まだ〈道行〉からの通信が届いたという知らせはありません。おそらく話し合いをしているのだろうと思います」

「まぁ、そうだろうな」

桃田はふと花崗の声が明るいように感じた。

「そんなにご心配はされておられないですか？」

「ん」と花崗が少し電話の向こうで笑ったようだった。

「我ながら先見の明があったと思ってね。自画自賛していたんだ。地図の北を二人にしたことさ」

「天河さんが抜けても、鷹目さんがいれば大丈夫だと……」

「そんな単純なものじゃない。それに、俺が思うにそうはならんだろう。あいつらは二人で一つなんだ。おそらく自分達が思っている以上にだ。片方がしくじったら片方が補う。片方が去ろうとしても片方がそうはさせない」

「天河さんの覚悟を覆すのは難しいんじゃないでしょうか」

「さてな」謎めいた言葉を残して電話は切れた。

桃田は再び景色に視線を戻した。今後、このプロジェクトはどうなってしまうのか。事が公となり、天河がいなくなったら、奈良沢社長はこのプロジェクトを畳むだろう。これまでに使った労力と人件費をリーデンブロックに請求し、向こうが抗《あらが》う姿勢を見せたら裁判となるかもしれない。その間、マスコミには面白おかしく記事にされ、社員は疲弊していく。そんな嫌なことばかりが脳裏を駆け巡る。とても花崗の言うように楽観視は出来なかった。

ふと鷹目の顔が浮かんだ。がさつで、声が大きくて、ついでに態度も目も大きくて、一言多い。そんな鷹目と喧嘩して一時は口を利こうともしなかった。でも、分かってはいたのだ。天河とは違うタイプではあるが、会社になくてはならない人であり、優秀で、思いやりのある親分肌の技術者だということも。鷹目がどんな決断をするのか、それは分からない。でも、らしい答えを導き出すのは間違いないだろう。

自分はそれを支持しよう。そう心に決めた。

48

天河の謝罪を聞いた。食堂兼リビング車の中はまるでお通夜のように静まり返った。ゴゥンゴゥンと発電機の音が規則的に響くだけ。あの森ですら俯いたまま床の一点を見つめている。

それがだ。「やってらんねーよな！」という田所の一言が呼び水となり、堰を切ったようにそれぞれが喋り始めた。大声を出したり、テーブルを叩いたり、床を蹴ったりしながらお腹の中に溜まったものを洗いざらい吐き出し続けた。

「ほんと傑作よね。ＳＦ映画みたいじゃないの」誰にともなく、ゲラゲラと笑いながら森が呟く。そんな中において、鷹目だけは一言も発しなかった。

晶はというとリビング車を抜け出し、キッチンにある大型冷蔵庫に背中を預けて抜け殻のように座っていた。蛍石との密約があることはある程度予想はしていた。しかし、語られた内容は身体から最後の気力を剝ぎ取るに十分の代物だった。プロジェクトの真相がまさか金星への移住計画のデータ収集だったなんて、夢にだって思えるものじゃない。気配を感じて顔を上げると、翼が立っていた。

「なんか飲む？」

「要らない」翼はそう言うと、隣に座った。それからしばらく黙ったままだったが、

「戻ることになんのかな」とポツリと言った。

「残念そうな言い草ね」

「そりゃそうさ。まだ途中なんだし、見たいところもいっぱいあるし。もちろん。馴れてもきたし」

翼がそんな風に思っているなんて意外だった。そういえばミスは多いけど、仕事を嫌がるような様子は一度も見たことがない。ケイビング体験にも必ず顔を出していた。ミスが目立ち過ぎるから、その他の印象が弱いのだ。

「もう、計測したってなんの意味も無いわけでしょ」

言葉にすると虚しさが強まる……。自分も最後までやり切りたかった。仕事としての責任感はもちろん、人類初の偉業に挑戦しているという高揚感は地下に降りてからずっとあった。それがあったから耐えられたことも多いのだ。

ふと、日長の顔が浮かんだ。何度となく洞窟探検で訪れた沖永良部島の光景がさーっ

と溢れ出した。鹿児島県の天然記念物に指定されている昇竜洞のひんやりした空気、歩を進めるとセンサーが反応して誘導灯が点き、匂いと湿気が次第に変化してねっとりと濃厚な成分に変化する。やがて大きな岩にとろりとしたクリームをかけたような形状の「フローストーン」が現れ、キャンドルライトを逆さにしたような無数の鍾乳石を眺めながら先へと進む。横向きに歩かないと通れない道幅の「カニの横歩き」を潜り抜け、屈まなければ通れない「長寿の門」を抜ける。あちこちに人の手が加わり観光化された鍾乳洞ではあるが、それでも十分に幸せだと先生は言った。そんな先生が地下20㎞の光景を目の当たりにしたらどんな顔をするだろう。晶にはその時の顔が細部に至るまで想像出来る。だからこそ切なかった。もし、プロジェクトが凍結されるのなら、その前にひと目だけでも見せてやりたいと思った。

「あんた達ってそういう関係なの？」腕組みをしてこっちを見下ろしている森の姿があった。

「違いますよ！」と慌てて否定する。こんな時、更に追い打ちをかけてくるのが普通だが、森はスッと目を細めた。

「あんた、もしかして泣いてる？」

掌で頰に触れると涙の感触があった。

「日長先生にこの景色を見せたかったなぁって思ってたら、知らない内に……」

無理やり笑顔を作って森に見せると、少しだけ表情が和らいだ。

「確かにね。めちゃくちゃはしゃいで周りは大変だろうけどさ……」

「ですね……」

「まだチャンスあるわよ」

「先生は。でも、一緒にはもう……」おそらくそんな機会が訪れることはない。

「あっち、落ち着いたんですか?」

視線でリビング車の方を指した。いつの間にか静かになっている。

「鷹目ちゃんが全員集合って」

いよいよ鷹目が口を開く時がきた。それで地下とはお別れになる。


リビング車のドアが開いて実里が姿を現した。

「全員揃ったな」再び集合した計測班を前にして鷹目が椅子から立ち上がる。

「クソッたれの天河に言う前に、お前達に先に言っておく」そこで一息入れると、「俺はこの仕事を最後までやり切るつもりだ」と続けた。

一瞬聞き間違いかと思った。それを確かめるように、晶は床に向けていた視線を持ち上げた。鷹目の鼻の穴が大きく開き、大量の空気を出し入れする呼吸音が聞こえる。それにこの顔、これまでに何度か見たことがある。口をへの字にし、大きく目を見開くのは、鷹目が決心した時だ。

「やり切るってどうやってですか……。天河さんの話じゃこれ、偽の仕事なんでしょう。

続けてなんの意味が——」

「意味はある。大アリだ」

鷹目の迫力に押されるように田所は黙った。

「俺は計測班の班長としてこの仕事を最後まで全うするつもりだ。今からそれをあいつに伝える」そう言うや、鷹目は踵を返して前方のドアを開け、大股で歩き出した。行く先は先頭の操縦車だ。晶は椅子から立ち上がるとすぐに鷹目の後を追いかけた。

49

天河は基地局の中でその時が来るのを待っていた。ブザーが鳴ってランプが点滅した。通信班がマイクのスイッチを押す。

「〈道行〉から基地局」

「こちら基地局、〈道行〉どうぞ」

「天河、そこにいるよな」ドスの利いた声がスピーカーを通して聞こえてきた。通信班を下がらせ卓の前に座ると、マイクに向かって「待ってたぞ」と答えた。しばらく鷹目は声を発しなかった。代わりに「フーフー」と鼻息なのか吐息なのか分からない呼吸音が続いた。よほど腹に据えかねているのだ。鷹目が今どんな顔をしているのか手に取るようにわかる。

「お前と個人的な話をするのは俺が上に戻ってからだ。今はこれからの事について話す」

「分かった」

「天河、地下空洞の計測を行っている事を直ちに世間に公表しろ」

あまりにも意外な言葉に天河は絶句した。

「……いくらなんでもそれは無理だ。そんな事をすれば重大な契約違反となる。つまり、会社に莫大《ばくだい》な賠償額が発生してしまう」

「お前、会社を心配しているのか、蛍石という男に義理立てしてるのか、どっちだ」

蛍石との間に友情のようなものはない。だが、個人の感情とこれとは違う。会社と会社の交わした約束を反故にすることは、メイキョウの社会的地位を失墜させてしまうということだ。

「そうはならん」と鷹目は断言する。

「いいか、これは人類にとって大きな一歩なんだ。月に行くのと変わらねぇくらい凄いことなんだ。とんでもねぇニュースになって取材が舞い込む。今更止めるとか契約だなんだなんて全部吹っ飛ぶ。どうしても賠償しろって言うんなら、取材費で補塡《ほてん》すりゃいい」

「そうかもしれんが……」

「お前、言ったよな。すべてはメイキョウの未来の為だって。その為にやったことだって」

そう思っていた。信じていた。「結局は自分がよく思われたいからこんな事になってしまったのかもしれん……」

「蛍石は賢いよ。お前のそういう気持ちを上手く利用したんだからな」

最初は自分の方が立場が上だった。それから次第に関係は変化した。しかし、どこまでいっても対等だと思っていた。それがどうだ。蛍石がする事に慌てふためき、頼み込み、懇願するようになった。ビジネスパートナーとはこっちが思っていただけで、自分は蛍石の理想を実現する駒の一つでしかなかった。

「悔しいか」

「というより情けないな……」

「ならよ、仕返ししてやろうじゃねぇか」

鷹目がニヤリと笑うのが見えた気がした。

「どうするつもりだ……」

「簡単な事さ。蛍石の一番好きなものを渡せばいいんだよ」

おそらく金だろう。だが、蛍石を満足させるにはどれほどの金がいるのか……。見当もつかない。たとえついたとしても、そんな金を用意できる筈もない。

「お前なぁ、何年地図屋をやってる？」

「どういう意味だ……」

「地図を作っていて金になるのはなんだ？」

「情報……」

「それよ」

メイキョウにしか手に入れる事の出来ない地球内部の情報。それは地質学研究を大いに進歩させるだろうし、地震対策にも大いに活用できるだろう。しかし、鷹目は「そんなんじゃねぇよ」と一笑すると、「もしもだ。地下に眠る豊富な鉱物資源が見つかったらどうする？　そいつは大発見であり、それを記した地図は——」

「宝の地図となる……」

「利に聡い男なら必ず食いついてくる。一年分の酒代を賭けてもいい」

宝の地図はおそらく蛍石の心を揺さぶるだろう。何度も話してみて分かったが、蛍石は自分とはまったく人種が違う。すべてがゲーム感覚なのだ。右から左に、上から下に駒を動かし、金を生み出す。こっちの心を縛ったように、宝の地図をちらつかせて奴の心を縛り上げる。

「いや、ダメだ」

「なぜだ！」

「第一陣が地上に戻る期限は九月三十日。帰り道にかかる時間を差し引けば、二週間ほどしか残されていない」

いくらなんでも無理があると思えた。

「——あっ、おい、離せ！」

「天河課長！」と晶の元気な声がした。

「宝の地図を作るのなら先生を呼んでください！　先生は誰よりも地球の内部の事を知ってます。先生が導いてくれたら、私達が必ず宝の在り処《あか》を探し当ててみせます！」

修正原図

50

またこうして地下空洞に向き合えている。

右にも左にも摩天楼のように乱立する石の柱が見える。上を見上げればそこには何層も重なった地層が渦を巻いている。横穴にライトを向けると光に浮かび上がるのは入り口だけ、その奥は真っ暗だ。闇がどこまで広がっているのかまったく分からない。耳を澄ますと時折音がする。熱せられた空気が気流を生んで穴から穴へと抜けるせいなのか、天井から剝がれた岩が地面にぶつかって反響しているのか、はたまた地球の胎動なのか……。だからといってむやみに足を踏み出してはいけない。地獄の底まで続いているような深い縦穴がぽっかり開いているかもしれない。

身近なところに目を向けると、そこにはまるで現代アートさながらの造型物が溢れている。大きく小さく波打つ壁、天の川を思わせる地層の波、天井と台地の両方からそそり立つ石の林。更に寄って目を凝らすと幾何学模様の丸まった岩や青白く光る結晶、幾千幾万という美しい石の柱がある。どれ一つとっても圧倒的で、神秘的で、精霊の存在を無条件で信じたくなるほどだ。人類が洞窟を発見した時から、地底の深部を目指そうと無数の足跡を残してきた。それは単に冒険心や探求心からだけではなく、ひれ伏すような美しさに打たれての事だったのだ。

「何、黄昏《たそが》れてやがる」

無粋な一言で高尚な夢想は儚《はかな》くも打ち砕かれた。移動に伴う〈デカ行〉の振動と、燃料やら機材やら食材やらが混ぜこぜになった匂い、特殊仕様の窓ガラスに鷹目の姿が映っている。鷹目は後部座席の一列目、左端の奥に陣取り、背もたれに大きな身体を預けて足を組んでいる。ほら、ドラマや映画でよく見る光景があるだろう。ナイトクラブで悪徳社長がふんぞり返った姿とまんま同じだ。

「そんなんじゃなくって、まだここにいられる事に感謝してたんです」

暗に鷹目課長のおかげですと言ったつもりだったが、当の本人はふんと鼻を鳴らしただけだった。

天河の謝罪の後、てっきり地上に引き返すことになると覚悟していた。しかし、鷹目はそうはしなかった。いや、しなかったどころではない。自分達をハメた蛍石に一泡吹かせようと言いだした。その方法が宝の地図作戦だ。鉱脈というニンジンを蛍石の鼻先にぶら下げて、こちらの意のままに走らせる。天河を通じて事の詳細を聞いた日長は、一も二もなく快諾したそうだ。元々メイキョウだけで地下に行かせることを訝《いぶか》しんでいたのだし、「宿便が出てすっきりした感じやわ〜」という独特の言い回しで事の次第を納得すると、

「子猫をいじめる奴は親猫が許さへん」と言ったとも聞かされた。日長が自分のことを大切に思ってくれているのは知っている。この状況下でそれを聞かされると弱い。ちょっとだけトイレで泣いた。涙もろいタイプではまったくないが、地下に長くいるとこういう生理的な部分も変化してくるようだ。蛍石が聞けば喜びそうな情報ではあるが、絶対に教えてやらない。

「はぁ〜」っと鷹目が深い溜息をついた。

「幸せが逃げますよ」

「うるせぇ」

鷹目が不機嫌なのには理由がある。それは〈デカ行〉の中の暗い雰囲気にも大いに関係があった。地質学の世界的権威である日長がいれば大空洞に眠る未知の鉱脈なんてすぐにでも発見できるだろう。楽観とまではいかないが、勢いもあってなんとかなるというムードが漂っていた。だが、事はそう簡単にはいかなかった。三日経ち、五日、一週間が過ぎる頃には誰もが現実を知った。それに、意外な盲点もあった。日長はまったく地図が読めない。もっと正確にいえば、レーザーで計測した精密地図からは、空洞や岩

壁、石筍などの形は把握出来てもそれが資源となる鉱脈かどうかまでは分からないのだ。フィールドワークを得意とする日長は、五感をフル稼働することで状況を把握し、分析するタイプである。匂いを嗅いだり、時には岩を舐めたり地下水を飲んだり、風を感じたり、じっくりと目で見て確かめる。そのほとんどが使えない状況での調査指示は、手足を奪われているに等しい。

「竜の巣の手前んところが怪しいな」

「岩の橋立に気になる陰が見える」

「やっぱり鬼の寝床やな」

日長の言葉を受け、計測班は〈デカ行〉に乗って調査に向かう。しかし、結果はすべて空振りに終わった。鉱脈の「こ」の字すら見つけられていない。蛍石やリーデンブロックにバレないように事を進めなければならないという制約と、新たに蛍石が仕掛け始めた計測班へのハプニングの再開、そこにきて調査の失敗続きである。折角高まった勢いも疲れが溜まってくればだんだんと色褪《いろあ》せてきてしまう。無理もなかった。日長をこの大空洞に連れてこられさえすれば一挙に問題は解決するのだろうが、そうする為には〈道行〉で一度地上へ戻らなければならない。そんな事をすればたちまち蛍石に気づかれ、すべては無に帰してしまう。

「ん〜んんん」咳払いなのか溜息なのかいびきなのかよくわからない音が鷹目の口から漏れた。鷹目も疲れている。肉体的にも精神的にも。仲間を思い、家族を思い、同期を思う。だからこそ起こした行動だったが、未だ光は見えてこない。晶は再び窓の外を見た。地底の神様、どうかお願いします……。今は何にでも縋《すが》りたい気持ちだった。

夕食の後、シャワーを浴びて髪を乾かしていると強い喉の渇きを覚えた。アンダーグラウンドスーツを着て歩き回ると身体から大量の水分が出て行く。昔に比べると慣れはしたものの、それでも計測をしていない日と比べれば渇きは段違いだった。冷蔵庫の中にある冷えたアップルジュースを思い浮かべながら急いでドライヤーを終えると、女性専用車両を出た。どうせ後は寝るだけだし、短パンとTシャツというラフな格好で食堂兼リビング車に向かう。ペタペタと床を叩くスリッパの音を狭い通路に反響させながらドアを開けると、そこには翼の姿があった。

「いたんだ」

翼は返事もせず、一心不乱に何かを描き綴っている。それ以上声をかけずに通り過ぎ、キッチンに鎮座する冷蔵庫を開けた。さーっと流れ出す冷気と一緒に紙パックのアップルジュースが「ここよ！」と言わんばかりに輝く。グラスを出して白濁した液体をなみなみと注ぐと一気に飲み干した。甘みと酸味が喉を通って身体の隅々に行き渡る。やっぱりアップルジュースは果汁１００％に限る。そのままパックを冷蔵庫に戻そうとして、「あんたも飲む？」と一応聞いた。

「あぁ」

相変わらず要るのか要らないのかはっきりしない。自分のグラスと共に翼の分も手に持ってリビング車へ移動した。翼はノートに顔を近づけ、一心不乱にペンを振るっている。コップを倒さないように遠くへ置くと、向かい側から覗き込んだ。そこには無数の岩が描かれており、色鉛筆で彩色されているものもある。

「それ、今日の？」

「そう」

翼が描く様子を眺めながら、ふと、プロジェクトメンバーと一緒にケイビング体験を始めた頃の事を思い出した。翼のメンバー入りを渋った時、天河がこんなことを言ったのだ。

「翼の記憶力と他人とは違う視点を持つ重要性。いつかはそれが役に立つかもしれない」

それから何度かブログを覗いたりした。そこにはたくさんの写真があり、写真が撮れなかったものは呆れるほど細かく、正確に、形や色が描かれていた。

「ねぇ翼」

「終わったら飲むから」

「その画《え》ってさ、どれくらい前から描いてあるの？」

「どのくらいって？」翼が手を止めて僅かに顔を上げた。

「いつから描いてるのよ」

「ずーっと」

「ずーっとっていつ？」

「だからずーっとさ。……出来た」

「ちょっと見せて」返事を聞く前にノートを奪うように取った。

これ……。一瞬、息が止まった。計測に出た日付と共に、地形、岩や石の形状、地層まで、常人では見つけきれないものまでがそこに記されていた。夢中でページをめくる。どのページにも情報がびっしりと書き込まれており、それを見るとその時何をしたか、どんな会話をしたかまで記憶が鮮明に呼び起こされてくる。

「もしかして最初に計測した時からあるの……？」

「あるよ。もう、ノート五十七冊目だし」

ここにそれだけの地下の情報がある。もしかすると、これを使えば日長の五感の一端は補えるかもしれない。

晶が命名した「翼ノート」は、想像を遥かに超えるほど日長との高いシンクロを発揮した。五十七冊のノートをスキャンして地上に送るのは相当骨が折れたが、すべてに目を通し終えた日長の指示はそれまでとは明らかに具体性が変化した。点でしか分からなかったものが、線となり、面となって頭の中にくっきりと像を結んだということなのだろう。その結果、捜索ポイントは「地球」に絞り込まれた。〈道行〉を包み込むように広がる大空洞であり、始まりの場所である。

「他はもうええ。『地球』の中を徹底的に、くまなく歩き回るんや。自転車や車じゃわからんもんがウォーキングしてたら見えてくるやろ、それと同じや」

計測班は混乱した。てっきり未踏査の場所へ踏み込むものだと考えていたのに、ここにきて足下だけを探せという。「地球」は文字通り最初に到達した場所であり、最初に名付けた場所である。そして、計測に出向く時と戻って来る時に必ず通る場所でもある。つまり一番よく知っている場所なのだ。

「あの爺さん、時々、頭の回路がショートするからねぇ」これには研究者仲間である森も首を傾げた。

日長はただ歩き回るだけでなく、こうも付け加えていた。

「キャラメルとかヌガーみたいな石を見つけるんや」

それは海底の山、海山の山頂部から斜面にかけて、厚さ5～20㎝くらいのアスファルトで覆ったような形態で分布するらしい。〈道行〉が潜行に使った活断層は海洋プレートであり、海底から地下に向かって地層が沈み込んでいるからその可能性が高いとも言った。

「キャラメルとヌガーを一緒にしないで欲しいわね」

その話を聞いた時、実里は石ではなく日長の表現に突っ込みをいれた。キャラメルは砂糖・牛乳・水飴・バター等を煮詰め、それを冷やして固める。対してヌガーは砂糖・

水飴を低温で煮詰め、ナッツやドライフルーツを混ぜて冷やして固めるのだという。

「なら、キャラメルヌガーはどうなる？　うちの子、あれ好きなんだけど」田所の問いかけに、「それは……邪道です」と実里はとんでもない返答をした。

「邪道……？」田所の声が裏返る。

荒れ模様の雰囲気を呈してきたのですかさず間に割って入り、

「つまり粘っこい感じの石を見つけなさいって事ですよ」

「こいつの言う通りだ。キャラメルでもヌガーでもどっちでもいいから、粘っこい石を見つけたら持ち帰る。いいな」

「地球」の捜索を開始して三日が過ぎた。未だキャラメルもヌガーも見つかってはいない。リビング車の壁に貼られた「地球」の図面には、右の上半分ほどに斜線が入れられている。晶は焦りを抑えつつ、毎日壁の前に立って地図を睨んだ。「翼ノート」をめくった。翼と一緒にその痕跡を地形の中に探した。

「必ずどっかに兆しがある筈なのよね……」

「沈下するプレートってどんなのだろう」

「沈下っていうくらいだから、こう、地面がズズッて斜めに沈んでる感じじゃない？」

「斜めかぁ」翼がノートをめくっていく。しかし、それらしい記載はどこにも見当たらなかった。不吉な気持ちを抑える為にも、「まだ探してない場所も残ってる」敢えて

「も」を強調した。

51

計測班は必死に捜索を続けているが、今のところ兆し一つ発見することは出来ていない。宝はあるのか、ないのか。もちろん見つけたい。しかし、第一陣の帰還する期限はもう間近に迫ってきている。それに、彼等の身体も心も限界に近づいているのは送られてくる日誌を見れば分かる。日長には毎日地下の状況を連絡しているが、最近は「うん、うん」と頷いていることが多い。なんにせよ、決断をしなければならない時が迫っていた。

天河はコピーした翼のノートをめくった。もう一度、「地球」の記載がある部分を読んだ。画も文章も目を皿のようにして見た。しかし、目新しいものは何も無かった。

「また読んでるんですか」とプロジェクトルームに入って来た桃田が言った。

「何か見落としはないかと思ってな……」

ダメだと分かっていても、計測班のことを思うと何かしていたかった。桃田がファイルを取り出し、印刷物を机の上に広げた。沈下するプレートに関する資料だった。

「計測班が送ってきた画像と資料を見比べてみましたが、それらしいものは何も……」

「お前の顔を見れば分かる」

「やはり、教授が現地に行くしかないのかもしれませんね……」

今更言ってもどうしようもないが、せめて専門家の日長だけでも第一陣に加えておくべきだった。あの時、そんな発想が出来なかった自分が悔しい。それどころか、活断層に沿って潜行するという計画に腹立ちすら覚えていた。他人事だと思って人命を軽視しているようにすら感じていた。

活断層に沿って……。

天河は再び翼のノートをめくり始めた。

「どうかしたんですか?」

返事をする間も惜しんでノートを見た。――と、一節が目に留まった。

【ずーっと斜め。

どこまで行っても斜めが続く。

歩くとつんのめりそうになる。

ふくらはぎが痛い。

多分、突っ張って立ってるからだ】

天河は桃田にノートを差し出した。

「翼くんの言葉って詩みたいですね」

「そうじゃない」天河は「斜め」という文字を指で押さえた。「沈下するプレートってこれの事なんじゃないのか」

桃田がハッとして顔を上げた。

「つまり、捜索のポイントは〈道行〉の開けたトンネル……」

52

翌日、〈道行〉の屋根にLEDライトを付けて、実里がドローンを飛ばした。地面から距離にしておよそ10m、テニスコートの横幅、ビルの三階から四階と同じくらいだ。ドローンのカメラが捉えた映像をモニターで確認しながらキャラメルやヌガーのような石を探したが、結果は失敗だった。実里は光源が足りない事を最たる理由に挙げたが、晶はちょっと違う感想を持った。結局、カメラ越しになるとどれも同じように見える。形は分かれど、質感となるとどうにもはっきりしない。この事を基地局に伝えると、とんでもない返事がきた。

【天井を破壊する】

聞いた時、さすがに——引いた。地上にいる人達は全員頭がおかしくなったんじゃないかと思った。言い出しっぺはやはり日長だった。プレートに貼り付いた岩や土を剝がす為に、〈道行〉のYAGレーザーを使用しようというのだ。

「天河の奴は断固として反対したらしい。天井にレーザーをブチ込むなんてやったら、それこそ崩落の危険があるってな」鷹目が全員を食堂兼リビング車に集めて話し始めた。

空洞の中はハニカム構造で支えられているとはいうものの、やはり不安定なのは間違いない。寝ている時、天井から大きな音がした事が何度かあるが、森曰く、落盤だろうとの話だった。これから先もこの空洞を保とうとするなら、すべての壁面に凝固剤を撒《ま》く必要があるとも言っていた。

「もちろん却下したんでしょう？」と田所。しかし、鷹目は首を振った。「教授は譲らんそうだ。プレートは絶対にここにあるって……」

「譲ろうと譲るまいと、ヤバいのは俺達ですからね」田所は同意を得ようと森を見た。椅子に座った森は足と腕を組み、眉間に皺を寄せていたが、やがて口を開いた。

「撃つ数によるわね」

「はぁ、何言ってんすか？」

「日長の爺さんがあるって息巻いてる辺りってさ、意外と岩盤がしっかりしてんのよね。おそらく三発以内だったら大丈夫」

「しかし」と高篠が口を開く。「レーザーの仰角は大丈夫なんですか？　位置が合わなければ〈道行〉を移動させなければならなくなります。そうなると大事だし、リーデンブロックの方も何事かと思うのではないでしょうか」

「計ったら仰角73度。レーザー射出口は80度までピッチ変更可能。こうなる事を見越しての設計みたい。私って天才」

「天才かどうかは……」

森が鷹目を睨む。

「天才の森博士はこの計画に賛成ってワケだな」

「条件付きで」

「発射してもし天井が崩れだしたらその時は逃げられるんですか……？」

実里の質問を受け、鷹目が森に視線を移す。

「そりゃ発射の時は全員〈道行〉で待機よ。いつでもバック出来るようにしてね」

森の説明を聞いて実里はほっとしたように小さく頷いた。

「高篠、お前はどうだ」

「危険ではありますが、このままでは埒が明かないのもはっきりしています」

「つまりオッケーだな」

高篠が頷く。

「僕もそれでいいです」と鷹目に問われる前に翼が答えた。

「お前はどうなんだ？　さっきから黙ってるが」

晶は軽く咳払いして椅子から立ち上がると、「最初はえーっと思ったけど、先生がここにあると言うのなら私は信じます。以上です」それだけ言うと再び着席する。

「俺はイヤだ」

「キャップ……」

「リーダーはどうなんです！」

「俺はやろうと思ってる」

「部下を危険に晒してまでですか！」

「田所、俺はお前の事を部下とは思ってない。今日まで命を預け合ってきたメンバーだと思ってる」

「少年マンガじゃあるまいし。そんなの言葉遊びですよ」

「違う。おそらく地上で、今まで通り地図を作っていたら、こんな気持ちにはならなかった。お前の事も、ここにいる者の事も、今までより断然、深いところで信頼している。信じられている。それは天河達だって同じだ。俺はな田所、このプロジェクトに参加してほんとに良かったと思ってるよ。こんなメンバーが他のどこにいる？　こんな熱意を傾けられる仕事がどこにある？　そんな俺達にほだされてたくさんの人が協力してくれた。俺はな、地上に出た時、笑っていたいんだ。下なんて向いてたくねぇ。お前達と一緒に胸張って、人類初のことをやってやったぜってふんぞり返りたい。今回の事はその為に乗り越えなくちゃなんねぇ最後の試練だ」

田所は黙ったままだった。他のメンバーも何も言わなかった。

「おかしいと思ったらそのままにせず、きっちりと確認する。調査の基本でしたよね」

「それをここで言うか……」

「やりましょう、キャップ」

晶が目一杯笑みを浮かべると、田所は負けたと言うように小さく頷いた。

翌日、〈道行〉の食堂兼リビング車の中は静まり返っていた。もしもの時に備え、全員がアンダーグラウンドスーツを着用したまま、食い入るようにモニターを見つめた。先頭の操縦車には森が一人で乗っている。

「鷹目ちゃん、こっちは準備オーケーよ」

「よし……、始めてくれ」

「了解。レーザー照射」

照明の光が届かない薄暗い天井に、空気を切り裂くようにしてレーザーの赤い光が飛んだ。

「状況、確認中」と森の声がスピーカーから聞こえる。

「どうだ？」

「ダメね。もう一発いくわ」

再び赤い光が飛んだ。モニターに映った箇所に変化らしきものは見られない。晶は無意識に両手を組み、「神様……」と祈った。

「これでラスト」と森の声がした。

晶は息を飲んだ。

三度目の赤い光が走った。

粉塵が上がる。

岩が砕けるのがはっきりと見えた。

「だから――私が採ってきますって！」

最初は鷹目も森も猛然と反対したが、終《しま》いには折れた。こんな日の為に地上と地下でボルダリングの訓練を重ねてきたのだ。経験と情熱が二人を動かした。

「駒、しっかり！」

「頼んだよ」

「頑張ってね～」

それぞれ特徴のある励ましに片手を振って応え、いざ、壁面に手と足を掛ける。アンダーグラウンドスーツはグローブとブーツなので、直にホルダーに指先をかけるのとはわけが違う。なるべく飛び出した岩、「ガバ」を探し、「カチ」や「スローパー」は避ける。思いのほか岩はしっかりしていて体重を乗せても崩れない。岩を文字通りガバっと摑んで登っていく。もし、これが丸いグローブだったら登ることは不可能だった。指先が扱えるようにと設計を変更させた鷹目の英断が活きたというわけだ。ボルダリングの壁を手袋をはめて訓練したのも功を奏した。背中にずっしりとのし掛かる25kgのタンクの重みは相当なものだが、これもペットボトルで負荷をかけたトレーニングで経験済みだった。トレーナーの柿谷の言葉を思い出しながらしっかりとコースを読み、全身の筋肉を動かしていく。背中の方で駆動音がするのはドローンが飛んでいるからだろう。最初はちょっと気になったが、５ｍを過ぎた辺りからどうでもよくなった。

天井付近に到着した時、「どうだ」とヘルメットの中に鷹目の声が響いた。

「ちょっと待ってくださいよ……っと」

身体を固定する為にポケットからハーケンを取り出し、ハンマーで打ち込む。片手で岩を掴みながらの作業は苦労したが、ロープを通して身体を支えられるようになってからは格段に楽になった。

実は登りながら気になっていた事がある。ところどころに表面がツルツルした岩があった。暗くてよく見えないが、天井にもそれらしいものが見える。懐中電灯で照らすとはっきりした。砂岩と砂岩の隙間を埋めるタイルのように黒っぽい岩が点在している。

「なんか気になるものがあります」

「そんなんじゃわからん！　報告は具体的に、正確にしろ」

「えーっとですね……」説明するのは面倒だ。現物を見せた方が早い。

再びハーケンとハンマーを取り出すと、ツルツルした岩の周囲をくり抜くように叩き出した。

53

〈道行〉から送られてきた岩の画像は茶というより黒に近く、全体的に紫を帯びているように見える。長さは20㎝ほど、厚さは13㎝ほどで、日長の言う通り、どことなくキャラメルやヌガーを思い起こさせた。見つけた場所は〈道行〉が通ってきたトンネルの天井だ。晶が壁面を登って剝ぎ取ったそうだ。桃田はそれを聞いて大笑いした。

天河は直ちに基地局のモニターと京都の自宅にいる日長とをリモートで繫いだ。〈道行〉と日長を直接繫いでしまうとやり取りが蛍石にバレてしまう怖れがあったので、文字通り基地局が中継所の役割を担った。日長は画像を見た時から落ち着きを失っていた。何度も唇を舐めている。

「先生が仰られていたものに間違いないようですが」

「これじゃまだ分からへん。すぐに割るように伝えてくれ」

天河は直ちに計測班に岩を割るようにと伝えた。

「ほんとに割るんだな？」と鷹目が確認してくる。貴重なものだったらそっちのせいだぞというニュアンスが存分に感じられたが、「やってくれ」と背中を押した。

スピーカーを通して、ガツン、ゴツンと固いもので岩を砕く音が聞こえた。

一分ほどして、「割れたぞ」と鷹目が言った。「写メしてすぐに送る」

それからしばらくしてパソコンからメールの着信音がした。桃田がメールに添付された画像を開く。知らずしらずのうちに「ん……」と呻き声が漏れた。画像ではキャラメルだかヌガーだかが砕けて中身が露呈していた。断面は想像していたものとまったく違っていた。周囲を石英のような石の結晶が包み、中央に砂のような砂利のようなものが混ざっている。

「チロルチョコそっくりだ……」

チロルチョコの断面は真ん中にあるコーヒーヌガーの周囲をチョコレートで包んである。

「お前もそう思ったか。こっちでもそういう意見が――」

鷹目の言葉を押し退けて、「というかこれ、ブラックストロベリーですよね、桃姉！」と晶の声がした。

「ほんとね」桃田が笑いながら応じる。

「ブラックストロベリーってなんだ？」

「ハイカカオを楽しめるチロルチョコです」

よく分からなかった。それよりも、日長がこれを見てなんと言うのか気になった。

画像を送って反応を待った。

やがて、劇烈な叫びがパソコンを通して広がった。日長が椅子から立ち上がり、手を叩き、何かを叫んでいる。カメラは日長の小躍りする下半身を映し出している。

「先生、どうされたんですか！」

自分だけじゃ抑えきれない。桃田にもマイクを通して呼びかけさせた。

「日長先生、落ち着いてください」

「これが落ち着いていられるか！」今度は日長のドアップがモニターいっぱいに広がった。

「コバルトリッチクラストや」

聞き慣れない言葉に桃田と二人して首を傾げる。

「なんや、知らんのか！ コバルトリッチクラスト言うんはなぁ」

興奮した日長は機関銃のように早口でまくし立てた。

コバルトリッチクラストは鉄やマンガンを主成分とする酸化物であり、マンガン団塊に比べてコバルトの含有量が高く、その他にもニッケル、銅、白金なども含んでいる。

「つまりレアアース……」

「そういうこっちゃ。翼くんのノートを読ませてもろうてな、想像が確信に変わった」

鷹目の話では、晶が見つけた岩のプレートはそれこそ無数に確認出来ると言っていた。

あの地下空洞には大量の海洋鉱物資源が眠っているという事になる……。

「天河さん！」桃田が頰を上気させている。

「これですべてを巻き返す事が出来るぞ……」

その後はお互い興奮して、何を喋り、いつリモートを終えたのかよくわからなかった。

ただ、はっきりしているのは一つだけ。ついに宝が見つかったのだ。


【地下20000mの大空洞を実測中。

全国地図を網羅したメイキョウが挑む、新たなるチャレンジ】

一たびニュースが流れると、広報室の電話がひっきりなしに鳴り響いた。大手ネットサイトのトピックでは軒並みトップとなり、検索ワードランキングも上位を独占した。海外のニュースサイトでもトップニュース扱いだ。見出しからコメントまで報道に対するすべてを先導したのはメイキョウ三羽烏だった。「仕切はすべてお任せします」と丁重にお願いをすると、三人とも仏様のような笑みを浮かべた。ようやく我々を頼る気になったかという喜びと、大好きなメディアを使って思いっきり目立てるという興奮がない交ぜになっていた。

広報室の課長である天河が報道戦略を辞退したのは、当然ながらそれが出来ないからではなく、やれない明確な理由があるからだ。それはもう間もなく訪れる筈であった。基地局を離れ、一人、小会議室に籠ってその時を待った。これからここが戦場になる。しばらくしてマナーモードに設定してテーブルの上に置いたスマホが激しく震えた。表示された名前は「蛍石」だ。いよいよ来るべき時がやってきた。

「もしもし」

「どういう事ですか」蛍石は名乗りもせず、単刀直入に要件を切り出してきた。声にはそれほど変化は感じないが、動揺しているのはその一点からでも明らかだ。

「どうとは？」敢えて惚けた。

蛍石を感情的にさせ、揺さぶる。巧みな会話で相手をコントロールする術をマスターしている蛍石のペースを乱すにはそれが最も有効な筈だ。何度もこんな場面を想定してシミュレートを繰り返していたから、天河は冷静だった。電話の向こうにいる蛍石がどんな顔をしているかまで透けて見えるようだった。

「プロジェクト内容を公にはしない。理由は今更言う必要もないでしょう。あなたはそれを破ったんです」蛍石は間を置くと、「プロジェクトは現時点をもって中止します。メイキョウさんには違約金を支払っていただきますのでそのつもりで」

脅し文句が出た。「ちょっと待ってください」と縋《すが》りつけば、そこからは蛍石のペースになる。だから、違う返し方をした。

「理由は聞かないんだな」そう言うと、呆れたように息を吐き出すのが聞こえた。

「今更そんなものを聞いてどうなるんですか……」

「財団になんと言われたんだ？」

「あなたに言う必要なんかありませんよ」

吐き捨てるような言い方で分かる。ＵＷ財団から激しく非難されたのだ。

「なぁ、一つ教えてくれないか」

蛍石は返事をしない。

「財団とは幾らで契約してたんだ？」

敢えて過去形で聞いた。

「そちらのせいで水の泡です。言ったら補填してくれるんですか」

「すると言ったら」

途端、蛍石は絶句し、やがて笑い出した。

「一介の地図屋さんにそんな事出来るわけないでしょう」

「いいから言ってみろよ」

「三本です」

「一本辺り、千って事はないよな」

蛍石はなおも笑い続け、「これは僕個人に入る金額です。会社を含めるともっと大きいですよ。それはそちらの違約金で補ってもらう事になります」

「到底無理だな」

「いいえ、どうやっても贖《あがな》ってもらいますよ。会社を身売りしてでもね。それくらいの恥を僕にかかせたんですから」

「そいつは長い裁判になりそうだな。それに、マスコミが飛びつきそうなネタがいろいろと表に出る事にもなる。そうなるとそっちも面倒なんじゃないか？」

「天河さん、もしかして脅してますか」

「事実を言ったまでさ」

「ならご心配なく。こちらのネタは一切出ません。そういう仕組みになってるんです」

ＵＷ財団、大企業、国。ピラミッドの頂点はいつの時代も傷つかないような仕組みになっている。事実であろうとなかろうと、埃を被るのはそれを支える土台の方だ。だが、土台にも意地はある。

「ちょっと見てもらいたいものがあるんだ」

「なんです……。ここにきて悪あがきですか」

「そう言うな。密約を結んだ仲だろう」

「あなたが終わらせなかったらまだ良好に続いてましたけどね」

露骨に会話を終わらせようとする蛍石をのらりくらりと引き留めた。

「天河さんって……こんな意地悪な人でしたっけ？」

「バカ正直で一本気で扱いやすい田舎のサラリーマンだと思ってたか？」

それに対しての返事はなく、「見せたいものって何ですか」と会話を進めようとしてきた。つまり、フックが掛かったという事だ。

スマホに写メを送った。そのまま黙って反応を待つ。

「これ……、なんですか？」

「コバルトリッチクラストというそうだ」

「クラストって地殻って意味ですよね。地下で珍しい石でも見つかったんですか」

「この石にはコバルト、ニッケル、銅、白金、マンガンなどが含まれてる。つまりレアアースだ」

「レアアース……」

「さっき、お前さん個人に入る額は三本だと言ったな。今、俺が持ってる宝の地図は三十、いや、三百本くらいの価値にはなるだろう」

「三百……」

蛍石の呼吸がはっきりと変わったのを感じた。

天河はたっぷり時間をかけた後、「お前にこの地図を譲ってもいい」と切り出した。

まるで目の前に本人がいるが如く、真っ直ぐに正面を見つめて言った。

「……なぜです？」

「答えになってない」

「答える前に理由を聞かせてください」

「宝なんてものは過程の一つに過ぎん。その世界を解きほぐし、等しく見えるようにする。それが地図屋の矜持だ」

「つまり、宝より地下の空洞を地図化する方が大事だと……？　参ったな……」

「何がだ？」

「こんなにバカな人だったのかと思って……。だってそうでしょう。三百億の宝より地図作りの方が大事だとか理解出来ませんよ」

「その通り。バカだからお前の話に乗ったんだ。初めに地図ありき。目の前に広がった世界に足を踏み入れ、ここに山、こっちには谷、南北に川が流れ、東に森、西に砂漠がある。そんな風にすべての場所を表現したい。蛍石、頼む。地下の計測はこれから何度でも、そして最後までやらせてくれ」

「……本当にそれだけでいいんですか？」

「いい」

「でも、裏切られましたからね……」

「地図屋の本道を歩き続けたかったからさ」

「分かりました。財団の方は僕がなんとかします。その代わり保証をください」

「宝のある場所に『蛍石』という地名を付ける」

「なるほど。僕が地主って事になるんですね」

そう言う蛍石の声のトーンは打って変わって軽やかだった。

54

車体が揺れている。でも、往《い》きの振動とは比べ物にならないくらい穏やかだ。〈道行〉が自ら開けた穴を逆走している。間もなく、地上に出る瞬間が訪れようとしている。晶はこれが車体の揺れなのか、自分が震えているのかよくわからなかった。

森を含めた計測班全員はアンダーグラウンドスーツを着て、最後部の資材車に一列に並んでいる。ハッチが開いた時、宇宙飛行士がそうであるように、そこに計測班が揃っている。そういう演出にしたいという天河の要望に応えた形だ。鷹目は「どうせ三羽烏の仕業だ」と怒っていた。誰もヘルメットはしていない。小脇に抱えている。森はいつものように髪を後ろで纏めているだけだが、実里はしっかりとメークしている。晶は髪を梳《す》いて軽くリップを塗っただけだ。不思議とそれでいいと思えた。

　地上に出るのは夜となっている。長く太陽を浴びていない計測班の体調を考慮しての事だった。森の話では月明りさえ眩しく感じるらしい。もしそうなら本当に地底人だと内心可笑《おか》しかった。

「こちら基地局、〈道行〉どうぞ」

「天河か、いつもよりクリアに聞こえる」

「こっちは変わらんがな」

　天河と鷹目のやり取りはいつも通りだ。

「そろそろ地上に出るぞ、カウントに入る。10m……、9m、8m」

　天河の声に合わせるように心臓の鼓動が高まっていく。カウントに合わせて計測班も声を上げる。

「あと5m、4、3、2、1！」

　ドスンと車体が大きくバウンドし、揺れが収まった。

「着いたの……」不安な顔で実里が呟く。

「多分……」

「着いたかどうかはもうすぐ分かる。全員、良い顔しろよ！　ハッチ、オープンだ！」

　鷹目の号令で森がスイッチを作動させた。ゆっくりと扉が開き始め、さーっと地上の空気が入り込んでくる。地上の、夜の匂いだった。そう思った矢先、声が聞こえた。無数のざわめき、そして人影が見えた。十人、いや百人。もっとかもしれない。

「お帰りー」と誰かが叫んだ。手を振っている人もいる。

「メイキョウさん！」と聞こえた。この声は和代さんの声だ。どこからか「駒ちゃん」と桃姉が呼んだ。そして、「晶！」と懐かしい声がした。

「お母さんだ……」

帰って来た……。

その瞬間、視界が滲んだ。

――終点

本書は、集英社文庫のために書き下ろされた作品です。

取材協力　株式会社ゼンリン

本文地図・イラスト　竹谷隆之
本文デザイン　三村漢

集英社文庫

インナーアース

2021年2月25日　第1刷　　定価はカバーに表示してあります。

著　者　小森陽一《こもりよういち》

発行者　徳永　真

発行所　株式会社　集英社
東京都千代田区一ツ橋2-5-10　〒101-8050
電話　【編集部】03-3230-6095
【読者係】03-3230-6080
【販売部】03-3230-6393（書店専用）

印　刷　中央精版印刷株式会社　株式会社美松堂

製　本　中央精版印刷株式会社

フォーマットデザイン　アリヤマデザインストア　　マークデザイン　居山浩二

ISBN978-4-08-744215-1 C0193